아주

사적인,
긴 만남

시인 마종기, 가수 루시드폴이
2년간 주고받은 교감의 기록

아주

사적인,
긴 만남

마종기 · 루시드폴 지음

문학동네

대서양을 오가는 편지가 실어다준
소통의 즐거움

8년 전쯤이었던가, 내 시를 좋아한다는 어느 팬에게서 메일을 받았다. 그분의 사연은 이랬다.

서울공대를 졸업하고 7년째 유럽에 살면서 생명공학으로 박사학위 공부를 하는 중인 한 공학도가 있다. 그 젊은이는 고국에서는 유명한 싱어송라이터인데 당신의 시를 많이 좋아한다. 당신도 그도 과학을 공부했지만 예술에 재능이 있는 공통점이 있지 않으냐, 혹 그 가수가 편지를 보내면 당신도 답신을 해줄 수 있겠느냐, 서로 좋아서 편지가 많이 오간다면 그것을 모아 출판사에서 책으로 출간하고 싶다……

그러나 나는 걱정이 앞섰다. 아는 사람도 아니고 시 이야기를

하는 것도 아니고 나이 차이도 많고 당장은 나도 할 일이 많은
데…… 늙은 시인이 아들보다 젊은 사람과 노닥거리면 안 그래
도 문인으로 외국에 나와 사는 의사 출신이라 눈치가 보이는 판
에 공연히 남의 입방아에나 오르는 게 아닐까.

　그런데 정작 편지가 대서양을 오가기 시작하면서부터는 내가
오히려 신이 나서 떠들기 시작했다. 우선 젊은이의 사고가 자유
롭고 다채로워 즐거웠고 대화의 외연이 넓고 결론에 대한 초조
함을 보이지 않아 상대방을 고려하는 예의에 안도감도 가질 수
있었다. 내가 평생을 걸고 지향했던 문학에서 자유에 대한 꿈을
빼고 나면 무엇이 남겠는가. 숨막히는 현학적 표현과 예술이라
는 이름 아래 숨겨진 억압의 모습은 대화를 나누기 전부터 사람
을 지치게 만들어버리지 않는가. 그것에 비하면 자신을 앞뒤로
다 드러내어도 우선 이해하려고 애써주는 사람이 있다는 것은
그 자체가 기쁨이었다.

　이렇게 편지가 오가면서 2년을 보내는 동안 그는 유럽에서 박
사학위를 받은 뒤 귀국하고 곧이어 나도 몇 달간의 귀국으로 그
해 봄, 우리는 고국에서 처음으로 대면할 수 있었다. 그리고 책
이 곧 출간되었고 무엇을 기대해야 하는지 몰랐던 우리에게 언
론이 관심을 보여 책은 많이 팔렸다. 그러나 책이 많이 팔린 이

유는 편지의 내용 때문이기보다는 세대 간의 소통, 해외에 나가 사는 자의 다른 시선, 예술이나 취미, 인생관의 소통이 살아 있었던 때문은 아니었을까. 아니나 다를까, 그다음 해에는 공영 TV방송국에서 우리 둘에게 신년 특집으로 '세대 간의 소통'을 꾸미겠다고 일주일간의 말미를 간청해왔지만 내 개인적인 사정으로 일은 이루어지지 못했다.

혹시 내가 간과한 것인지는 몰라도 나는 고국에서 세대 간의 차나 성별의 차나 지방과 도시 등 주거지의 차, 정치적 견해의 차, 경제적 여유의 차이 등 여러 이유로 서로 간의 소통이 잘 이루어지지 않고 많은 경우 의견의 교환조차 거절되어버리는 경우를 많이 보았다. 소통의 가능성이나 시도까지 무시해버리려는 외면과 거부의 불통시대에 살고 있다는 느낌까지 들었다. 그런 것은 내가 아는 다른 서양 나라보다 그 정도가 훨씬 심한 것 같았다. 그런 사회에서는 빛나는 전통이나 문화가 무슨 의미가 있으랴. 모든 사회적 조건을 넘어서서 소통하는 것이야말로 그 나라, 그 사회의 문화가 꽃필 수 있는 필수 조건이 아니겠는가. 나는 나이든 자나 학식이 깊은 자의 지혜와 경험이 설득과 강요에 의해 후세에 전해질 가능성보다 대화와 소통과 이해의 방법이 더 힘이 있다고 믿는 편이다. 그래야 그 문화는 긴 생명력으로 온전히 그 토양에 스며들어 퍼지고 자란다고 믿는다. 소통이 없는 문화는 공중누각이고 허상에 불과하다고 믿는다.

　그래서 나는 내가 보일 수 있는 겸손과 진정을 불러내어 당신을 만나고 싶다는 마음 하나로 이 책의 개정판 출간에 동의하였다. 이 책을 기획한 두 분께 새삼 감사한 마음이 든다.

마종기

나의 기록영화이기도 했던
54통의 편지를 다시 들춰보며

선생님에게서 처음 편지를 받았던 그때를 생각하면, 왜 그런지 몰라도 로잔의 한 전철역에 앉아 있는 한 남자의 모습이 떠오릅니다.

유난히 비둘기가 많이 살던 역사驛舍였어요. M1 라인의 종점인 로잔 플롱lausanne flon 역 플랫폼 한가운데에 앉아 낡은 가죽 재킷에 백팩을 메고 구부정하게 고개를 숙인 채 무언가를 읽고 있는, 한 사람이 떠오른 거지요. 그 남자는 분명 뿔테 안경에 덥수룩한 머리일 겁니다. 가방에는 노트북이 꼭 들어 있을 테고, 스테이플러로 콕콕 집은 논문들도 가득할 테고요. 브라질식 포르투갈어 책도 한 권 있을 겁니다. 귀에 꼽은 이어폰에선 삼바 아니면 보사노바가 나오고 있을 거예요. 아니면 자기가 부른 노래가 나오고 있든가요.

그가 읽고 있는 책은 『이슬의 눈』일 겁니다. 네, 확실해요. 그가 처음 유럽을 건너올 때, 한글로 된 책 몇 권을 주섬주섬 챙겼거든요. 그중 한 권인 이 시집은 2001년 봄, 공연장에서 어느 팬에게 받은 책이었지요. 그는 시집에 담긴 시들을 꼭꼭 씹듯이 읽다가 책장 한 모서리를 접다가 다시 책을 읽고 있습니다. 그 사람이 바로 2006년 어느 유럽 나라에 살던 루시드폴, 바로 제 모습이었습니다.

선생님과 편지를 주고받겠냐는 제안은, 선생님의 거의 모든 시집을 다 읽으며 살던 저에겐 너무나 기쁜 제안이었지요. 물론 선생님은 저를 모르셨습니다. 처음엔 제 노래가 귀에 들어오지도 않으셨다지요. 이제는 사석에서도 웃으며 얘기하기도 하지만 저라는 생소한 한 사람을 알기 위해서 선생님도 참 많이 애를 쓰셨을 겁니다. 처음엔 저 사람은 가수도 아닌 것이 유학생도 아닌 것이 도대체 뭐하는 녀석일까 싶으셨을 테니까요.

그렇게 3년 가까이 주고받은 편지를 엮은 첫 책이 세상에 나온 지 벌써 5년이 지났습니다. 길다면 길고 길지 않다면 길지 않은 그 시간 동안 저와 선생님은 다시 계속 편지를 주고받았습니다. 그리고 올해 그 두번째 이야기도 책으로 나오게 되었지요.

개정판이 나오면 저도 다시 한 장 한 장 들춰볼 생각입니다. 저에게 이 책은 서간집이기도 하지만 한때는 치열했던 한 화학자로서의 제가 남긴 작은 기록영화 같기도 하니까요. 그렇게 다시 책을 읽어가다보면 지금은 파편처럼 흩어져 사라진 실험실의 추억이며 매일을 함께 살다시피 한 핵산과 메틸 클로라이드 냄새가 다시 날지도 모르지요. 함께 밤새우고 먹고 마시고 싸우고 위로하며 분투했던 세계 각국에서 온 실험실 동료들도 분명 다시 보고 싶을 테고요.

　지면으로나마 감사드릴 분들이 있습니다. 처음 우리의 인연을 이어준 초판의 편집자 송정희님께 가장 먼저 감사의 말씀을 전합니다. 처음 없는 다음이란 있을 수 없는 거니까요. 송정희님께서 맺어주신 인연으로 첫 책은 물론 두번째 책도 이렇게 나오게 되었네요. 그리고 함께 수고해주셨던 이영미님, 형소진님께도 깊이 감사드립니다. 『아주 사적인, 긴 만남』을 사랑해주신 많은 독자분들께도 감사의 말씀을 전하고 싶습니다.

2014년 봄
루시드폴

'사이의 이야기'를
시작하며

마르틴 부버가 말한 '사이 존재'란 결국 사람과 사람 사이의 관계에서 새롭게 생성되는 '마음의 우주'입니다. 그는 '인간이 인간과 더불어 있는 상태'를 설명하기 위해 '나'의 자리에 '너'를 옮겨 놓습니다. '너로부터 겨냥되는 혹은 비춰지는 나'를 통해 세계를 인지하는 것이지요. 이는 진실한 대화에서 시작된다고 부버는 말했습니다. 대화를 통해 존재는 확장되고 깊어집니다. 고흐가 부버와 이야기를 나누었다면 아마 그는 칠흑 같은 밤, 형형한 별처럼 빛이 번져나오는 두 사람이 마주선 모습을 그렸을지도 모릅니다.

저와 부버 사이에 놓여 있는 '사이 존재'는 바로 '이야기'입니다. 부버는 제 안에 있던 '이야기'라는 단어에 불을 비췄습니다. 그를 통해 저는 저 자신이 '이야기적' 인간이라는 것을 깨달았지요. 누군가의 삶에 근사한 이야기가 생겨나길 바라는 것은 제가 타인에게 선의를 드러내는 방식이었습니다. 축원이었고, 헌사였어요(저는 부버에게 남아프리카공화국의 천문대 옆에 '주피터Jupiter 목성'라는 게스트하우스가 있는데 이곳에 머문다면 우주에 있는 기분이 들 거라고 말하고 싶었습니다. 만약 제 말을 들었다면 그에게도 별의 이야기가 생겼을까요?).

시인 마종기와 음악인 루시드폴. 두 사람의 대화를 떠올려보면 세대를 넘어 싹트는 진실한 우정과 신뢰, 예술적 영감으로 충만한 '아름다운 소통'의 모습을 예감케 됩니다. 두 사람 사이에는 36년이라는 시간의 벽이 있고, 사는 곳도 향유한 시대와 문화도 다르지만, 마종기 시인과 루시드폴은 시를 쓰는 의사, 음악을 하는 공학도로서 자신의 삶에서 두 개의 영역을 공진화시켜온 사람들입니다. 게다가 공교롭게도 한 사람은 고국을 떠나 40년째 미국에 머물고 있고, 루시드폴 역시 6년이 넘는 시간 동안 자신의 삶에서 가장 긴 '여행'을 해야만 했지요.

향수와 고독은 두 사람의 작품에 짙게 배어나는 감정이었고, 그것은 낯선 땅에서 이방인으로 살아간다는 소외감과 의사이자, 시인, 음악인이자 생명공학도로서 느껴야 하는 미묘한 고립

감 그리고 보이지 않는 경계에서 서성대는 자들에게서 엿보이는
'지독한 자의식'의 다른 이름이었습니다. 또한 생명과 사랑, 이
지고지순한 두 단어는 그들이 학문을 통해 성취해야 하는 가장
중요한 가치이자 예술이라는 우회를 거쳐 다다르게 될 삶의 주
제와도 같은 것이었지요. 이는 서로에게 느끼는 호감과 감정이
입의 원천이기도 했습니다. 시를 쓰고 음악을 만들며 스스로는
물론 타인까지 위로했던 두 사람이 점차 친밀해지는 과정과, 자
연스럽고 소박하게 나누는 대화 속에서 서서히 그 모습을 드러
내는, 낯설지만 아름다운 '사이 존재' '사이의 이야기'를 상상하
는 것은 무척 가슴 설레는 일이었지요. '우연의 음악'은 그렇게
시작되었습니다.

　이 대화에 품는 기대와 희망과 확신이 있었습니다. 첫번째 이
유는 이들이 알랭 드 보통이 책에서 언급한 바 있듯이 인류의 역
사에 아주 희귀하게 출몰하는 '보편적 인간'—즉, 학문과 예술
의 경계를 무의미하게 만드는 아리스토텔레스와 같은—의 가능
성을 개인의 삶을 통해 입체화한 사람들이기 때문입니다. 두번
째는 나이와 공간을 초월한 두 사람이 허물없이 나누는 지적이
고 감수성 충만한 대화들이 때론 유쾌하고 때론 진지하게, 사람
과 사람의 따뜻한 교류가 얼마나 아름다운 것인지를 드러내기
때문이며, 세번째는 시와 음악이라는 형태를 통해 구현한 한 사

람의 정신, 감성의 변화와 성장의 흔적, 곧 예술이 어떻게 타인의 삶에 스며들고, 꽃을 피우며, 유유히 순환을 거듭하고 있는지를 보여줄 것이기 때문입니다.

루시드폴은 늘 마종기 시인의 시에 대한 애정을 고백하곤 했습니다. 이것은 한 시인의 언어가 그저 활자에 머물지 않고, 훗날 누군가의 삶과 음악에 자연스럽게 연결되어 꽃을 피우고 있음을 드러내는 대목이기도 합니다. 어디 그뿐일까요. 루시드폴의 음악과 그의 시선이 머물렀던 곳에서 묻어난 소소한 이야기들은 마종기 시인에게 다른 세계의 문을 살며시 열어줍니다. 루시드폴이 들려주던 낯선 음악에 대하여 스스럼없이 묻고, 그가 만든 음률과 가사에 귀를 기울이는 모습을 보는 것은 그리 어렵지 않았습니다. 마지막 책장을 넘긴 후, 독자들에게도 재미있고 포근하고 우아하고 사랑스러운 '사이의 이야기'가 피어나길 바랍니다. 그들의 시와 음악이 그러했듯 이 한 권의 책도 따뜻한 불빛이 된다면 좋겠습니다.

자, 지금부터 2년에 걸쳐 펼쳐진 두 사람의 이야기를 들려드립니다. 아름답고 진실한 소통 장면의 하나로 기억될 이 대화의 기록은 2007년 어느 밤, 대서양을 건너온 한 통의 편지로 시작되었습니다.

2009년 봄, 기획자 송정희

차례

part 1

시인의 숲,
소년의 바다

2007.08.24—10.14

제가 본 북유럽의 바다는

눈이 물들도록 검푸른 빛이었던 걸로 기억됩니다.

아이슬란드의 바다도 그랬고,

덴마크에서 스웨덴을 넘어가면서 본

그 긴 다리 아래 출렁이던 바다도 그랬습니다.

『그 나라 하늘빛』은 유독 많이도 읽었던 시집입니다.

오랜만에 펼쳐본 시집은

책 모서리 여기저기가 접혀 있었습니다.

마종기 선생님께

2007 08 24 — 금 05 : 47

대서양 건너 마종기 선생님께 편지 드립니다. 여름이 다 가는 지금에서야 이렇게 처음으로 인사를 드리게 된 제 게으름을 용서해주십시오. 어느덧 막바지에 다다른 이곳의 학업과 그간 몇 가지의 긴박했던 음악 작업 탓에, 그리고 무엇보다도 제 인생에서 가장 거대한 '시인'이자 '음악인'이신 선생님께 감히 편지를 올리게 될 것을 생각하다보니, '무슨 말로 편지를 시작해야 할까' '부족한 글인데 어떻게 써야 할까' 하는 걱정 아닌 걱정에 자꾸만 주저하게 되었습니다.

제가 유럽에서 생활한 지도 어느덧 5년이 되어갑니다. 이제 마무리할 때가 되었는지 주변에 해야 할 일, 정리해야 할 일, 그

와중에 또다시 생겨나는 일들로 인해 살면서 처음으로 도망치고 싶은 생각이 들 정도로 정신없는 하루하루를 지냈습니다. 그러고 보니 불현듯 처음 이 차가운 유럽에 발을 디뎠던 2002년 12월이 생각납니다. 선생님은 처음 이국땅에 짐을 풀었던 그날을 기억하시는지요.

눈이 많이 내리던 12월의 첫날이었습니다. 약간의 두려움과 기대로 스물두 시간의 비행을 거쳐 도착한 스톡홀름의 첫날 밤엔 피곤함조차 느끼지 못했습니다. 왠지 모르게 우리말과 멀어질 듯한 두려움에 무작정 구겨넣었던 시집들 중에, 처음 펼친 시집이 바로 선생님의 『이슬의 눈』이었지요. 한국을 떠나기 몇 달 전쯤, 작은 클럽에서 공연이 끝난 뒤 어느 착하고 소심한 팬이 저에게 직접 건네주지도 못하고 다른 사람에게 맡겨놓았던 시집이었습니다. 고백하자면 한국에서는 그 시집을 펼쳐보지 않았던 것 같습니다.

차갑다고밖에는 달리 표현할 길 없던 낯선 12월의 첫날, 저를 지도하기로 한 박사님은 각오 단단히 하라며 잔뜩 겁을 주었지요. 달랑 6개월짜리 비자를 손에 쥔 저에게 그는, 반년 뒤 연구 실적이 좋지 않으면 한국으로 돌아가야 할 거라고 단호하게 말했습니다. 그날이 바로 선생님의 시를 처음 만나게 된 날이었습니다. 생각해보면 그날의 기억은 그리 나쁘지만은 않았답니다.

하지만 북구의 겨울 낮은 무척 짧아서 스톡홀름의 거리는 오후 세시면 어김없이 해가 지고, 24시간 켜두어야 한다는 자동차의 불빛만으로 가득했지요. 이른 저녁, 아니 밤에 홀로 아파트의 식탁에서 처음 펼쳐본 선생님의 시집은 그날 밤부터 저에겐 백석 시인의 『멧새 소리』와 더불어, 아무도 눈길을 주지 않던 이국의 거리, 지하철역, 버스 정류장, 실험실, 심지어는 집 아닌 집에서의 텅 빈 시간을 밝혀주던 불빛이었습니다. 책장은 군데군데 접혀 있고, 나중에는 어느 페이지에 어떤 시가 있는지 다 기억할 정도가 되었지요. 그래서 마치 의사의 처방전을 찾듯 아플 때, 피하고 싶을 때, 위로받고 싶을 때, 웃고 싶을 때, 어디에 있는 어느 시를 읽어야 할지도 다 알게 되었답니다.

1년이 지나 스위스로 학교를 옮기게 된 후에도 그 시들은, 낯선 도시에서 아무리 마음을 독하게 먹어도 절망하던 고단한 하루의 샘물 같은 것이었습니다. 해가 늦게 뜨는 겨울 아침 강의시간, 창밖으로 들리던 눈 녹는 소리나 아침 햇살에서도 받지 못하던 위로를 선생님의 시로부터 받았습니다. 그리고 보니 선생님의 시와 산문을 모조리 다 찾아 읽고, 늘 되새김질하는 저와는 달리 선생님은 아마도 저를 모르시겠지요.

저는 지금 스위스에서 생명공학을 공부하고 있지만 노래를 만들고 부르고 연주하는 음악인이랍니다. 다른 사람에게는 설명하기 힘든 저의 지금 상황을 선생님이시라면 단번에 알아채실 거라고 생각합니다. 구구하게 음악과 과학, 그리고 저의 현재 위치를 설명하지 않아도 말이지요. 저는 1998년 이후로 한국에서 몇 장의 앨범을 냈고, 병역특례업체에서 군복무를 마친 후 우연히 스웨덴의 어느 학교에 인연이 닿아 유럽으로 오게 되었습니다. 그리고 아직까지도 조금은 맞지 않는 옷처럼 보이는 실험 가운을 입고 학업을 이어가고 있습니다.

스웨덴을 떠나 취리히를 거쳐 이곳 로잔으로 온 후 2집 앨범을 만들 때에도, 선생님은 제게 항상 가장 훌륭한 음악 선생님이셨지요. 선생님의 시가 없었더라면 아마 제 2집은 지금의 모습이 아니었을 것 같습니다. 하루하루, 『조용한 개선』『이슬의 눈』『안 보이는 사랑의 나라』『새들의 꿈에서는 나무 냄새가 난다』를 읽으며 지은 곡들입니다. 언젠가 선생님께서 제가 쓴 가사를 보신다면 '이 가사는 내 시를 보고 썼구먼' 하며 괘씸한 듯 웃으실지도 모르겠습니다. 그렇게 언제나 저를 팽팽하게 긴장시키는 시 속에서 선생님의 물리적 나이를 도저히 짐작하지 못하겠더군요. 그래서 모르는 사람들에게는 외람되게도 선생님을 '형'이라고 부르기도 한답니다. 마치 어느 1980년대의 시인이 윤동주 시인을 영원히 '형'이라고 불렀던 것처럼 말입니다.

우리나라에서는 삼복도 다 지나갔을 테지요. 이곳의 저녁 하늘도 해가 서서히 짧아지고 있습니다. 밤 아홉시가 지나도 훤하기만 하던 여름은 지나가고 요즘은 제가 좋아하는 가을 하늘빛을 점점 빨리 볼 수 있어서 행복합니다. 공기에서도 조금씩 가을 냄새가 납니다. 가을이 온다고 기쁜 마음을 숨기지 못할 때, 이곳에 있는 동료 중 저를 이해해주는 친구들은 거의 없지만 이제 많이 무뎌지기도 하고 웃어넘기는 법도 배운 걸 보니 이제 저도 조금은 강해졌나봅니다.

선생님이 계신다는 플로리다의 가을빛은 어떤지요. 그곳에도 가을이 있는지요. 우리나라처럼 그곳도 가을의 향기가 나는지요. 머지않아 남미로 여행을 가신다는 이야기를 들었습니다. 선생님의 시 속에 남아 있는 흔적 탓인지 몬태나 평원이며 리스본이며, 선생님이 다녀오신 곳을 제가 가게 될 때에는 늘 선생님의 시집을 가져가곤 합니다. 『론니 플래닛^{Lonely Planet}』은 한 번도 가져가본 일이 없지만요. 저는 남미를 가보지 못했지만 남미, 그중에서도 브라질 음악을 매일 듣는 브라질 음악의 팬입니다. 브라질에 가시게 될 때 좋아하는 음악들을 보내드리고 싶은데 괜찮으실는지요. 이렇게 편지를 쓰고 있는 지금도 제가 사랑하는 뮤지션 중 한 명인 카르톨라^{Cartola}의 음악을 듣고 있습니다. 언제나 브라질의 음악을 이야기할 때 제 눈빛은 평소보다 두 배쯤

더 빛난다고 친구들이 말하더군요. 제가 아는 브라질 음악은 사람의 체온을 기준으로 늘 실험할 때 말하는, 바로 그 37도의 음악입니다. 선생님의 시처럼 말입니다.

설레는 마음으로 첫 편지를 띄웁니다. 선생님의 글을 감히 기다리겠습니다. 건강하십시오.

스위스의 로잔에서 조윤석 올립니다.

2007 08 30 - 목 09 : 54

우선 내가 군이라고 부르는 것을 허락해주겠는지요. 나이는 모
르지만 마흔은 안 된 것 같고 그렇다면 내 아이들보다 어린 나이
일 것이라 짐작되니, 한국의 요즘 풍속을 모르기는 해도 허락될
수 있겠다싶었어요.

 편지에 말했다시피 나는 윤석군을 만나본 적도 없고 미안하
게도 들어본 이름도 아니네요. 하지만 내 시를 오랫동안 좋아해
주었고 영광스럽게도 나를 '음악인'이라고 불러주니 당황스럽지
만 반가운 마음이 듭니다. 내가 윤석군에게 특별히 호감을 가지
는 것은 내 시를 좋아한다는 사실뿐 아니라 생명공학을 공부하
는 과학도가 뛰어난 음악인으로서 작곡도 하고 악기도 다루고

노래도 한다는 것 때문이지요. 그것도 그저 아마추어가 아니라 프로페셔널이라고 하니까요.

　나는 미국에서 거의 40년 정도 의사 생활을 하다가 세상 사는 일을 이렇게만 끝낼 수 없겠다는 생각이 들어, 계획보다 몇 해 앞서 은퇴를 했어요. 그리고 모교 의과대학의 요청을 받아들여 고국에서 2002년 가을 학기부터 본과 2학년 학생들에게 정규 학과목으로 '문학과 의학'이라는 강의를 해오고 있어요. 선택 과목이지만 다행히 인기가 없진 않아 해마다 많은 의대생, 청강생과 더불어 재미있게 강의를 꾸려가고 있지요.

　장황하게 이런 이야기를 하는 까닭은 강의의 주 내용 때문이랍니다. 의학도들은 과학 분야 수업에만 편중된 채 예과와 본과를 마치고, 인턴, 레지던트의 수련의 과정까지 10년 이상을 과학에만 집중하게 되지요. 그러다보면 편협하고 자기중심적이고 속 좁은 인간이자 의사가 되기 십상입니다. 그래서 나는 이 강의를 통해 의학도들에게 인문학적 소양을 심어주고 예술을 접촉할 기회를 주려고 합니다. 그것이 혹 철학이든 문학이든 음악이든 미술이든 어떤 것이든 좋습니다. 이것은 균형 잡힌 인간이자 치우치지 않는 과학자가 되는 데 좋은 질료가 되고 종국에는 훌륭한 의사를 만드는 데 도움을 줍니다. 한국에서는 내가 처음으

로 '문학과 의학' 강의를 시작했지만 서양의 많은 의과대학에서
는 정규 커리큘럼에 편성될 정도로 비중도 상당하고 의대생에게
도 제법 인기가 있답니다. 나는 모교뿐만 아니라 서울이나 지방
의 여러 의과대학에서 특강을 하기도 합니다. 의대생들에게 전
인적인 의사가 되기 위해 예술에 대한 소양을 지니라고 하고, 인
문학에 취미 이상의 친화력을 가지라고 강조하고 있습니다. 그
렇기에 윤석군에게 특별한 동질감을 느낍니다. 게다가 5년간이
나, 연고도 없이 유학생으로 생활하고 있다니 그 친밀함이 더해
집니다.

내가 외국에 나왔던 40년 전과는 달리 지금은 세계 곳곳에 엄
청나게 많은 이민자와 유학생이 살아가고 있지요. 내가 이민자
이기 때문인지 외국에 나와 있는 한국인들에게 어쩔 수 없이 특
별한 감정을 지니게 되네요. 1970년대 말, 잘 알지도 못했던 카
타르의 도하라는 도시에서 온 편지들이 생각납니다. '열사의 나
라에서 선생님의 시를 읽으며 힘을 내고 있습니다'라는 편지를
보내왔던 분이 있었지요. 너무나 괴롭다며 눈물 어린 그리움의
편지를 보내왔던 상파울루에 사는 어느 여성분도 떠오릅니다.
그때 나는 생각했지요. 아마도 고국을 떠나 살고 있다는 공통분
모로 인해 내 시가 그들에게 더 깊고 힘 있게 다가가는 것이 아
닐까. 그리고 그런 분들에게 용기를 줄 수 있는 시를 더 열심히

쓰는 것이야말로 바로 나 자신을 위하는 일이자 내 본분이 아닐까……

조군의 첫 메일을 보니 외국에 처음 도착했던 날의 마음 풍경이 새삼 황량하게 그려져 있네요. 그래요. 환경이야 달랐지만 나의 처지 역시 비슷했지요. 나는 1966년 6월 중순에 미국에 도착했어요. 물론 그때는 직항 비행기가 없어 하와이와 로스앤젤레스를 거쳐왔습니다. 아시아 사람이라고는 거의 코빼기도 찾아볼 수 없었던 미국 오하이오 주의 중소도시인 데이턴^{Dayton}이라는 곳이었어요. 의과대학을 졸업하고 군의관으로 3년간 군대 생활을 마치고 제대한 지 한 달 만이었지요. 내가 일할 병원에서 선불로 보내준 비행기표로 간신히 데이턴에 도착한 그날, 나는 밤을 꼬박 새우며 인턴 의사로서의 첫날을 보냈습니다.

아마 조군보다는 조금 더 힘들지 않았나싶네요. 그날 어디가 어디인지도 모르는 그 큰 병원에서 나는 밤새 여섯 환자의 죽음을 겪었습니다. 물론 나는 단지 그날 하루 환자들에 대한 책임을 맡은 것이고 대부분은 내가 아니었더라도 죽었을 거예요. 그중에서도 70대의 점잖은 백인 할머니가 아직도 생각납니다. 그때 익숙하지 않았던 심전도를 잘못 읽고 시술한 것은 아닐까 하는 의구심이 떨쳐지질 않아요. 벌써 40년이나 지난 일인데…… 다음날 아침, 나는 허방을 짚는 듯한 착각을 하면서 오늘 당장 서울로 돌아가야겠다고 심각하게 고민했지요. 물론 내가 땡전 한 푼 없는 거지 신세라는 것을 자각할 때까지였지만요. 그 당시 외국 유학자는 1인당 최고 50달러를 가지고 나갈 수 있었어요. 한국행 비행기를 타려면 500달러가 필요했는데, 나는 지금도 왜 그 시절의 항공료가 그렇게 비싸야 했는지 모릅니다.

일주일쯤 지난 어느 날, 귀국을 포기하고 깜빡 잠이 들었다가 '지옥이 바로 여기로구나……'라고 자각하며 눈을 떴습니다. 그때 쏴아아, 빗소리를 들었지요. 그 빗소리는 아버지, 어머니가 나를 부르시는 소리로 들렸어요. 그때 나는 미친놈처럼 웃다가 울다가 하면서 외로움과 무서움을 한꺼번에 느끼고 있었습니다. 10여 년 전, 이런 시를 써서 발표한 적이 있지요.

첫날밤

일시 귀국을 마치고 돌아온 첫날밤,
지구 반바퀴의 시차 때문이었겠지만
새벽 세시에 잠이 깨었다.
밖에는 늦봄의 빗소리 들리고
다시 잠들지 못하는 몇 시간,

밤이 어둡고 무겁게 나를 짓눌렀다.

내일 당장 돌아가서 살고 싶다는,

이제는 그만 끝내고 싶다는,

늙어가는 내 희망을 짓눌렀다.

그랬었다, 내가 처음 외국에 도착했던

삼십 년 전 밤에도 비가 왔었다.

사정없는 외국의 폭우가 무서워

젊은 서글픔들이 오금도 펴보지 못하고

어두운 진창 속에 던져 버려졌었다.

그렇게 비가 내리고 있었다.

당신을 포기하던 첫날밤에도

나는 갈 길을 찾지 못하고 술을 마셨다.

시간이 타고 있는 불 속에 뛰어들어야

내 불을 끌 수 있으리라 믿고 있었다.

화상의 상처를 다 가릴 수는 없었지만

이제는 맨 마지막 장을 뒤집어야 할 때,

푸르던 희망은 창문 밖으로 날아가고

시차를 넘어서는 한 사내의 행방을 찾아서—

첫 소식이지만 반가운 마음에 편지가 장황하게 길어졌습니

다. 이렇게나마 알게 되어 기쁩니다. 나는 일간 남미 여행을 갑니다. 미국 마이애미를 떠나 칠레의 산티아고, 그리고 파타고니아 등지에서 일주일을 보냅니다. 그리고 내가 좋아하는 작가인 생텍쥐페리가 쓴 『인간의 대지』의 주인공 기요메가 죽은 안데스 산맥을 넘게 됩니다. 아르헨티나의 부에노스아이레스에도 갔다가 브라질에 일주일 정도 머물 예정입니다. 다녀와서 그곳 이야기를 들려줄게요. 바쁘고 어려운 공부 열심히 하시고, 모쪼록 건강 유의하기 바랍니다. 안녕. 🖋

미국 플로리다에서 마종기

마종기 선생님께

2007 09 03 — 월 06 : 50

보내주신 편지 잘 읽어보았습니다. 선생님의 첫 편지를 읽고 많은 생각이 들었습니다. 선생님께서 경험하신 미국 땅의 황량함이 몰려오는 듯했습니다. 그러고 보니 선생님도 저도 한국을 떠난 것이 스물일곱 살 무렵이군요. 시간과 공간은 달랐지만 이런 사소한 공통점도 있네요.

며칠 전부터 선생님의 시 「북해」가 읽고 싶어서, 책장을 뒤졌는데 그 시집이 보이지 않았습니다. 그러다 학교 실험실 책상 근처에 드문드문 쌓여 있는 책 속에서 선생님의 『그 나라 하늘빛』과 『조용한 개선』을 찾았습니다.

북해

드디어 북해의 안개 속에서 만났다.
에든버러에서 북행 기차로 두 시간,
다시 축축한 시외버스를 타고 도착한
북해의 목소리는 물에 젖어 있었다.
안개와 바람에 싸여 세월을 탕진하고
절벽 앞의 바다는 목이 쉬어 있었다.
춥게 오는 바다의 말은 옷 속에 스미고
주름투성이의 파도는 흰머리를 숙었다.

사방이 깨끗한 조그만 식당 뒤꼍에서
앞치마 두른 처녀애가 들바람같이 웃었다.
세상을 대충 보면서 후회 없이 사는 들꽃,
착해서 눈물 많은 딸 하나 가지고 싶었다.
마을의 들꽃들이 꽃색을 바꾸는 저녁나절,
목소리 죽이고 노래 하나 부르고 싶었다.
내 딸은 또 말도 없이 웃고 말겠지.

문득 어두운 쪽을 감싸안는 저 큰 무지개!

제가 본 북유럽의 바다는 눈이 물들도록 검푸른 빛이었던 걸로 기억됩니다. 아이슬란드의 바다도 그랬고, 덴마크에서 스웨덴을 넘어가면서 본 그 긴 다리 아래 출렁이던 바다도 그랬습니다.『그 나라 하늘빛』은 유독 많이도 읽었던 시집입니다. 오랜만에 펼쳐본 시집은 책 모서리 여기저기가 접혀 있었습니다.

취리히에서 5개월 정도 지냈다는 이야기는 지난 편지에서 잠시 들려드렸지요. 스웨덴에서 학교(실험실)를 옮기기로 마음먹고 지원했는데, 그때 교수님이 받아주신 곳이 스위스 취리히에 있던 실험실이었습니다. 제가 처음 박사과정을 시작한 스웨덴의 학교KTH 실험실은 재료공학과에 속해 있었는데, 그때 처음 맡은 연구 주제가 생체재료biomaterials였습니다. 저희는 주로 화학과 재료연구를 하는 곳이었어요. 다른 생물학적, 의학적 실험은 노벨의학상 심사를 하는 연구소인 카롤린스카 의대Karolinska Institutet와 공동연구를 하고 있었지요. 그런데 공동연구가 쉽지 않은데다가, 생물학 공부를 더 하고 싶은 욕심에─학위를 받는데 시간은 좀더 걸리겠지만─다른 곳으로 옮겨야겠다고 마음을 먹고 다시 새로운 연구실을 찾았습니다. 그리고 마침내 취리히 공대ETHZ의 제프리 허벨Jeffrey Hubbell 교수님의 연구실로 가게 되었지요. 하지만 그 당시 이미 실험실은 로잔 공대EPFL로 이전하기로 결정이 나 있던 상태라, 저는 로잔 공대에 등록이 되었고 취리히에는 그야말로 시한부로 잠시 머물게 된 상황이었지요.

선생님께서도 스위스 여행을 해보셨겠지만, 취리히에는 호수가 있는데 길게 누운 모양이 마치 강처럼 보입니다(저는 그곳을 떠날 때까지 그게 호수인지도 몰랐습니다). 호수가 한눈에 보이는 언덕에는 취리히 병원이 있고, 병원 바로 뒤 의공학biomedical engineering 연구소에 저희 실험실이 있었지요. 처음 접한 그곳 사람들의 이미지는 참 독특하면서도 엄청나게 차가웠습니다. 구성원이 꽤 다국적이었는데, 대부분이 독어권 사람들(스위스 독일어권, 독일, 네덜란드, 룩셈부르크 등)이어서, 독어를 못하는 사람은 다른 사람들과 쉽게 어울릴 수가 없었습니다. 그렇다고 몇 개월 후 떠날 이곳에서 독어를 새로 배울 수도 없었지요. 아침 여덟시부터 저녁 여섯시까지 옆도 돌아보지 않고 일하는, 처음 온 사람에겐 아무도 관심을 가져주지 않는, 얼음장처럼 차가운 분위기였습니다.

그래서 처음 그곳에서 일을 시작했을 때―외국에 나온 지 1년이나 지난 후였지만―한번 더 놀라고 힘들었습니다. 그때는 주위에서 들리는 스위스식 독어조차 어찌나 듣기 싫던지, 텔레비전을 볼 때도 독어권 스위스 채널은 보지 않았을 정도니까요. 돌아보면 조금 더 넉넉하게 마음을 열어야 했다는 후회도 듭니다.

가끔 취리히를 가보면 몇 달 머물렀던 곳이라 그런지 반갑고 묘한 향수까지 느껴지지만요.

그러다가 햇살 따뜻하던 6월에 로잔으로 옮겼습니다. 좋았던 것은 스위스에서 가장 큰 호수 중 하나인 레만 호수가 보이는 도시의 전경이었습니다. 흡사 바다처럼 보이는 호수 위로 햇살이 반짝였습니다. 앞에 보이는 산만 아니면 영락없이 고향 바다인 그 푸른 호수가 얼마나 반갑던지요. 딱딱하게만 들리던 독어에 비해 말랑말랑하기만 한 프랑스어도 괜히 듣기 좋았습니다. 사람들도, 풍경도 더 여유 있어 보였지요.

저의 고향은 부산입니다. 하지만 제가 태어난 곳은 아니지요. 일곱 살 때, 집안 사정으로 서울에서 부산으로 내려온 후, 대학교 때 다시 서울로 올라가기 전까지 대략 10여 년을 살았습니다. 부산은 제가 난 곳은 아니지만 대부분의 유년기를 보낸데다 더욱이 바닷가 바로 옆 동네에서 산지라, 저는 언제나 부산이 고향이라고 생각하고 있습니다. 언젠가 아주 어릴 적 서울에서 알게 된 친구 하나가 부산에 내려와서는 '네가 무슨 부산 사람이냐'라고 저에게 핀잔을 주기도 했지만요.

대학에 진학하기 위해 서울로 올라간 후, 한동안 바다가 보고 싶었던 것도 당연한 일이겠지요. 로잔에 와서 마음이 편안해졌던 것도 바다만큼은 아니지만, 그나마 큰 호수가 눈앞에 펼쳐져 있기 때문이었습니다. 이토록 탁 트인 시야를 지닐 수 있다니! 마치 바다의 수평선을 바라보는 것처럼 반가웠지요.

부산에서 보낸 초등학교, 중학교, 고등학교 시절에 저는 그럭저럭 평범한 학생이었습니다. 부산으로 내려오기 전에 아직도 정확히 알기 어려운 복잡한 집안 사정으로 식구들이 떨어져서 살아야 했던 탓에 꽤 힘든 유년기를 보냈지요. 중학교 때부터는 집안 사정도 조금씩 안정을 되찾았습니다. 크게 배고프거나 가족끼리 떨어져 사는 일 없이 살 수 있었던 것에 감사할 뿐이었습니다. 중·고등학교 때에는 상위권 성적을 유지하기는 했지만, 반에서 1, 2등을 다툴 정도로 공부를 꾸준히 잘하는 아이는 아니었습니다. 성적도 들쑥날쑥했고, 수업시간에 장난기도 많았지요. 그러다 중학교 3학년 때, 짝이었던 친구를 만나면서 악기를 진지하게 다루고, 습작 수준의 노래를 만들기 시작했습니다. 음악도 조금씩 더 찾아 듣기 시작했고요. 어릴 적에 정식으로 악기 교육을 받아본 적이 없고, 집안에 악기를 다루거나 노래를 하는 사람도 없어서, 어머니를 졸라서 산 기타를 그냥 혼자서 치고 연습하고 습작도 했지요. 특별히 음악에 대해서 무엇을 물어보거나 대화를 나눌 상대도 없었습니다. 지금이랑 다를 바 없이 혼자서 학교를 다녀온 밤에 새벽까지 기타를 치고, 음악을 들으며 시간을 보냈습니다. 대학을 가게 되면, 그것도 서울에 있는 대학을 가게 되면 더 많은 사람들을 만나게 될 것이고 음악을 하는 친구들을 많이 만나게 될 거라는 희망은 점점 커지기만 했습니다.

대학을 간 후, 사람들을 만나서 밴드도 만들어보려 하고 가요제도 나가려 했지만 실망스럽게도 진지하게 음악을 계속 같이할 사람은 아무도 없었습니다. 그래서 1학년 말, '유재하 음악경연대회'라는 가요제에 혼자 나갔는데 운 좋게도 상을 타게 되었습니다. 이 가요제는 본인이 곡을 쓰고 악기를 연주하고 노래를 불러야 합니다. 입상 후에는 더 본격적으로 음악을 할 수 있을 거라고 기대를 잔뜩 했지만 이후에도 그런 기회는 쉽사리 닿지 않았지요. 저는 학부 때 화학공학과에 다니고 있었습니다. 학교 공부가 어렵기도 했지만, 무엇보다도 같이 강의를 듣는 친구들과 친하지 못했던 탓에, 몇몇 친구들과만 어울려 다니고 학교 공부에는 정말 소홀했었지요.

제가 지금 박사과정을 밟고 있다는 사실을 같은 학번 친구들이 알게 되면 깜짝 놀랄 것 같습니다. 학교도 남들보다 훨씬 더 늦게 졸업했거든요. 그러다가 졸업할 무렵 어렵사리 오랜 친구의 동생, 후배와 함께 밴드를 만들고, 곡을 쓰고, 클럽에서 연주도 하다가 운 좋게 음반을 내면서 조금씩 이름이 알려졌습니다. 몇 년 후에는 다른 두 멤버가 모두 군대를 가는 바람에 다시 혼자 남게 되었고, 지금까지 홀로 활동을 하고 있습니다. 돌이켜 보면 음악을 시작한 후 대부분의 시간을 혼자 보냈습니다. 문학을 하시는 선생님은 홀로 글을 쓰는 작업이 당연하게 느껴지시 겠지만, 여러 소리를 모아야 하는 음악인에게 혼자라는 사실은 때로는 위험한 일이기도 하고 지독하게 외로운 일이기도 합니다. 그럴 때면 도대체 내가 여기서 무얼 하고 있나 싶지만, 이미 너무 오랫동안 혼자 음악을 해와서인지 더이상 불편하지는 않습니다. 그러나 앨범을 한 장 한 장 내고 곡을 하나하나 쓸 때마다, 음악을 표현하는 방법과 저의 한계가 쉽게 바닥을 드러내지는 않을지, 더 넓고 깊게 표현할 수 있는 수단이 줄어드는 건 아닌지 의문이 들기도 하고, 여러 동료의 영향권 밖에 있는 제 위치가 위태롭게 느껴지기도 합니다. 몇 년 후에는 어떻게 될지 모르지만 그때는 또다른 친구를 만날 수 있겠지요.

11월에는 새 앨범을 내려고 합니다. 한두 곡 정도를 더 쓰고 녹음하면 녹음 작업은 거의 다 될 것 같고, 이제 마무리로 믹싱(각 트랙별로 녹음한 소리들을 섞는 일입니다)과 마스터링(믹싱된 음원을 실제 CD에 배치하고, 각 곡 간의 통일성을 주는 작업입니다)만 남았습니다. 이번 앨범은 미국에서 마무리 작업을 하게 될 것 같습

니다. 제가 직접 가지는 못하지만 요즘 좋아진 작업환경 덕분에
큰 무리는 없습니다. 지난 주말에 곡을 하나 썼는데 기타 연주가
좀더 복잡하게 들어가야 되기에 녹음 전에 연습을 더 많이 해야
겠지요.

　오랜만에 기타를 오래 쳤더니 왼손 끝이 조금 아픕니다. 기타
줄도 오랜만에 갈아야겠어요. 아직 가사를 붙이지 못한 곡이 두
곡 정도 있는데 1, 2주 사이에 마무리지어볼까 합니다. 곡이 완
성되면 선생님께도 들려드리고 싶습니다.

로잔에서 윤석 올림

윤석군에게

2007 09 04 — 화 05 : 19

메일 잘 받았어요. 무엇보다 우리가 같은 나이에 고국을 떠났다는 윤석군의 말에 왠지 동질감이 느껴지네요. 왜냐하면 고국을 떠났던 1966년에 내가 엄청난 정신적, 육체적 충격을 받았듯이 유럽에서의 첫해가 윤석군에게도 상처 같은 것으로 남았던 것 같으니까요.

그래요. 나는 6·25 사변을 겪으면서도 운 좋게 한 해도 쉬지 않고 학교를 다닐 수 있었어요. 그때가 초등학교 6학년 무렵인데 배가 고파 술지게미라고 부르던, 청주를 만들고 남은 비지 덩어리 같은 것을 먹으면서 피란지에서 밤 공부를 했어요. 중학교

는 마산과 대구, 서울, 세 군데서 다니고 졸업을 했지요. 피란
생활이 끝나고 순조롭게 고등학교를 졸업한 뒤 대학에 진학했어
요. 예과 2년과 본과 4년을 낙제 없이 마치고 졸업 후에 곧 공군
군의관으로 3년 동안 낮에는 군복무하고 사관생도를 가르치며
의사 노릇을 했고, 저녁에는 밤잠을 설쳐가며 대학원 공부를 했
어요. 박사과정 시험에 합격하고 군의관에서 제대한 뒤 한 달 만
에 고국을 떠났으니 고국을 떠나기까지의 내 생활은 전연 여유
가 없었지요. 군복무와 학업, 의사 노릇까지 하다가 술 마시고
쓰러져 자다가 깨다가…… 말하자면 제대로 된 사회생활이라는
것을 못 해본 채 고국을 떠났습니다.

　기왕 시작했으니 태어나고 살아온 날들을 조금 더 이야기하
고 싶네요. 나는 1939년 1월 일본 도쿄에서 태어났어요. 아버지
의 존함은 마馬 해海 자, 송松 자로 경기도 개성이 고향이신데 비
교적 부유한 가정의 7남매 중 여섯째였어요. 당신의 친구셨고
어린이 운동단체인 '색동회' 동인인 진장섭 선생님을 비롯한 여
러 분의 말씀에 의하면 조숙한 천재 격이었던 모양입니다. 만 열
한 살에 완고한 부모님이 조혼을 강요하셔서 그 반발로 일찍부
터 어린이 운동에 앞장서셨습니다. 개성에서 서울까지 통학하
시며 보성중학과 중앙중학교에서 일본인교사 영입반대 학생데
모 주동자로 퇴학을 당하시고(지금은 두 학교의 명예 졸업생으로 인

정받으셨지요), 연애사건도 일으키셨다고 해요. 열여섯 살에 일본으로 도망가서 대학 공부를 하셨습니다. 그러다가 일본의 문호라는 기쿠치 간菊池寛의 도움으로 교양잡지 월간『문예춘추』의 창간 사원으로 일하시다가 무리한 생활에 지쳐 2년 동안 결핵도 앓으셨지요. 그리고 스물아홉에『문예춘추』자매 잡지인『모던 일본』을 인수해서 돈도 많이 버셨답니다. 일본 3대 월간지 중 하나로 성장한 이 잡지의 사장이었던 아버지는 조선인의 예술 활동을 적극 후원하는 일본 굴지의 교양인이셨어요. 한편으로는 조선의 동화 작가로서 소파 방정환 선생과 '색동회' 동인을 지내며 많은 동화 작품을 쓰시고, 한국인 야간학교도 설립하며 조선의 어린이에 많은 관심을 쏟으셨지요. 그중「토끼와 원숭이」같은 동화는 일제 치하 조선의 독립을 의미한다는 의심을 사서 게재 금지 조치를 받고 15년 뒤, 해방 후에야 빛을 보기도 하였습니다.

어머니는 마산여고를 졸업하시고 그 당시 무용가로 유명했던 최승희의 영향을 받아 그의 추천으로 일본에서 외국어대학과 무용연구소에 다니셨고, 몇 해 후에는 두 편의 영화에도 출연하면서 무용가로 이름을 날리셨지요.「청포도」나「광야」,「파초」등의 시로 유명한 이육사 선생이 어느 잡지에서 어머니를 인터뷰한 기사가 육사의 작품집에도 나옵니다. 그 기사에는 현대무용과

발레에 있어 최승희를 능가한다는 찬사가 실려 있습니다.

두 분의 첫아들로 태어난 나는 일본에서 여섯 살 때까지 살다가 해방 1년 반 전에 어머니와 함께 귀국했지요. 남동생 하나, 여동생 하나와 아버지의 고향인 개성에서 2년을 살고, 서울로 이사 와서 혜화초등학교에 다녔는데 6학년 초에 6·25 사변이 일어났습니다. 우리는 종로구 명륜동, 성균관대학교 입구에 살았지요. 전쟁이 터진 후, 서울을 남북으로 가로지르는 길 위로 초라한 국군이 북으로 올라가고, 불과 사흘 뒤에 같은 길로 탱크와 대포와 따발총으로 무장한 대규모의 인민군이 내려오는 것을 보았습니다. 그보다 더 많이 본 것은 길거리에 널브러져 있는 국군들의 시체였습니다. 인민군 치하에서 3개월 정도 이어진 여름 내내 나는 태어나서 가장 많은 시체를 보았습니다. 창경궁 건너편의 서울대학 병원 뒤뜰에는 미처 도망가지 못한 국군 환자들의 시체 더미가 썩어갔고, 보지 않으면 반동이라고 몰리는 바람에 사람을 죽이는 인민재판까지 보게 되었지요.

그 여름을 반은 굶어가며 겨우 버틴 우리는 겨울에 중공군이 온다는 소문을 듣자마자 피란길에 나섰습니다. 그러다가 결국 어머니의 연고지인 마산으로 갔고 아버지는 대구에서 사셨습니다. 어머니가 옷 장사도 하시고, 남의 다방에서까지 일하셨지만 점심을 먹어본 기억은 없습니다. 나는 항상 배가 고팠습니다.

햇살이 뜨거운 여름에는 늘 어지럼증에 시달렸습니다. 그때 나는 주린 배를 잡고 마산의 조용한 바닷가를 혼자 걸으며 동시 같은 것을 썼습니다. 그러던 중 중학 입학 국가고시의 성적이 잘 나와 서울중학교에 합격했지만 전쟁통인지라 위탁생으로 마산중학교에 다녔지요.

그곳에서 2년을 즐겁게, 또 배고프게 살다가 드디어 아버지가 계신 대구로 이사를 했어요. 다섯 식구가 누우면 꽉 차는 작은 단칸방이었지만 나는 행복했습니다. 아버지는 그간 내가 써모은 동시들이 괜찮다고 하시며 대구의 일간지인 영남일보와 대구매일에 게재해주셨고, 그때 마침 대구에서 유일한 학생지 『학원』이 창간되었는데, 심사위원들의 칭찬과 더불어 내 글이 실리기도 했지요. 그래서 나는 일약 유명 학생이 되었어요. 무엇보다 좋은 것은 많은 주위 친구나 상급생들이 맛있는 빵을 사주며 연애편지를 써달라고 졸라대던 것이었습니다. 물론 사연을 듣고 써주는 편지였지만 점점 그 양이 많아지는 바람에 종종 밤을 새우기도 했습니다. 그때부터 나는 점심을 굶지 않아도 되었지만 지금 생각하면 그 많은 빵을 점심도 못 먹고 배고파하던 동생에게 한 번도 주지 못했다는 것이 못내 마음 아플 뿐입니다. 그때 대구에서 내가 다니던 학교는 '서울피난대구연합중학'이라는 긴 이름이었습니다.

　중학교 3학년 2학기에 우리 가족은 서울로 돌아왔습니다. 같은 중학교에 입학했지만 다른 도시에 살았던 황동규 시인을 만나게 되었고, 이후 좋은 친구로 50년 이상을 서로 아껴주며 많은 것을 배우며 지내고 있습니다. 고등학교 성적은 비교적 좋았지만 나는 과외 활동에 더 열심이었습니다. 한 달에 두 번, 순전히 학생들 손으로 교내 신문을 만들었는데 그 신문반의 반장이었고 문예반의 반장 노릇까지 겸했지요. 학생 잡지에는 계속 내 동시들이 당선되었고, 전국 백일장에 나가면 상을 타곤 해서 학교 내외로 상당히 유명인사가 되어버렸습니다.

　나는 자연스럽게 문과반을 선택했습니다. 문리대의 정치과에 입학해서 신문기자가 되고 한편으로는 글을 쓰는 것이 내가 갈 길인 줄 알았어요. 그러던 어느 날, 아버지와 친한 어느 정치외교학과 교수님을 찾아뵈었을 때, '왜 가난한 나라의 청년이 정치를 하고 신문기자를 하느냐'는 꾸중을 들었습니다. 제발 과학을 배워서 가난한 고국에 이바지하는 사람이 되라는 그분의 말씀이 상당히 호소력 있게 들렸습니다. 그래서 갑작스럽게 과를 바꾸었지요. 마침 그때 서울 연세대학교에는 특차 무시험제도, 즉 내신성적만으로 합격 여부가 결정되는 제도가 있어서 제일 괜찮아 보이는 의예과에 원서를 제출하고 입학하게 되었습니다.

　일단 입학은 했지만 학교도 낯설고 공부라고는 매일 물리, 수

학, 화학, 생물 같은 과목만 되풀이되었지요. 재미도 없고 공부도 하기 싫어 자주 술을 마셨습니다. 열역학, 함수론, 정성분석 등으로 밤을 새우다가 예과를 마쳤어요. 서울역 근처에 있던 의과대학에 와서 해부학, 생리학, 생화학을 배워도 나의 목마른 마음은 진정되지 않았어요. 그러다가 박두진 선생님의 추천으로『현대문학』에 등단하며 시인이 되었습니다. 그런데 상급 학년으로 올라가면서 천천히 의학에도 호기심과 흥미가 생겼지요. 상당한 자부심과 생명에 대한 경외심을 느끼면서 의과대학을 졸업했습니다.

내 이야기를 하다보니 너무 길어지는 것 같아 이만 그칩니다. 의대 졸업 직후 군의관으로 군대에 가서 지낸 3년과 미국에서의 생활은 다음에 또 말할 기회가 있겠지요. 긴 글 읽어주어 고맙습니다. 윤석군의 이야기를 기다리겠습니다. 공부 열심히 하시고 건강 유의하세요.

마종기

다섯번째 편지

마종기 선생님께

| 2007 | 09 | 26 | – | 수 | 05 | :47 |

여행은 잘 다녀오셨는지요. 그간에 한참 동안 연락을 못 드렸습니다. 새 앨범 출시가 다가오는데 지금이 학업도 마무리를 지어야 하는 시기인데다 제출한 논문의 교정도 봐야 하네요. 거기다가 새 노래 녹음과 부탁받은 가사 작업까지 겹쳐 무척 정신없는 시간들을 보내고 있습니다. 이제 세 곡 정도만 마저 가믹싱을 하면 여기서 해야 할 앨범 작업은 거의 마무리됩니다. 재킷 작업이 남기는 했지만 제가 직접 하는 일은 아니니까 좀더 여유가 생기지 않을까 생각합니다.

10월 7일에 열리는 한 음악축제에 참여하느라 일주일가량 한국에 다녀오게 되었습니다. 한국에 갈 때마다 언제나 가족과 친구들은 겨우 일주일이냐고 묻곤 하지만 사실 학생 신분으로, 특히나 박사과정 마지막 해를 보내고 있는 처지에 일주일씩 실험실을 비우는 게 얼마나 큰일인지 모릅니다. 새 앨범의 후반 작업은 미국에서 하게 되었습니다. 믹싱은 로스앤젤레스에서, 마스터링은 뉴욕에서 합니다. 제가 가게 된다면 간 김에 혹시라도 선생님을 한번 뵐 수 있을까 생각도 했지만, 기술이 발달한 탓에 여기서 작업한 것을 보내주고 확인하는 식으로 일이 진행되겠지요. 이번 주말까지 음원을 보내야 하는데 일단 새 노래들이 준비되면 선생님께도 보내드리려 합니다. 혹 주소를 알려주실 수 있을는지요.

지난 편지에 자제분들이 있다는 이야기를 하셨지요. 직접 아는 바는 없지만 선생님의 시에 나오는 내용들—고등학교를 우등으로 졸업한 일, 멀리 떨어진 학교에 다니면서 한국 불교에 심취했던 일, 특히 지눌 스님을 좋아한다는 이야기, 소수민족을 돕는 인권변호사가 되고 싶어한다는 것, 한국분과 결혼하신 사실, 졸업 선물로 한국에 다녀온 이야기 등—때문인지, 마치 잘 아는 분들처럼 느껴집니다. 자제분들께서 아마도 저보다 조금 나이가 많거나 비슷한 나이일 것 같습니다만(저는 1975년생입니다).

일전에 선생님의 편지를 읽고 스위스에 오기 전 스웨덴에서 만났던 한 학생 생각이 났습니다. 그는 제가 아는 어느 박사님 랩에서 일하는 석사과정 학생이었는데 에티오피아에서 온 키가 자그마한 친구였습니다. 잠시 그 박사님과 함께 일했을 때, 저희 과 건물 앞에서 처음 이 친구를 만나게 되었습니다. 박사님께서 '정말 똑똑하고 일도 열심히 하는 학생'이라며 칭찬을 아끼지 않으셨지요. 그러다가 그 친구가 석사과정을 마치고 박사과정을 지원할 무렵, 박사님으로부터 놀라운 이야기를 들었습니다. 어느 교수도 그를 받아주려 하지 않는다는 것이었지요. 다른 이유는 없었습니다. 단지 아프리카 출신이라는 사실 때문이었어요. 그래서 박사님께서 그 친구를 박사과정 학생으로 받아주기로 약속을 할 당시 그가 울면서 이렇게 말했답니다. "당신이 날 안 불러주면, 나는 더 공부할 곳이 없어요."

그 이야기를 듣고 많은 상념이 들었습니다. 30, 40년 전 외국으로 유학을 왔던 선배님들은 얼마나 많은 편견 속에서 공부하며 견뎌왔을까…… 물론 이곳 유럽에는 여전히 보이지 않는 편견이 존재하지만, 지금 외국에서 공부하는 우리나라 학생들은 더이상 그런 극단적인 차별을 받지는 않을 겁니다.

며칠 전에 석사과정 학생을 한 명 지도하게 되었는데, 이 친구의 어머니가 브라질인이라 포르투갈어를 할 줄 안다고 했습니다. 브라질에 다녀온 이야기를 들었을 때 선생님 생각이 났습니

다. 사람들은 브라질을 말할 때 예외 없이 제일 먼저 '위험한 곳'
이라는 사실을 꼽지만, 이 친구는 이런 이야기를 하더군요. '가
난하지만 행복의 근원을 아는 사람들이 사는 곳'이라고요.

　서머타임 마지막 주를 맞이하는 이번 주부터 이곳은 기온이
많이 떨어졌습니다. 덕분에 잘 걸리지도 않는 감기까지 걸리고
말았네요. 추석이었는데 어떻게 보내셨는지요. 건강하시고, 시
간 나실 때 편지 주십시오.

　　　　　　　　　　　　　　　　　　　　　윤석 올림

윤석군에게

2007 09 28 – 금 01:30

일전에 윤석군에 대한 호칭을 고민하면서 든 생각인데, 사실 우리말로는 한 번도 만나보지 못한 관계에서 부를 수 있는 호칭이 제한적이지요. 물론 어미 처리도 그렇기는 하지만요. 대부분의 사람들을 존칭으로 부르는 버릇이 잘 고쳐지지는 않아요. 미국에서는 호칭이 가끔 문제가 되기는 합니다.

내가 미국에서 살기 시작했던 1960년대에 나보다 먼저 미국에 온 선배 부부 집에 자주 초대받아 간 적이 있는데, 부부가 서로의 이름을 부르는 것이 이상하게 들렸어요. 특히나 젊은 부인이 2층에 있는 남편의 이름을 큰 소리로 부르는 것이 영 낯설었습니다. 그러다가 미국에 산 지 11년째던가, 학교에 나가면서 동시에 큰 그룹의 파트너로 개업을 병행하게 되었을 때의 일입니다. 그 그룹의 가장 연장자인 아저씨뻘 미국 의사에게 '닥터 요더!'라고 불렀습니다. 그랬더니 이 사람이 갑자기 화난 목소리로 내가 그렇게 늙어 보이느냐며 제발 그냥 '존'이라는 이름을 불러달라고 하더라고요. 그후부터는 남자고 여자고 늙고 젊음을 따지지 않고 크리스, 밥, 프랭크, 리즈, 메리처럼 이름을 불렀지요. 이름을 부르면 간접적으로 친하다는 사실을 표하는 것이라 다들 좋아하지요. 유럽은 그런 면에서 좀 보수적일 것 같은데, 어때요?

새 앨범 작업과 박사 논문의 마지막 단계에서 많이 바쁘군요. 짐작이 갑니다. 그래도 날씨 좋은 10월에 잠시나마 고국에 갈 수 있다니 부럽습니다. 나는 지난 7년 동안 매해 봄과 가을에 귀국했지요. 특히나 지난 5년은 은퇴를 한 뒤여서 가을의 두 달 이상을 고국에서 살았어요. 고국의 가을은 참으로 아름답고 아기자기합니다. 하지만 올해는 연로하신 어머니를 간호해드려야 할 것 같아 귀국을 포기했어요.

미국에 처음 왔던 1960년대에는 오랫동안 귀국을 하지 못했습니다. 1966년 6월에 오하이오 주의 작은 도시에 수련의로 온 직후, 같은 해 11월에 갑자기 아버지께서 돌아가셨어요. 하지만 큰아들이 되어서 임종은커녕 장례식에도 참석할 수 없었지요. 미국에 올 때에도 앞으로 일할 병원에서 비행기표 값을 가불해서 온 셈이니 한국에 갈 여비가 있을 리 만무했습니다. 그간에 한국인 두세 분을 알게 되었지만 그분들에게나 병원에 돈을 빌려달라고 할 처지도 못 되었지요. 결국 미국에 왔다가 처음으로 귀국해서 아버지의 산소에 간 것은 만 5년 후였습니다. 그동안은 휴가를 길게 받을 수도 없었고 비행기표 값도 없었거든요. 그때 귀국해서 한 열흘 정도 머물렀던 것 같아요. 그리고 두번째 귀국은 그로부터 다시 5년 뒤의 일이 되었습니다. 그러니까 10년 동안 고작 두 번 귀국을 한 것입니다.

나는 아들이 셋입니다. 윤석군이 내 시로 짐작한 것이 대강 맞았네요. 첫째는 안과 의사인데 대학교수로 재직하고 있어요. 지난 몇 해 동안 고국의 안과 학회에 초청받아 특별 강연을 해오고 있지요. 미국 안에서는 물론 일본, 중국, 호주, 유럽의 많은 나라에서 초청을 많이 받고 있어요. 대학 생활 중 한국에서도 1년 반을 살았고 떡볶이를 좋아합니다.

둘째는 법대를 나와 바라던 대로 변호사가 되었습니다. 아직도 지눌 선사를 좋아하는데 큰 회사의 변호사로 조용히 살면서 특히 어려움에 처한 한국 이민자들을 많이 도와주는 모양이에요. 말을 잘 안 하고 빙긋이 잘 웃는 아이지요.

셋째는 낙천적인 성격이에요. 1973년에 낳았고, 펜실베이니

아 대학의 와튼비즈니스스쿨을 졸업한 뒤 뉴욕에서 직장을 다녔습니다. 돈도 많이 번다고 하더니, 9·11 사태 이후 한 3년 동안 상당한 우울증에 시달려 며느리가 혼쭐이 났었지요. 그날 지상에서 사라진 두 개의 무역센터 중 한쪽 빌딩 105층에는 '윈도스 windows'라는 식당이 있었어요. 바로 그 식당에서 셋째는 월·수·금 사흘을 사장과 함께 아침식사를 하며 회의를 해왔는데, 사건이 터진 날은 아들이 그곳에 올라가지 않는 화요일이었고 덕분에 죽음을 면할 수 있었지요. 대부분의 경우 사망자들의 시체조차 찾을 수 없었기 때문에 한동안 셋째는 사장과 동료들의 시체를 찾아준다고 집에도 안 들어왔다고 합니다. 그러고는 걷잡을 수 없는 우울증에 빠져서 우리도 걱정이 많았지요. 물론 이제는 정상을 찾고 집도 큰형이 사는 피츠버그로 옮겼습니다.

보내주는 CD는 잘 받을게요. 주소 아래 적은 내 이름은 'Chonggi Mah'입니다. 40년 이름을 이렇게 지키느라 주위의 미국 친구들은 혀를 많이 굴려야 했지요. 대개가 '총기'로 발음하고 심한 사람은 '션지' '숀지' '총이'라고도 했지요. 쓸데없는 이야기가 많았네요. 바쁜 일들 잘 마무리짓기 바라면서 오늘은 이만 그칩니다. 건강하세요. 🖋

마종기

마종기 선생님께

2007 | 10 | 02 | – | 화 | 22 | : | 49

실험실에서 짧게나마 메일 드립니다. 미국에선 선생님의 이름
이 그렇게 불리는군요. 저도 처음 스웨덴에 왔을 때, 저를 어떻
게 소개해야 할지 몰랐었지요. 저희 연구실에 있던 한국과 중국
사람들은 '장' '킴', 이런 식으로 성을 부르더군요. 서구에서 이름
이 아닌 성을 부르는 것은 아주 형식적인 관계일 경우에만 해당
되는데, 그것이 저희 연구실의 관습이었나봅니다. 그래서 저는
저도 모르는 사이에 '조'가 되었지요. 그런데 저희 연구실에 있
던 러시아 친구는 가끔 저를 '윤숙' '윤석'이라고 불러주었어요.
서투르면서도 애정 어린 목소리가 참 듣기 좋았지요. 그래서 스
위스로 옮기고 나서는 각오한 듯이 저를 '윤석'이라고 소개했는

데, 제 영문표기가 'Yunsuk'이다보니 대부분 '윤숙'이라고 불렀어요. 그럴 때마다 그건 한국에서는 여자 이름이니 'suck'에 가깝게 부르라고 했지요(아시겠지만 'suck'이 이름으로 쓰기에 그리 좋은 의미의 단어는 아니지요). 그리고 저는 제 성을 'Cho'가 아닌 'Jo'로 쓰는데 그러다보니 스칸디나비아나 게르만어권 사람들은 예외 없이 '조'가 아니라 '요'라고 부르기도 합니다. 그러니까 제 이름은 '윤숙요'가 되기 쉬운 셈이지요. 심지어는 영어 철자를 'Yunsuk Jo'가 아니라 'Yunsuk Yo'로 알고 쓰는 친구들도 심심치 않게 있답니다. 많은 중국 아이들은 영어 이름을 지어서 오기도 하더군요. 그렇게 발음하기 어려운 이름도 아닌데, 조금 의아하기도 합니다.

선생님의 글을 읽으니 스웨덴에 오고 난 뒤 처음 귀국했던 2003년 여름이 생각납니다. 비행기에서 서해 바다가 보일 때부터 계속 싱글벙글했지요. 뭐가 그리도 좋았던지, 비행기가 고도를 낮추고 활주로에 닿을 무렵까지 계속 미소를 지었어요. 가족들의 환영을 받으며 공항을 빠져나오고 서울로 들어설 때도, 겨우 반년 남짓 떨어져 있었을 뿐인데 모든 것이 감사하고 친숙하고 편안하고 즐거웠지요. 정신없이 친구들을 만나고, 공연을 하는 일상이 너무나 행복해서 체류 기간이 그렇게 짧게 느껴질 수가 없었습니다.

드디어 내일이면 한국에 갑니다. 일주일 정도의 일정이니 오가는 날을 제하면 자유시간은 별로 없는 셈이네요. 하지만 말씀하신 대로 오랜만에 한국의 가을을 보게 될 생각을 하니 기분이 좋습니다. 고향인 부산에는 다녀올 시간이 없겠지만 서울에서라도 즐겁게 지내다 오겠습니다.

보내주신 주소 감사합니다. 돌아오는 대로 그간 작업한 것들을 CD로 보내드리고 싶습니다. 앨범이 나오면 나오는 대로 또 보내드리겠지만, 정식으로 앨범이 나오기 전에 제 손으로 편집한 CD를 구워 보내드리는 것도 나름대로 의미가 있겠지요. 선생님의 시를 읽다보면 음악을 매우 좋아하실 듯한데, 클래식이나 재즈 같은 연주음악은 아니지만 선생님께서도 좋아하셨으면 하는 바람을 가져봅니다.

일주일간의 공백 탓인지 여전히 가기 전에 할 일들이 태산 같네요. 돌아온 후 소식도 전해드리고 다시 편지 드리겠습니다. 건강하십시오.

로잔에서 윤석 올림

윤석군에게

2007 10 03 - 수 08 : 13

윤석군이 귀국한다는 말에 나까지 신이 납니다. 나 대신 고국의
가을 하늘빛을 눈에 많이 담아오기를 바랍니다. 한동안은 눈이
깨끗해져서 보통 때는 안 보이던 것까지 잘 보일 것입니다. 눈에
보이는 것과 안 보이는 것의 그 차이점과 대상이 주관적이라는
말에 나는 찬성합니다. 적어도 내게는 고국의 가을 하늘빛이 평
소에 보이지 않던 것들을 보이게 하는 힘을 가지고 있습니다.

　이번 가을에 나는 고국에 가지 못합니다. 연로하신 어머니를
돌보고 있는 내 누이동생이 오랜만에 귀국을 하게 되었기 때문
입니다. 지난 10년 중 8년은 가을의 고국에 갔었고 특히나 지난

5년, 은퇴 후에는 두 달 정도 고국에서 살았기 때문에 어떻게 이번 가을을 보내게 될지 걱정이긴 합니다. 그래서 윤석군의 짧은 귀국도 부럽기만 합니다. 모쪼록 좋은 시간 보내고 공연도 잘하길 바랍니다.

　가을에는 10월의 2주 반을 어머니가 계시는 시카고에서 보내게 되겠지요. 고국에 가는 대신, 그리고 어머니를 뵈러 가기 전에 결행하자고 마음먹고 지난 9월 초부터 3주간, 남미 여행을 했습니다. 칠레, 아르헨티나, 우루과이와 브라질, 이렇게 4개국을 다녀왔지요. 조금 자유로운 스케줄의 패키지여행이었어요. 미국 플로리다 남쪽 끝 마이애미에서 칠레 비행기를 타고 밤 열시에 떠나 다음날 아침, 산티아고에 도착했지요. 아홉 시간이 넘는 비행 중에 자다가 읽다가 한 책은 내가 평생 좋아해온 생텍쥐페리의 『야간 비행』이었습니다. 안데스산맥을 따라 날아가는 비행기 안이어서 더욱 그랬는지 다시 읽어봐도 그 감동은 너무나 신선했습니다.

　젊은 날, 그러니까 의대생 시절인 1960년 초에 처음으로 한국에서 그 책이 번역 출간되었을 때의 인기란 정말 대단했지요. 아르헨티나 남쪽 파타고니아의 상공에서 항공 우편기를 타고 오던 파비앵이란 조종사가 심한 기상 변화에 엄청난 시련을 당한 채 끝내 순직합니다. 강인한 책임자 리비에르의 고뇌와 책임감을 책을 통해 다시 한번 접하면서, 내 의대생 시절의 끝없는 좌절감과 불안을 잠재워준 그 옛날의 생텍쥐페리에게 감사를 느꼈습니다.

산티아고에서 며칠을 보내고, 해변가 발파라이소Valparaiso와 시인 파블로 네루다가 살던 집이 있는 이슬라네그라Isla Negra와 다른 두 곳의 집에 들렀는데 묘하고 재미있었어요. 하지만 그보다는 다시 비행기를 타고 남쪽으로 내려와 며칠을 보낸 푸에르토몬트Puerto Montt와 푸에르토바리오스Puerto Barrios의 작은 어촌이 더 인상적이었지요. 바닷가에서 싱싱하고 엄청나게 싼 성게알을 곁들여 화이트 와인을 취하도록 마셨어요. 그 밤, 어촌의 호수 건너로 보이던 활화산의 아름다움은 이번 여행 중 잊을 수 없는 백미였지요. 물론 이번 여행 최고의 순간은 안데스산맥을 넘어왔을 때였지만요.

그 어촌에서 며칠을 지낸 뒤, 우리 일행은 버스를 네 번, 배를 세 번 타고 심지어는 바퀴를 쇠줄로 감은 무개차에도 올랐는데 그 큰 차가 잠깐잠깐 미끄러질 정도로 위험천만한 길도 달렸지요. 안데스산맥의 남쪽을 넘어 바릴로체San Carlos de Bariloche라는 아르헨티나의 작은 도시까지 이르는 총 열두 시간의 여로였어요. 정상 부근에서 30분가량 눈 더미 사이를 걸었던 것이 너

063

무나 좋았습니다. 비포장도로의 1차선이라 안데스산맥의 칠레 쪽과 아르헨티나 쪽이 서로 연락을 해서 운행시간을 조정해야만 했고, 정해진 시간에는 오직 한 대의 차만 다닐 수 있는 길이었어요. 게다가 정상에는 눈이 많이 쌓여 천야만야한 높이의 산을 걸어서 국경을 넘기도 했지요. 나는 혼자 흥분해서 아무도 모르게 그곳에서 길을 잃었다던 기요메의 발자국을 찾기도 했습니다. 가슴이 많이 아파오더군요. 『인간의 대지』에 나오는 안데스산맥에서 조난당한, 그리고 결국 친구의 품에 안겨 죽어간 바로 그 기요메의 발자국을 찾은 것이지요.

칠레의 산티아고에서도, 아르헨티나의 부에노스아이레스에서도 봄꽃을 많이 보았어요. 노란 꽃은 미모사고 흰 꽃은 뭐라던가, 이름은 잊었지만 고속도로에 참 많이도 피었데요. 9월 중순은 바로 초봄의 시작이고, 23일이 되니까 오늘부터 여기는 봄이라고 해서 여기는 그렇구나, 하며 고개를 끄덕였습니다. 우루과이는 빈한한 라틴 국가의 전형이었고, 브라질의 이구아수 폭포는 거창했고, 리우데자네이루의 화려한 풍광은 칠레나 아르헨티나와는 판이하게 다르더군요. 삼바 쇼에 가서 그들의 춤도 보았습니다. 열정적인 박자의 흥취는 유별나게 들렸지요. 혹 좋아할까 해서 삼바와 보사노바의 토속음악 CD를 몇 장 사왔습니다. 서울에서 돌아오면 보내주고 싶네요. 음악을 전공하는 윤석군이 느끼는 삼바의 음악은 나와는 질감이 다를 테니까요.

　서울의 가을 소식을 기다리면서 오늘은 이만 그칠게요. 건강하게 잘 다녀오기 바랍니다. 남미 이야기는 나머지 몇 자가 남은 것 같으니 기다려주어요.

마종기

마종기 선생님께

2007 | 10 | 13 | – | 토 | 01 | : | 34

일주일간의 짧은 여정을 뒤로하고 다시 로잔으로 돌아왔습니다. 프랑크푸르트에서 너덧 시간을 기다린 후, 밤 열한시경에 제네바로 돌아왔는데 문득 기분이 이상해서 가방을 뒤져보니 집 열쇠가 없더군요. 공항에서 미친 듯이 가방을 열고 열쇠를 찾아보았지만 뭔가 잘못된 것이란 예감이 스쳤습니다. 부친 가방에 넣은 것 같기도 했고, 아무튼 부지불식간에 분실한 모양입니다. 시간은 이미 자정을 넘겼고, 몸은 만신창이가 된 듯 피곤해서 결국 근처 호텔로 가서 비싼 하룻밤을 묵어야 했습니다. 다음날 아침, 열쇠 복사본을 가지러 친구가 사는 프랑스 리옹으로 향했지요. 그런 소동을 겪은 덕분에 시차는 그럭저럭 적응이 되었지만 그래도 이곳 시간으로 오후 세시경이면 여전히 잠이 옵니다. 오늘도 오후가 되니 조금 힘이 드는군요. 그래도 밀린 일들이 많아 늦게까지 학교에서 일을 하고 가려고 합니다. 그 시간을 틈타 이렇게 편지를 쓰고 있습니다.

서울에 도착했을 때 깜짝 놀랐습니다. 한국의 가을을 직접 느껴본 것이 벌써 5년이 넘은 셈이지만, 공항을 나설 때의 공기는 제가 기억하고 있는 가을 공기가 아니었습니다. 마치 여름 같았고 반팔을 입은 사람들도 많이 보였습니다. 바보처럼 출발하기 전 날씨도 확인하지 않고 스웨터와 목도리를 잔뜩 넣어서 짐을 쌌기에 마땅히 입을 옷이 없더군요. 사람들은 기상이변이라고도 하고, 점점 아열대기후가 되어간다고 걱정하고 있었습니다. 예상대로 고향인 부산에는 가보지 못했고, 그 대신 '가을 전어'는 도착한 첫날부터 며칠 동안 먹을 수 있었습니다. 요즘엔 서울에도 싱싱한 전어가 많이 올라오더군요.

첫날은 집에서 쉬고, 이튿날엔 마지막 남은 녹음이 있어서 작업을 하고, 음악 하는 동료들, 선후배들과 새벽 두시 가까이 될 때까지 술을 마셨지요. 요새는 왜 그리 사람들의 손을 잡는 게 좋은지 모르겠습니다. 계속 누군가의 손을 붙잡고 있었지요. 다음날에는 공연 연습을 한 뒤 재킷 디자인을 해줄 누나를 만나서

어떻게 새 앨범 재킷을 만들 것인지 의논했습니다. 이전 앨범의
디자인을 해준 분이에요. 보수도 받지 않고 도와주시는 고마운
분이지요. 저희 누나의 20년 지기이기도 하고요.

공연 전날, 태풍이 북상한다는 뉴스를 보고 많이 긴장을 했는
데 역시나 공연 당일 오후가 되니 비가 내리기 시작하더군요. 야
외무대라 고민도 했지만 다행히 제가 무대에 오르기 전에 비가
그쳐서 오신 분들이 그다지 춥지 않게 공연을 즐길 수 있어서 좋
았습니다. 공연을 끝낸 뒤 출발 전날에 인터뷰를 하나 하고 고
향 선배님을 잠시 만나고 바로 출국을 했지요. 인터뷰를 할 때마
다, 선생님의 시에 대한 질문을 적잖이 받곤 합니다. 이미 제 주
위의 많은 분들이 제가 선생님의 시를 좋아하고, 또 많은 영향을
받는다는 걸 알고 있나봅니다. 이번 인터뷰 때도 어김없이 저에
게 선생님의 시와 제 노래의 관계에 대한 질문을 하더군요. 그렇
게 일주일을 숨가쁘게 보내고 돌아온 이곳에는 일들이 잔뜩 밀
려 있습니다. 미국에서 진행되는 믹싱은 아마 이번 주말, 내일
이면 마무리될 것 같으니 10월 말엔 조금 여유가 생기겠지요.

선생님께서 칠레와 아르헨티나, 브라질, 남미 곳곳을 다녀오
신 이야기를 읽다보니 가보지 않았음에도 가슴이 떨립니다. 칠
레의 어촌에 대한 이야기를 읽었을 때는 갑자기 고향 바다가 생

각나기도 했고 당장 달려가고 싶어졌습니다. 전에 말씀드렸다시피 저는 서울에서 태어나서 일곱 살 때 부산으로 내려온, 그러니까 진짜 부산 사람은 아닐지 모르지만, 제가 생각하는 저의 고향은 유년기의 대부분을 보내고 자란 부산이지요. 부산에서 대부분의 시간을 바닷가 근처에서 살았습니다. 그때 바다는 익숙한 일상의 풍경이었기에 그리 큰 감흥을 받고 자라지는 않았습니다. 공기처럼 그저 '당연하게' 있는 존재였다고 할까요. 서울의 대학으로 진학한 후, 가끔 내려갈 때마다 마주치는 바다는 오랜만에 만나는 가족이자 친구, 고향과 같았지요. 가까이 있을 때는 잘 모르다가 떨어져 있으면 그립고 보고 싶은 그런 존재요.

언제 돌아오느냐는 친구들의 말에 이제는 모르겠다고 답할 수밖에 없는 저 자신을 보면서, 이곳 생활이 끝나는 내년 봄에는 지구의 어디에서 무엇을 하고 있을까 생각해보게 됩니다. 입버릇처럼 부산에서 두 달만 있었으면 좋겠다고 가족과 친구들에게 이야기했지요. 5월에 논문심사 과정이 끝나면 7월경까지 부산에 있고 싶은데 여건이 허락될지 모르겠습니다. 그러고 보니 한국에서 회사 일을 마치고 유럽에 건너오기 전까지 고향에서 지냈던 두 달이 제 인생에서 가장 아름다웠던 시기가 아니었나 생각하곤 합니다. 그때 얼마나 오랜만에 고향의 가을을 만끽했었는지요. 해운대 바닷가와 달맞이 언덕의 산책로, 한가로운 어촌의 풍경, 고향 친구들이며 서서히 차가워지기 시작하던 공기…… 그저 아득하기만 했던 것들이 손을 뻗으면 닿는 곳에 머물러 있었지요.

매년 겨울엔 한국에 들어가서 공연하느라 정신없이 보냈는데, 이번 겨울에는 저도 브라질에 가볼까 잠시 생각했습니다. 지금이 아니라도 언젠가 갈 기회는 있겠지만 어쩌면 유럽에서의 마지막 해가 될지 모르는 이번 겨울에 다녀오는 것도 좋을 것 같아서요. 이제 유럽을 떠나면 어디로 가게 될까요. 앞으로는 더 바쁘게 살아야 할 것 같습니다. 삼바에 미쳐서 살고 있지만 삼바나 보사노바를 제가 직접 하는 것은 무리인 듯하고, 어떤 면에서는 그래선 안 된다는 생각도 했지요. 그런데 지금 몇 곡을 만들어본 후 조금 자신이 생겨서 다음 앨범에는 목소리와 기타만으로 브라질 음악의 형식을 빌려서 한국 사람의 이야기를 담아보려는 계획도 하고 있습니다. 그러려면 한번 가보는 것도 좋겠다 싶어요.

이번 주에 믹싱이 끝나는 대로 선생님께 CD를 보내드릴까 합니다. 처음으로 보내드리는 제 음악들이니 설령 크게 감흥이 없으시더라도 들어주시는 것 자체만으로 큰 힘이 되지 않을까요. 저를 기억해주시고 음반을 사오셨다는 말씀에 뭐라 감사의 말씀을 드려야 할지요.

지난 편지에 선생님께서 잠시 부모님에 대한 말씀을 하셨지요. 선생님의 시구 중 어머니를 '구제 신발'을 신은 '꿈처럼 무용만 아는' 분으로 묘사하셨던 시구가 기억이 납니다. 올해 내내 그 시구가 맴돌았습니다. 마치 제가 그분을 직접 뵌 것 같은 기분도 들었어요. 무엇보다도 저 자신이 '꿈처럼 음악만 아는' 사람이 되어간다고 자각하기 때문일까요. 시간이 가면 갈수록 세상을 보는 방법과 시각이 '음악'으로 굳어지는 걸까요.

　로잔의 가을은 고국보다 쌀쌀합니다. 서머타임이 끝나면 밤은 더욱 성큼 다가오겠지요. 제가 가장 사랑하는 계절이니만큼 곡을 쓰기에도 좋고, 시를 읽기에도 더없이 좋은 시간입니다. 선생님께서도 여행에서 돌아오신 이후로 많은 시들을 쓰고 계시지 않을까 합니다. 가을 속에서 좋은 시 많이 쓰시길 바라며, 건강하십시오. 또 편지 쓰겠습니다. 🖋

로잔에서 윤석 올림

윤석군에게

2007 | 10 | 14 | – | 일 | 05 : 40

일주일간의 짧은 일정을 마치고 허겁지겁 로잔으로 돌아왔군
요. 귀국이 너무 짧았네요. 한국의 가을을 잠깐이나마 느낄 여
유도 없었겠어요. 그 일주일이 모두 시차 때문에 엉망이었을 테
니까요.

　내가 고국을 떠났던 1960, 1970년대에는 미국에서 서울로 직
항하는 비행기가 없긴 했지요. 하지만 10년에 두 번 간 일시 귀
국 때마다 2주일 이상은 머물렀는데…… 귀국을 해도 이전에 고
국에서 사회생활을 못 해보고 떠난 주제라, 글 쓰는 옛 친구들
만나 술 마시고, 돌아가신 선친께 성묘를 드리고, 모교에서 내
전공에 대해 몇 마디 세미나를 하면 모두 끝이 나지요. 하지만

윤석군은 연주회까지 했다니 아무래도 기간이 너무 짧았어요. 고국의 가을을 많이 못 보고 왔을 것 같아 내가 다 아쉬운 생각이 듭니다.

 한데 가을 전어를 먹었다고요? 전어가 그렇게 맛있어요? 아니면 윤석군이 부산 사람이라 그 맛을 더 즐길 줄 아는 것인가요? 나는 회라는 음식이 유행을 하기 전에 고국을 떠났어요. 그래서 고국에 가면 친구들이 하나같이 회를 즐기는 것이 부럽고 이상하게까지 느껴지지요.
 몇 해 전 가을이었어요. 내가 좋아하는 이병률 시인에게 '여러 사람이 수산 시장이라는 곳에 가서 회를 먹어보라고 하니 안내를 해달라'라고 부탁했지요. 덕분에 시장을 두루 구경했어요. 이 시인이 이것저것 횟감을 샀고 집사람과 김철식 시인과 더불어 많이 먹었지요. 그런데 회를 모르는 내가 무슨 생선인지 모르고 주춤거리니까 이 시인이 이것은 가을에 맛있게 먹는 전어라고 하면서 자그만 생선을 가리켰어요. 먹기는 먹었는데 간고등어나 꽁치구이 정도만 먹던 내 입이 갑자기 전어의 맛을 알아차릴 리가 없지요. 그저 다들 먹으니 맛있는 것인가 하고 소주 안주 삼아 먹었던 기억이 나요. 어쩌다 이 시인에게 윤석군의 이름을 물었더니 칭찬을 아끼지 않더군요. 윤석군의 연주회에도 갔었다고 하더라고요.

대중음악계에서는 어떤지 몰라도 내가 고국의 문단에 한 가지 불만이 있다면, 자기와 비슷한 전공의 예술 분야에서 활동하고 그 실력이 비슷한 정도면 서로 칭찬해주는 경우가 드물다는 사실이에요. 한두 번은 내가 잘못 본 줄 알았는데 이것이 고국 예술계의 특징 중 하나인지, 아니면 좁은 땅에 재능 있는 사람이 많아 경쟁이 심해 그러는 것인지 궁금해지기도 합니다. 서로 칭찬해주는 분위기가 우리나라 예술계에 넓게 퍼졌으면 좋겠다는 생각을 자주 하게 돼요. 패거리끼리 작당을 하기 위함이 아니라 순수한 의도로 서로 용기를 주어야 나라의 예술계를 한 단계 성장시키지 않을까요.

여행에서 가지고 온 브라질 음반은 그곳 전문가의 추천으로 산 것인데 주소를 알려주면 보내도록 하지요. 윤석군이 보내준다는 CD 열심히 들어볼게요.

나도 음악 듣기를 무척 즐기는데 바흐, 모차르트, 베토벤, 브람스를 주로 들어왔고, 요즈음에는 가야금 같은 우리의 옛 음악을 알고 싶어 시간을 그리로 많이 돌리고 있기도 하지요.

답신을 쓰다보니 몇 줄 더 남미 여행에 대해 말하려던 것을 다

음으로 미루어야겠네요. 모쪼록 여행의 피로에서 빨리 벗어나

해야 할 일들 차근차근 풀어나가기 바랍니다. 🖋

마종기

part 2

아직 끝나지
않은 여행

2007.10.22—2008.01.30

크리스마스와 신년을 고국에서 맞는다니 정말 부럽네요.

음반 판매도 잘되길 바라고 좋은 콘서트를 기대하겠습니다.

그러고 보니 나는 지난 41년 동안 고국의 겨울을

보지도 느끼지도 못했네요.

휴가를 받아서 귀국했던 개업의 시절에는 귀국 시기가

날씨 좋은 가을이나 봄이 될 수밖에 없었고,

은퇴를 한 뒤에도 학교에서 가르치는 일 때문에

역시 봄과 가을에만 찾아가게 되었어요.

언젠가는 나도 고국의 겨울을 꼭 한번 만나보고야 말겠습니다.

마종기 선생님께

2007 | 10 | 22 | — | 월 | 22 : 03

아직 시카고에 계시겠군요. 어머님 건강은 어떠신지요. 내일이면 드디어 앨범의 최종 작업인 마스터링이 끝나게 됩니다. 이번 주말까지도 서울에 있는 회사와 로스앤젤레스의 믹싱 엔지니어, 그리고 저까지 재작업해야 할 곡들을 두고 긴박하게 상황이 진행되었습니다. 타이틀곡을 정하지 못해 주말 내내 전화와 이메일을 붙들고 있다가 어렵게 곡을 확정했습니다. 원래 8분 20초나 되는 곡인데 라디오에서 방송을 하기에는 너무 길어서 방송용 편집본을 따로 만들기로 결정했습니다. 부랴부랴 로스앤젤레스에 메일을 보내고, 협조를 부탁하고, 한국에서 따로 엔지니어와 시간을 맞추고……

　아무튼 내일이면 이 모든 작업이 끝날 수 있다니 너무나 기쁩니다! 일을 끝내고 다시 편지 쓰겠습니다. 이곳은 벌써 밤에는 영하 35도까지 떨어집니다. 시카고는 더 춥다고 들은 것 같은데, 옷 따뜻하게 입으시고 건강 조심하십시오. 🖋

윤석 올림

마종기 선생님께

2007 10 31 − 수 01 : 02

지난주 화요일에 끝났어야 할 마스터링 작업에 문제가 생겨서
또다시 전전긍긍하고 있습니다. 몇 곡의 믹싱은 기술적인 문제
로 한국에서 진행을 했는데 미국에서 믹싱을 한 곡들과 질감이
달라서 아무래도 작업을 다시 해야 할 것 같아 조금 맥이 빠집니
다. 게다가 두어 곡에 잡음이 들어가서 어쩔 수 없이 추가 비용
을 지불하고, 이번 주 목요일에 마스터링 일정을 잡았습니다. 뉴
욕과 로잔의 시차가 아홉 시간이나 나는 바람에 그곳에서 작업
끝나기를 기다리려면 여기 시각으로 늦은 새벽이 되어버리지요.

시간을 아끼기 위해 기다렸다가, 작업한 음악들을 검토하고
다시 교신하면 한숨도 못 잔 상태로 실험실에 갈 때도 있습니다.

일정에 쫓기다보니 여유가 없어지고, 신경도 날카로워진 것 같아서 이번 주말에는 여행을 다녀올까 합니다. 이번 주 금요일이면 기필코 마스터링이 다 끝날 거라고 믿고(!) 바르셀로나로 가는 표를 끊었습니다. 겨우 2박 3일의 일정이지만요. 다음날엔 파리에도 가야 할 것 같습니다. 서울의 모 잡지에서 파울로 코엘료라는 작가를 인터뷰해달라는 부탁을 받아 그를 만날 예정입니다. 작가지만 작사나 프로듀싱 같은 음악 활동도 많이 했다는 이야기를 들어서 기대하고 있습니다. 게다가 리우데자네이루 사람, 카리오카Carioca라니 말이지요. 저는 스페인에 가본 적이 없어서 실험실에 있는 스페인 친구에게 물어보기도 하면서 조금씩 준비를 하고 있습니다. 시간은 얼마 되지 않고, 또 계획을 세워서 여행을 다니는 성격은 아니에요. 하지만 미리 끊어놓은 비행기표를 바라볼 때 느끼는 왠지 모를 뿌듯함처럼 여기저기 알아보면서 여행을 준비하는 과정도 재미있다는 사실을 처음 알았습니다.

　다음주 초쯤 마스터링된 제 노래들과 함께 다시 소식을 드릴 수 있겠네요. 스페인 다녀온 이야기, 파울로 코엘료를 만난 이야기를 전해드리겠습니다. 건강히 돌아오시기를 바랍니다. 🖋

로잔에서 윤석 올림

메일 반가웠습니다. 막바지 음반 작업과 논문심사 준비하느라 바쁜 모양이군요. 문득 내가 미국 와서 4, 5년 되었을 때 생각이 나네요. 필기시험과 구두시험을 치르는 미국 전문의 시험 준비를 하던 때였지요. 모쪼록 모든 일이 잘 마무리되기를 바랍니다.

스트레스도 풀 겸 스페인과 파리를 여행하기로 했군요. 즐거운 여행이 되기를 바랍니다. 나도 스페인에 2주일씩 두 번을 갔는데 바르셀로나에는 못 가보았지요. 한번은 어머니의 칠순 기념으로 무엇을 해드릴까 했더니 스페인에 가서 플라멩코를 보고 싶다고 하셔서 모시고 갔었지요. 마드리드와 톨레도, 남부의 안달루시아 지방을 돌았고 그 2주 동안 플라멩코 공연을 열 번 이상 보았어요. 어머니는 알람브라고 뭐고 관심이 없으시고 곳곳에서 딸그락거리는 캐스터네츠를 고르는 데만 열중하셨어요.

두번째 스페인 여행은 친구 내외와 포르투갈을 함께 가는 여정이어서 스페인 서부에만 갔었지요. 해물 볶음밥과 비슷한 파에야paella와 갑각류 해산물을 많이 먹었던 기억이 나네요. 아무쪼록 이번 여행 중 바르셀로나에서 피카소도 새로 만나고 가우디의 건축물도 많이 즐기기 바랍니다. 나도 다음에는 그쪽으로 가서 아예 마요르카 섬까지 가보려고 합니다.

나는 지난 보름 동안 북쪽 시카고에서 수도사같이 살았어요. 처음에는 힘들 것 같았는데 그곳에서 보낸 보름이 그렇게 좋을 수가 없었어요. 한국 식품점도 많아서 조리된 음식을 사서 그냥 끓이기만 하면 되고, 조금 지내다보니 그마저도 귀찮아져서 점점 더 간단히 먹으며 지냈어요.

무엇보다 동생이 가르쳐준 집 근처의 산책로가 어찌나 마음에 들던지요. 5분 정도 자동차를 타고 가면 인적이 드물고 조용한 하트 모양의 호수가 보여요. 호숫가를 따라가면 좁다란 오솔길이 이어지는데 그 거리가 꼭 2마일, 10리가 채 못 되는 거리지요. 첫날에는 한 바퀴만 걸었는데 미진한 것 같았어요. 무엇보다도 눈에 보이는 가을 풍경이 너무 아름다워서 둘째 날부터는 매일 두 바퀴를 걸었지요. 빠르게 걸으면 한 시간, 늑장을 부리면 한 시간 반도 걸리더군요. 호수와 오솔길 사이에 경사진 둔덕이 보이는데, 처음 일주일 동안에는 흰 망초 꽃을 둘러싸고 온갖 잡풀과 형형색색의 꽃이 피어 있었어요. 이미 죽은 풀과 시들고 마른 씨주머니까지 함께 엉겨 다 살아 있는 생명처럼 바람에 흔들거렸는데, 둘째 주에는 날씨가 추워져서인지 그냥 때가 되어서인지 일꾼 몇이 와서 그 둔덕의 풀들을 다 잘라버렸지요. 여기저기 흩어진 낙엽을 함께 모아서 불태워 없애는데 낙엽 타는 냄새가 너무나 좋더라고요. 옛날에 어느 불란서 시인이 '낙엽 밟는 소리가 좋으냐'고 시로 물었지만 나는 낙엽 밟는 소리보다는 타는 냄새가 백배는 더 좋다고 말해주고 싶네요. 내가 혹 청각보다 후각에 더 민감한 것일까요? 걸으면서 조용한 호수 건너편으로 보이는 온갖 빛깔의 단풍이 아름답게만 보이니 시각적 감각도 보통은 되는 것일까요? 빨강, 진한 빨강, 연한 빨강, 노랑, 연두, 초록과 흰색의 희한한 잎들이 한데 어울려 퍼져 있는 빛깔은 너무나 황홀했습니다. 가히 꿈속에서나 볼 수 있는 색깔이었어요. 이런 데서는 막무가내로 초록빛을 지키며 떨고 있는 소나무나 전나무가 촌스럽고 속 좁은 고집쟁이로만 보이네요. 자연에

순응하면서 옷을 갈아입을 수 있는 여유, 멋을 부리기도 하고 때
가 되면 내 아까운 것들도 낙엽으로 떠나보내기도 하는 넓은 마
음을 못 배운 바보들 같아 보입니다.

오솔길은 폭이 2미터 정도인데 가운데를 따라 노란 줄이 쳐
져 있어 양쪽에서 스치지 않고 지날 수 있어요. 애완동물을 데리
고 오거나 빠른 속도로 자전거 타는 것은 금지사항이지요. 주중
에는 걷는 사람이 별로 없어요. 호수 건너편까지 전체가 환하게
보이는 2마일 정도의 오솔길에는 다 합쳐 20명도 채 안 보이거
든요. 내 앞뒤로 100, 200미터 안에 아무도 보이지 않아 늘 노래
를 부르며 걷습니다. 어떤 때는 걸으면서 오페라를 부른다고 악
을 쓰기도 하지요. 노래는 잘 못 불러도 많이 좋아는 하거든요.
빨리 걸을 때는 발 속도에 잘 맞는 〈레인드롭스 킵 폴링 온 마이
헤드Raindrops Keep Fallin' on My Head〉를 부르지요. 물론 그 옛날에 본
영화의 기억도 좋지만 노래 끝 쪽에 나오는 'Because I'm free.
Nothings worrying me!(난 자유인이니까. 그래, 난 아무것도 겁날
게 없어)' 그 부분이 아주 좋아요. 그리고 보행 속도가 줄어들면
베토벤의 피아노 3중주 7번 '대공'의 1악장을 부릅니다. 내가 고
국을 떠나던 1960년대 중반의 목소리를 흉내내면서 몸을 흔들
어대기도 하지요. 되도록 슬프고 느린 노래는 안 불러요. 내게
는 이런 분위기에서 금방 눈물이 나버리는 못된 버릇이 있으니

까요. 아니, 그렇다면 내 청각도 괜찮은지 모르겠군요. 어머니는 자주 말씀하셨지요. 내가 어릴 때 어머니가 낮잠을 재우려고 등에 업고 자장가를 불러주면, 자라는 잠은 안 자고 그 자장가 노랫소리가 슬프다면서 울었다나요. 그래서 한때는 나를 음악가로 키우실 생각까지 하셨답니다.

이곳 호숫가에는 청둥오리들이 떼를 지어 삽니다. 아침나절에는 먹이를 먹는 것인지, 모두들 자맥질하기에 정신이 없어요. 초록색 수컷 청둥오리의 목만 예쁜 줄 알았더니, 자맥질하는 동안 흰 엉덩이가 토실토실 그렇게 예쁜 줄은 몰랐어요. 캉캉춤 끝에 치마를 들어올리는 불란서 댄서들의 엉덩이보다 열 배는 더 예쁩니다. 오리와 비슷하게 생긴 야생 거위는 오리보다 몸집이 두 배는 더하고 특히나 목이 길어서 멀리서 보면 우아할 정도예요. 그런데 100여 마리씩 떼로 날아다니는 거위들은 어찌나 시끄럽게 항상 울어대는지 꼭 깡패들 같아요. 물에 나오면 서로 목을 빼고 왝왝거리며 저희들끼리 싸움도 많이 하지요. 거기도 아마 이놈들이 살고 있겠지요?

나는 이 호숫가 오솔길의 풍경도, 냄새도, 가을바람 소리도 좋지만 무엇보다 호젓하고 조용하고 사람들이 오지 않아서 마음에 들어요. 서울에 가면 친구들 만나서 좋고 즐거운 일이 많아 좋기는 하지만 모두 너무 호들갑스럽게 사는 것이 아닌지 가끔 정신이 어리벙벙해질 때가 있지요. 1960, 1970년대에는 그리고 1980년대 초에는 내가 비록 바쁘게 살기는 해도 미국에서 혼자 잘 먹고 잘살아서 공연히 고국의 친구들에게 미안한 생각이 들기도 했는데, 요즈음같이 고국이 잘살고 사람들이 자신감이 넘치고 활기차게 사는 것을 보면 나 같은 촌놈이 복작거리는 고국에서 빠져나와준 것이 오히려 고국을 위하는 길일 수도 있겠구나 하는 생각도 하게 됩니다. 고국의 인구가, 서울의 인구가 너무 많다는 생각이 자주 들어요. 게다가 내 나이 또래의 늙은이까지 뭐가 그리 매일 바쁜지요. 만나기도 힘들고, 가만히 있으면 귀신이 물어가는지 내 동기 의사 친구들이 지금 나이가 칠순인데도 의사는 정년이 없다면서 하나같이 은퇴를 하지 않았지요. 내가 예순이 되어 은퇴를 하려니까 의사 자격을 빼앗기는 것이 아니냐는 식으로 걱정을 해주는 것을 보고 놀랐어요.

많이 바쁜 윤석군을 생각하다가 이상한 이야기로 흘러갔네요. 나도 젊을 때는 바쁘게 지냈지요. 그리고 이렇게 늙어서 작은 여유를 가지고 살게 된 것을 하느님께 감사하고 있어요. 그래요. 여유로운 생활은 마음에서 시작되고, 돈이 좀 있다고 아무나 배급제로 받는 것이 아니라 받을 준비가 되어 있는 사람에게만 주어지는, 세상에서 제일 값진 것 중의 하나라고 믿습니다.

걸으면서 내가 매일 느꼈던 벅찬 만족감을 윤석군은 이해할 수 있겠지요. 파리 여행과 스페인 여행 이야기를 손꼽아 기다리겠습니다.

마종기

열네번째 편지

마종기 선생님께

2007 11 13 − 화 00 : 39

주말은 어떻게 지내셨는지요. 저는 리옹에서 주말을 보내고 로
잔으로 돌아왔습니다. 기차만 타고 다니다가 새벽 버스를 타고
국경을 넘어서 돌아오는데, 오랜만에 타보는 버스인지라 가슴
이 뛰었습니다. 어릴 적, 삼천포에 있는 외갓집이나 진주에 있
는 친할머니 댁에 갈 때면 늘 이렇게 고속버스를 타고 가곤 했지
요. 가난한 살림 탓에 아버지는 늘 두 자리를 끊어서 당신과 저
그리고 누나 이렇게 세 명을 앉히셨고, 우리는 그렇게 다섯 시간
이 넘는 길을 달리곤 했습니다. 고속버스를 탈 때, 아버지는 늘
저희에게 피시버거를 사주셨습니다. 햄버거보다 더 좋다고 말
씀하시면서 피시버거를 사셨지만, 실은 제일 저렴하기 때문이

기도 했겠지요. 저는 햄버거가 더 좋아서 늘 햄버거를 사셨으면 하고 바랐어요. 지금은 유럽에서 지겹도록 양식 아닌 양식을 먹어야 하기에 피시버거도 햄버거도 피자도 그리 좋아하지 않지만요. 그렇게 리옹 시내를 빠져나갈 때까지 여전히 어두운 창밖을 바라보면서 많은 상념에 잠겼습니다.

　바르셀로나를 다녀온 이야기를 해드릴까 합니다. 짧은 여정이었고, 당장 월요일에 파리로 가서 파울로 코엘료를 만나야 하는 상황인데다가, 11월 첫 주는 성자들을 기리는 가톨릭 국가들의 휴일All Saints이라 표를 구하기가 쉽지 않은 등 여러 가지 골치 아픈 일들이 산적했지요. 출발 당일인 금요일, 부랴부랴 짐을 싸고 있는데 저와 같이 일하고 있는 토마스가 다음주 발표는 어떻게 할 것인지 묻더군요. 매주 월요일에는 그룹 미팅이 있거든요. 연구원들이 한 명씩 돌아가면서 전 연구원들과 교수님 앞에서 연구 결과를 발표하고 토의를 합니다. 1년에 한 명당 세 번 정도 발표를 하게 되는데, 하필 11월 5일이 제 발표날인 것을 까맣게 잊고 있었어요. 아무리 사정을 해도 선뜻 차례를 바꿔주는 친구가 없더군요. 할 수 없이 연구원들과 교수님들께 죄송하다는 메일을 보내고 기차를 놓치지 않으려 헐레벌떡 뛰어 역으로 향했습니다.

　바르셀로나에 도착한 첫날 밤, 덜 익은 오렌지 나무가 가로수로 서 있는 어느 번화가에 있는 숙소를 잡았어요. 파리로 가는 기차표가 없어서 밤새 인터넷 앞에서 고생을 하다가 다음날 아침 일찍 일어나리라 마음을 먹고 잠자리에 들었습니다.

　저녁으로 먹은 파에야는 프랑스 남부에서 먹어본 것과 확실히 다른 맛이더군요. 더 짭짤하지만 해물향이 강해서 좋았습니다. 포르투갈이 자랑하는 바칼야우bacalhau도 맛보았어요. 바칼야우는 소금에 절인 마른 대구인데, 포르투갈에서 다양한 요리의 원재료로 쓰인다고 하더군요. 다음날에는 사그라다 파밀리아Templo de la Sagrada Familia와 구엘 공원Parc Güell을 부지런히 다녔습니다. 듣던 대로 가우디가 남긴 건축물들은 대단했지만 책이나 사진으로 본 딱 그 느낌 정도였지요. 걷다가 잠시 바에 들러 타파스와 맥주 한 잔을 마시고, 다시 걷고, 또 바에 들러서 다시 타파스를 먹고, 그렇게 밤늦게까지 시내 곳곳을 걸어다녔습니다. 가장 번화한 람블라스 거리Las Ramblas는 마치 서울 시내처럼 늦게까지 인파로 가득했습니다. 모세혈관처럼 구석구석으로 퍼진 골목골목을 따라가다보니 우연히 늦게까지 연 시장이나 악기점, 음반가게, 디자인숍을 만날 수 있었습니다. 이미 사방은 어두워졌지만 시장은 여전히 불야성을 이루었습니다. 소금에 절인 돼지 다리인 하몽jamón이 줄줄이 걸려 있었고, 그것을 썰어

파는 상인들로 시장은 온통 활기에 넘쳤습니다. 생전 본 적 없는 형광색 분홍빛을 한 이름 모를 열대 과일과 눈에 익은 생선들, 어패류들을 보느라 정신없이 즐거웠습니다.

골목 어딘가에 있던 주로 월드뮤직을 파는 음반가게에서, 바르셀로나에 가면 꼭 사리라고 마음먹었던 미겔 포베다^{Miguel} ^{Poveda}의 앨범도 하나 샀습니다. 미겔 포베다는 카탈루냐^{Cataluña} 출생인 플라멩코 가수입니다. 플라멩코는 안달루시아 지방의 음악이라고 할 수 있는데 그의 부모님 역시 안달루시아 출신인 것으로 알고 있습니다. 안달루시아 사람들이 경제적으로 부유한 카탈루냐 지방으로 많이 이주를 했지요. 그래서 그는 앨범에서 카탈루냐 시인들의 시를 가사로 삼아 플라멩코를 부르기도 했어요. 이내 밤이 깊어서 바다를 제대로 바라보지 못했지만, 항구를 비추는 등불 아래서 물고기들이 헤엄치는 모양을 볼 수 있었습니다. 그다지 추운 날씨는 아니었지만 밤이 되니 쌀쌀했어요. 바닷바람이 강하게 불지 않아 신기하기도 했지만, 정작 바닷바람을 맞고 싶었는데 아쉬웠습니다.

일요일 아침, 일찍 호텔을 떠나 바르셀로나 공항에서 제네바로 향했습니다. 제네바에서 파리로 가는 기차표는 그리 어렵지 않게 구할 수 있을 거라고 믿었는데, 역시나 남아 있는 표가 전

혀 없더군요. 리옹을 거쳐서 가는 기차표도 모두 매진된 것 같았
습니다. 30여 분을 역무원과 낑낑대다 우여곡절 끝에, 로잔으로
다시 돌아와서 로잔에서 디종을 거쳐 파리로 가는 테제베^{TGV} 1
등석 표를 하나 구할 수 있었습니다. 이 표라도 구하지 못했다면
정말 큰일 날 뻔했지요. 그렇게 세 시간 반여를 달려 파리에 도
착하고, 다음날 저녁에 파울로 코엘료와 인터뷰를 했습니다. 그
의 책은 단 세 권밖에 읽지 못했지만 나름대로 묻고 싶은 것들을
조목조목 정리해가며 준비를 했습니다.

직접 만나본 코엘료는 생각보다 키가 작았고 조금 권태로워
보였습니다. 인터뷰를 시작하기 전, 검은 옷으로 갈아입고 나오
는 모습이 인상적이었어요. 그의 작품 중 그나마 저에게 제일 인
상적이었던 『오 자히르』에 대한 이야기를 나누었고, 그의 고향
인 리우에 대한 질문과 다른 몇 가지 질문을 던졌습니다. 그는
'리우의 바다'에 대해 생각한 것과 조금 다른 답변을 하더군요.
그는 리우의 바다에 대해 기억에 남는 것이 없다고 했습니다. 거
리, 학교가 모든 기억의 전부라고 했지요. 아마도 관광엽서에서
나 봄직한 코파카바나^{Copacabana}, 이파네마^{Ipanema}, 레블롱^{Leblon}
과 같은 유명한 해변의 이미지를 떠올린 것 같았고, 그런 바닷가
에 대한 평범한 질문이었다고 생각했나봅니다. 저는 그런 의미
가 아닌, 말 그대로의 '바다'에 대한 이야기를 듣고 싶었는데 말

이지요.

코엘료는 다음 약속이 있다며 부랴부랴 집을 나섰고, 잡지사 기자 분은 계속 사진을 더 찍었습니다. 그사이에 저는 집에서 일하고 있던 40대가량의 한 여인을 보았습니다. 아무래도 브라질 사람 같아 조심스럽게 포르투갈어로 말을 걸었지요. 사마라라는 이름을 가진 그녀는 포르투갈어로 말을 거는 동양인이 너무나 반가웠는지 음악 이야기, 여행 이야기, 그녀의 고향 이야기를 한참 들려주었습니다. 그리고 종이 한 장을 가져와 자기가 좋아하는 뮤지션 이름을 빽빽하게 적어주었습니다. 저 역시 너무나 좋아하는 제카 파고징유Zeca Pagodinho부터 마리자 몬치Marisa Monte와 다니엘라 메르쿠리Daniela Mercury에 이르기까지 신나게 적어내려갔어요. 그녀는 떠나는 저에게 혹시라도 브라질 여행을 가게 되면 항상 몸 조심, 지갑 조심하는 것을 잊지 말라고 당부에 당부를 거듭했습니다. 나는 그녀에게 '사라바!Saravá'라고 인사를 하고 아쉽게 계단을 내려왔습니다(사라바는 '비바!Viva'와 비슷한 뜻으로 축복을 빌 때 건네는 인사입니다. 브라질의 위대한 시인이자, 외교관이면서 음악인인 비니시우스 지 모라에스Vinicius de Moraes가 기타리스트이자 작곡가인 바덴 파우엘Baden Powell과 쓴 곡 〈삼바지벤사우Samba de Bença(축복의 삼바)〉에서 동료들 이름을 한 명씩 부르면서 축복의 인사를 건네지요). 그리고 보니 제가 브라질 사람을 만나서 오래 대화를 나눈 게 이번이 처음이네요.

어제는 친구와 같이 강가를 걸으면서 이런 이야기를 했습니다. 나에게 남아 있는 여행에 대한 대부분의 기억은 결국 '사람'이라고. 어디에 갔든 기억 속에 남은 여행의 이미지는 그곳에서 만난 사람들과의 대화, 그들과 나눈 것들, 그들의 표정, 몸짓, 이런 것들이라고. 그래서 사람을 몸으로 만나지 않으면 여행의 많은 의미가 퇴색되는 것만 같다고. 저는 코엘료와 나눈 한 시간여의 대화보다, 사마라와 나눈 20여 분의 대화가 더 즐거웠고 행복했습니다.

이곳은 가을이 많이 짙어졌습니다. 선생님께서 쓰신 낙엽 타는 냄새 이야기를 읽으며, 파리 어느 카페 밖에 앉아서 바라본, '낙엽을 흘리던' 나무들을 떠올렸습니다. 마지막으로 인터뷰 내용을 정리하느라 노천카페에 들렀는데, 그곳에 앉아 줄지어 선 나무들이 비를 내리듯이 끊임없이 낙엽을 떨어뜨리는 모습을 보았습니다. 그 낙엽들은 어딘가로 모여서 불 속에서 하르르 사라지겠지요. 유럽 사람들은 짙은 색 코트와 목도리를 많이 하고 다닙니다. 저는 이 계절이 너무나 좋지만, 제 주변에서는 어둡고 추워지는 이 날씨를 '테러블terrible'하다고 입을 모은답니다. 맑은 날씨, 따뜻한 날씨만 있으면 단조롭고 재미없을 텐데요.

아, 그리고 한국에 다시 잠시 다녀오게 되었습니다. 12월 22일부터 25일까지 앨범 발매 기념 공연이 잡혀 있어서, 12월 중순경 입국해서 1월 1일에 다시 로잔으로 오게 되었습니다. 어쩌면 유럽에서 맞이하는 마지막 겨울이 될지도 모르겠습니다. 학위 마지막 기간에 이렇게 2주씩이나 자리를 비워도 되는지 모르겠습니다. 하지만 어차피 연말 연초에는 일하는 사람이 없어서인지 아예 실험실 난방을 꺼버리기도 한답니다. 그렇게 생각하면 조금이나마 위안이 됩니다. 추워지는 날씨에 건강 조심하십시오.

윤석 올림

윤석군에게

2007 11 20 – 화 08 : 57

바르셀로나와 파리 여행 이야기 잘 읽었습니다. 버스표, 기차표
때문에 고생했군요. 파에야는 원래 스페인 동부, 즉 발렌시아
쪽에서 유래된 음식이라고 하지요? 지금은 스페인 전역에서 먹
을 수 있는 그 나라 대표음식이 되었지요. 나도 스페인에서 많이
먹었는데 지방마다 천차만별이더군요. 아직까지의 내 경험으로
는 아르헨티나에서 안내를 하던 신문기자 출신 가이드의 집에서
먹은 것이 제일 맛이 좋았던 것 같아요. 카레가 제법 들어 있었
지요.

코엘료와 인터뷰를 잘했다니 다행입니다. 한데 나와는 별 관

계가 없다고 생각을 해서인지 나는 한국의 문화계가 왜 그렇게 노벨상에 유다른 애착을 보이는지 이해가 잘 가지 않습니다. 노벨상이 과연 문학의 최정점을 보여주는 것일까요? 나는 절대 아니라고 믿습니다. 우선 문학은 어떤 상이 우열을 정해주는 상품이나 점수가 아니고 개인의 주관적인 기호와 평가로 자리매김하기 때문이지요.

내가 아는 포르투갈어 단어는 '봉지아bom dia'라는 외마디뿐입니다. '좋은 아침!'이라는 인사라던가요. 지난달 브라질 여행 때에는 나흘 동안 코파카바나 해안에 있는 호텔에 머물면서 그 옆의 이파네마 해안을 오가며 며칠을 보냈어요. 누가 비교했는지 몰라도 해변의 길이와 폭, 그리고 모래의 폭신함과 부드러움으로 보면 캘리포니아나 플로리다 해안, 스페인의 지중해 연안이나 프랑스의 니스와 리비에라보다 브라질의 백사장이 훨씬 뛰어나다고 하던데, 가히 세계의 최고라 할 만했습니다. 나도 매일 사람이 없는 아침 이른 시간에 모래사장을 많이 걸었지요. 언젠가 윤석군도 흥겨운 음악과 함께 노래하며 브라질의 해안을 즐기게 되기를 바랍니다.

한데 그곳 해안은 주중에는 정오 정도부터, 주말에는 열시 정도부터 사람이 많이 몰려드는 것 같습니다. 바로 자동차로 10분

거리인 파벨라^{favela}에도 갔습니다. 파벨라는 우리말로 치면 산동네, 달동네라는 뜻입니다. 1970, 1980년대 초에는 고국의 달동네에 많이 갔습니다. 시흥 같은 서울의 외곽 지역이었는데 그곳에는 영양실조에 걸린 어린이, 비타민 결핍증, 결핵을 앓는 환자가 제법 있었지요. 그때 그 살벌한 풍경은 내게 무거운 죄의식으로 각인되어 있습니다. 물론 이전 1970년대 초에 고국에서의 언론 탄압과 정치적 탄압도 내게 깊은 상처를 남겼지만요. 친구들이 잡혀 들어가고, 동아일보는 백지 광고를 내고, 기자들은 죽고 싶다고 아우성을 칠 때, 나만 혼자 미국에서 잘 먹고 잘사는 것이 아닌지 그렇게 죄스러울 수가 없었어요. 한번은 『평균율』이라는 공동 시집을 황동규, 김영태와 함께 냈는데, 그 인세를 모두 동아일보 백지 광고에 냈던 일도 있었지요. 미국에 살고 있어서 미안하다는 죄의식은 1980년대 말이 되어서야 슬슬 물러나기 시작했습니다. 그래서 1986년인가에 나온 내 시집 『모여서 사는 것이 어디 갈대들뿐이랴』 속에는 나답지 않게 거센 톤의 시들이 많아요. 그 시집에 작고한 친구 평론가 김현이 해설을 써주기도 했고 시집 제목도 정해주었지요. 어쩌다 옛이야기로 흘러버렸네요.

  브라질의 파벨라는 바로 그 고국의 산동네를 상기시켜주었습니다. 남미 마약 도매상의 집산지로도 유명하다고 해서, 어느 하루는 돈지갑을 호텔에 맡겨두고 운동화 끈 단단히 매고 그곳에서 몇 시간을 보냈어요. 그렇게 좁고 어둡고 오르락내리락 꾸불꾸불한 길을 어디에서도 본 적이 없었습니다. 길의 폭은 몇 시간을 걸어도 1미터가 조금 넘는 정도였어요. 문을 열고 한 발 디디면 어느 집의 침실이며 거실 복판이었고, 문을 닫으면 그대로 골목의 벽이 되더군요. 한데 한 가지 신기한 것은 거기 사는 사람들이 모두 싱글벙글 웃고 있고, 어른이고 아이고 모두 남국 특유의 만사태평한 표정을 짓고 있다는 사실이었습니다.

크리스마스와 신년을 고국에서 맞는다니 정말 부럽네요. 음반 판매도 잘되길 바라고 좋은 콘서트를 기대하겠습니다. 그러고 보니 나는 지난 41년 동안 고국의 겨울을 보지도 느끼지도 못했네요. 휴가를 받아서 귀국했던 개업의 시절에는 귀국 시기가 날씨 좋은 가을이나 봄이 될 수밖에 없었고, 은퇴를 한 뒤에도 학교에서 가르치는 일 때문에 역시 봄과 가을에만 찾아가게 되었어요. 언젠가는 나도 고국의 겨울을 꼭 한번 만나보고야 말겠습니다. 몇 해 안에는 이루어야 죽기 전에 고국의 겨울을 보았노라고 말할 수 있지 않겠어요? 그때면 우선 고국의 눈을 맞으면서 '아, 고국의 눈꽃은 40년이 더 지난 지금도 그냥 육각형이구나, 사각형도 팔각형도 아니구나' 하고 감탄을 하겠지요. 나 대

신 고국의 눈을 한번 보고 정말 아직도 육각형을 유지하고 있는
지 알려줘요. 그런데 눈은 왜 육각형만이지요? 나는 의사지만
눈 박사가 아니라 잘 모르겠네요. 오래전, 꿈속에서 고국의 눈
이 사각형이나 삼각형 모양이어서 한밤중에 홀로 깨어 혼비백산
했던 기억이 아직도 멍에처럼 나를 짓누르고 있습니다.

　그럼 이만 안녕히. 🖋

마종기

마종기 선생님께

2007 12 09 - 일 03 : 13

12월이 성큼 다가왔습니다. 조금은 혼란스럽기도 하고, 조금은 우울하기도 한 계절입니다. 해가 워낙 빨리 지는데, 그나마 서 머타임이 지나고 나면 오후 여섯시를 채 넘기기도 전에 이미 저 만치 저물고 맙니다. 운좋게도 매년 겨울 한국에 잠시라도 들어 갔던 저로서는 11월과 12월, 바로 이 시기가 항상 힘들었습니 다. 마치 마지막 질주를 하기 직전의 달리기 선수처럼 정말 '버 텨야 하는' 시기이지요. 스웨덴에 처음 갔을 때 해를 많이 보지 못하는 겨울이 오면 사람들이 비타민을 즐겨 먹더군요. 비 오는 것도 좋아하고 어두운 것도 좋아하는 저로서는 이해할 수 없었 지만요.

오늘 아침 느지막이 일어나서 창밖을 바라보았습니다. 요 며칠 동안 계속 비가 오고 날씨가 흐렸지요. 그런데 오늘 아침 며칠 만에 처음 맑은 하늘을 볼 수 있었습니다. 뭔가 다른 생각이 미치기 전에 '참 아름답다'라고 감탄하면서 창문을 열어 공기를 맘껏 쐬었습니다.

매년 그랬듯이 다음주 주말 한국에 들어가게 되었습니다. 공연과 방송, 녹음을 하면서 늘 정신없이 지내다 오는 겨울 휴가지요. 특히나 올해는 앨범 홍보를 더 많이 해야 합니다. 그렇게 연례행사처럼 찾아오는 이번 한국행은 일부러 조금 짧게 예정했습니다. 한국을 갈 때마다 적어도 3주 이상은 있다가 나오곤 했는데, 이번엔 2주가량만 머물다 오려고 합니다. 원래 제 계획은 내년 1월까지 학위를 마치는 것이었지만 지금으로서는 현실적으로 불가능할 것 같습니다. 그렇다고 학위 막바지에 길게 휴가를 쓰기에는 심적 부담이 크기도 합니다. 제가 음악을 같이 하고 있는 걸 잘 아시는 교수님께도 죄송하고요.

그래서 일정을 더 빡빡하게 짜서 12월 22일부터 30일까지, 하루 정도를 제외하고는 계속 공연이나 공연 게스트를 해야 하는 강행군이네요. 지친 상태에서 무리가 될까봐 가족들은 걱정을 하는데, 2, 3년 만에 앨범 하나 내는 가수를 변함없이 지원해주는 회사 사장님 얼굴을 봐서라도 묵묵히 받아들이려고 합니다.

처음 유럽으로 날아갈 때 막 계약을 하고 간 상황이었는데, 그 이후 드문드문 활동하는 저를 전적으로 믿어주고 무엇보다도 제 음악을 누구보다 좋아하는 분이지요. 지금은 계약기간도 다 끝 났고, 서로를 구속하고 있는 서류 한 장 없이 그냥 같이 일을 하고 있습니다. 저는 음악 만들고 공연하고, 형은 홍보하고 제작하고 그렇게 말이지요.

아무튼 그렇게 두 주간 한국에 다녀오려고 합니다. 고향인 부산 집에서 일주일이라도 쉴 수만 있다면 얼마나 좋을까요. 머무는 기간을 좀더 늘리고 싶지만 그래봤자 어차피 더 많은 스케줄만 따라가게 될 터라 우선 한국을 다녀온 후, 이곳 상황을 봐서 며칠 정도 쉬어볼까 합니다. 따뜻한 곳에 가고 싶어요.

그러고 보니 새 앨범이 나왔다는 이야기는 못 드렸네요. 11월 15일에 드디어 새 앨범이 발매되었습니다. 그런데 그 이후에 우울하기도 하고 허탈하기도 해서 마음이 불편한 상태로 지냈습니다. 허탈한 기분이야 누구나 작품을 마무리하고 나서 드는 어쩔 수 없는 감정이겠지만, 더욱이 이번에 심경이 착잡했던 데는 구체적인 이유가 있습니다.

새 앨범이 나오기 전, 올해 9월경에 제가 스위스의 어느 학회에서 받은 작은 상에 대한 소식이 국내 여러 언론에 실리게 되었습니다. 음악을 하는 사람이 음악 아닌 다른 분야의 상을 받았으니 많은 분들이 신기하셨겠지요. 언론사의 입장이나 홍보를 하는 회사 입장에서도 좋은 뉴스감이었을 테고요. 또한 언론의 속성상 어쩔 수 없이 조금은 부풀려지게 마련이고요. 주변 사람들에게 축하받는 사실이 당연할 수도 있겠지만 저를 우울하게 만든 것은, 그렇게 뉴스에 언급되는 제 모습을 스스로가 즐기고 있었기 때문이었습니다. 아직 멀었구나 싶었습니다. 나에게 당혹스러울 정도로 값싼 허영심이 있다는 걸 발견하고는 참 부끄러워졌습니다. 그러면서도 여전히 그런 허영심을 완전히 지우지 못하는 저를 다시 보게 되고, 그러다보니 많이 우울했던 것 같습니다. 어쩌면 이곳에서 열심히 살고 있었다는 무언의 표시를 언론이 대신해주었기에 후련함을 느꼈던 건지, 좀더 대단한 사람으로 포장된 또다른 '나'를 보면서 그걸 즐기고 있었던 건지, 정확히는 모르겠습니다.

이곳 학위과정의 일들은 나름대로 진행되고 있지만 고민이 생겼습니다. 교수님께서 제가 조금 더 머물러주기를 바라시네요. 교수님의 성격상 저에게 직접 이야기는 못 하시고, 그 대신 비서가 내년 5월에 끝나는 계약을 1년 더 연장하셨다고 조용히 전해주었습니다. 그녀는 비슷한 시기에 졸업하는 다른 학생들에게는 비밀에 부치는 게 좋겠다고 약간 들뜬 목소리로 말했지만, 저는 여기에 더이상 머물고 싶은 생각이 없었습니다. 사실 오래전부터 가능하면 조금이라도 빨리 이곳을 떠나고 싶었습니다. 익숙해진다는 것이 두려워진 걸까요. 주로 3, 4년이 걸리는 학위를 마칠 때가 되면 자기가 연구하던 환경에 익숙해지면서 그 연구실에서 발언권도 강해지고, 그러면서 일종의 권력도 가지게 되지요(한국이나 유럽이나 사람 사는 건 매한가지인가봅니다). 그러면서 다른 곳으로 옮기는 것을 두려워하고, 자기가 있던 곳에 눌러앉게 되는 모습도 보았습니다. 장기적으로 보면 그 사람의 경력에 전혀 도움이 되지 못하는데도 말입니다. 아무튼 왠지 모르게 지금이 그냥 '떠나야 할 때'라고 느껴서 그런지 교수님의 '배려'가 그리 반갑지만은 않았지요.

게다가 하고 있는 일은 거의 마무리가 되어가지만 교수님은 아주 좋은 저널에 투고하기 원하시고, 그러려면 반복 실험을 해서 통계적으로 사실을 완벽하게 검증을 해야 하는데(실수 없이 해낸다는 가정하에 최소한 3회 이상을 반복한다 해도), 그 실험만 어림잡아 두 달은 넘게 걸릴 것 같습니다. 그럴 경우, 과연 내년 5월까지 마무리지을 수 있을까, 그냥 반복을 생략하고 횟수를 줄이면 안 될까, 하지만 그럴 경우에 도출한 이 결론 자체를 먼저 나 자신이 신뢰할 수 있을까, 그렇지 않다면 이런 결과를 논문으로 내는 것이 과연 정당한가…… 수많은 질문들이 꼬리에 꼬리를 물어 머리가 계속 아프던 차였지요. 그러다 문득 오늘 아침 하늘을 보았는데 순간 마음이 맑아졌습니다. '머물자. 내가 믿을 수 있는 결과를 낼 때까지'라고 스스로에게 답하는 저를 발견하게 되었지요. 영국 학교의 교수님으로 계신 어느 은사분께서 해주신 말씀이 생각났습니다. '결과에 네 욕심이 들어가면 논문에서 금방 표시가 난다'라는 말씀이었지요. 저에겐 매우 날카로운 질책이었습니다. 그래서 지금은 마음을 많이 정리했습니다. 스스로 200퍼센트 확신할 수 있을 때까지, 지금 이 순간부터 무모할 정도로 계속 반복을 거듭하기로 했습니다. 만일 미약한 오류라도 보이면 그 오류를 수정할 수 있는 방법을 찾거나, 그러지 못하면 논문을 쓰지 않거나, 오류가 없는 부분만 보고하기로 결정했습니다. 그 부분의 결과로 지금 교수님이 염두에 두시는 저널에 투고하지 못하는 한이 있더라도요.

선생님, 저는 지금 일산화질소nitric oxide를 방출하는 고분자polymer 물질을 만들고 있습니다. 얼마 전 제가 만든 물질로 동물 실험을 하다가, 처음 이곳을 지원할 당시에 저를 뽑은 어느 박사님이 동물 실험을 할 수 있겠느냐고 물으셨던 생각이 났습니다. 그때 저는 이 그룹에 오고 싶은 욕심이 많았습니다. 또 솔직히 동물 실험에 대한 진지한 고민을 했다기보다는, 동물에게는 안됐지만 더 큰 일을 위해 희생은 불가피하다는 생각만으로 '물론'

이라고 단호하게 대답을 했습니다. 그러다가 3년 전에 동물 실험을 잠시 참관한 적이 있었고, 이번에는 제가 주도해서 실험을 하게 되었습니다. 배를 가르고, 자궁과 연결된 혈관을 자르고, 자궁관에 상처를 내고, 다시 봉합하고, 일주일이 지나 다시 배를 갈라 상처 부위와 주변 장기가 얼마나 붙었는지 확인하고 다시 봉합하는, 어찌 보면 이 분야 사람들에겐 간단한 동물 모델이었는데, 그 이후 많은 질문을 하게 되었습니다. 어쩌면 좀더 일찍 결론 내렸어야 할 질문들이었지요.

내가 하고 있는 연구는 누구를 위한 걸까. 정말 내가 만든 이 물질이 유용하게 쓰여서 사람들에게 도움이 되는 그런 길을 가고 있는 걸까. 그런 과정 중 하나로 이 불쌍한 동물을 희생시키고 있는 건 아닐까. 아니면 그럴싸한 '명분'을 가지고 연구비를 타고, 일을 하고, 결과 아닌 결과를 내고, 논문을 쓰고, 오로지 그 분야에서 유명해지고, 다시 그 명성으로 연구비를 타는, 그런 '그들만의 리그' 속에서 먹고사는 일을 하고 있을 뿐인가. 그렇다면 나의 보잘것없는 이 '연구'로 과연 동물 한 마리라도 고통을 주고, 상처를 주고, 죽일 권리가 있는 걸까. 그 권리는 누가 나에게 부여했는가. 이렇게 회의가 든다면 난 이 길을 계속 갈 자격이 있는 걸까⋯⋯

아직 답은 모르겠습니다. 조금만 더, 학위를 마칠 때까지만이라도 시간을 두고 고민해야 할 것 같습니다. 하지만 이미 시작한 일이니 이왕 마무리를 지을 바엔 우선 멋지게 매듭을 지어야겠지요. 그런 다음 냉정하게 앞으로 제가 가야 할 길을 찾아볼까 합니다.

늦었지만 이번 주에 선생님께 CD를 보냈습니다. 4일에서 7일 정도 걸린다고 하니, 다음주쯤에는 도착할 수 있지 않을까요. 선생님께 보내드린 것은 마스터링이 끝나고 나온 마스터 CD입니다. 보통 두 장을 받는데 하나는 CD를 찍는 공장으로 보내고 (지금 서울에 있겠지요) 다른 하나는 제작사나 뮤지션이 받아 모니터링 용도로 씁니다. 그 CD를 케이스 그대로 선생님께 보내드렸습니다. 아무래도 한 장밖에 없는 것이라 의미도 있지 않을까 (적어도 뮤지션들에게는요), 나름대로 생각했습니다. 선생님께서 보시기에는 습작 수준도 안 될 것 같지만 가사도 따로 출력해서 동봉했습니다. 대단할 것 없는 가사지만 군데군데 선생님의 시에서 받은 느낌, 감정 들이 드러날 것 같아 조심스럽기도 합니다.

오랜만의 편지라 길어졌습니다. 건강하시고, 아마 다음 편지는 한국에서 보내드리게 되겠네요. 한국 소식도 전해드릴 수 있으면 좋겠습니다. 🖋

로잔에서 윤석 올림

윤석군에게

2007 12 11 - 화 07 : 31

12월의 춥고 흐린 유럽의 날씨를 잔뜩 안고 온 메일 잘 받았습니다. 우선 새 앨범 발매를 축하합니다. 세번째 앨범이지요? 그리고 마스터 CD를 보내주었다니 고맙습니다. 하나는 고국에서 CD를 만드는 데 쓰고 있다고요? 소중하게 간직하도록 하지요. 물론 특별한 용도로 찾는 분이 있으면 양도할 수도 있겠지만 그때까지는 잃지 않도록 할게요.

한데 아직 윤석군도 가지고 있지 않다고 하는 '국경의 밤' 앨범을 며칠 전에 갖게 되었습니다. 지방에 사는 윤석군의 팬 한 분이 내게 보내주었지요. 그분은 편지에다 자기는 윤석군의 음악을 좋아하는 사람으로, 이번 부산에서 열리는 콘서트 예매권도 벌써 구입해놓았으며 윤석군이 내 시를 좋아하는 것처럼 자신도 오래전부터 내 시를 좋아해왔다고, 언젠가 자기가 두 사람을 서로 알게 해주고 싶다는 사연을 썼더라고요. 특별 속달 소포에는 CD 말고도 초코파이, 양념 깻잎, 마늘장아찌, 구운 김 등도 수북하게 있었어요. 초코파이는 언젠가 어느 한국 영화에서보고 일부러 몇 해 전 찾아서 사 먹었던 기억이 있지요. 아직도맛이 좋군요. 일간 고맙다는 인사 편지를 하려고 합니다.

서둘러 윤석군의 '국경의 밤' 앨범을 귀 기울여 들었습니다. 첫 결과는 '어리둥절함'이었습니다. 내가 몰라도 한참 모르는구나. 아니면 이게 세대 차이라는 것일까. 그러다가 지인이 '아주좋은 노래를 부르는 사람'이라고 강조하던 생각이 나서 다시 듣기 시작했지요. 그러면서 아, 이 노래들은 혹 대화를 나누려는외로운 영혼의 숨소리 같은 게 아닐까 하는 생각이 들었습니다.

바흐처럼 나를 맑게 정돈시키는 힘을 보여주는 것도 아니고, 베토벤처럼 나를 압도하고 소름 끼치게 진리를 설파하는 것도아니고, 모차르트처럼 천상의 황홀을 보여주는 것도 아니지만, 바로 이 음악이 외롭고 고달픈 또래의 영혼에게 위로와 안식을주는 것은 아닐까 하는 생각이 번뜩 들었습니다. 같은 세대가 느끼는 동류의 슬픔을 같이 흐느끼면서 서로에게 위안이 되고 서로가 동료의식으로 힘이 되는 그런 부드러움. 부드러움이 결국

힘이 되고 열기가 되어 불꽃으로 피어날 수도 있는 그런 노래가
아닐까, 그런 생각을 하였습니다.

　윤석군의 음악을 들으면서 나의 의대생 시절을 떠올려보았습
니다. 본과 1학년, 어둡고 냄새가 심하던 그 교실에서 매일매일
시체 해부를 하면서 드디어 시에 매달리기 시작했습니다. 나는
나를 위로하고 싶어서 시를 찾았습니다. 그래서 내 시는 처음부
터 수사학과는 별로 관계가 없었지만 그 어느 때에도 진심이 아
닌 적은 없었습니다. 진심 아닌 것이 나를 위로해줄 수는 없었기
때문이지요. 그리고 진심에서 출발한 위로의 표현과 분위기가,
비록 촌스럽고 거칠기는 했어도 차츰 주위의 관심을 끌었던 것
같습니다. 다행히도 내 무식하고 단순한 전개가 고국의 많은 친
구들에게 다가가 시집도 항상 괜찮게 팔리는 것은 재수가 좋은
것밖에는 딴 뜻이 없겠지요. 지난 40여 년, 늘 죽음을 대면하고
살아야 하는 외국에서의 오랜 의사 생활은 내 시를 일상의 생활
과는 정반대로 사랑의 꽃이나 믿음의 강 같은 곳으로 이끌고 갔
습니다. 부끄럽지만 나는 학생 시절, 문학 개론 강의를 한 번도
들어본 적이 없고 문예 사조나 미학이나 시 창작법 같은 강의도
들어본 적이 없습니다. 그보다는 대학 때 열역학, 함수론, 통계
학, 정성분석만 배우기에 지쳤고 미국에 와서는 핵물리학^{nuclear}

physics, 동위원소isotope 등의 강의와 시험으로 밤을 지새웠습니다.

　많은 평론가들이 내 시는 읽기 쉽고 이해하기 쉽고 해석할 것도, 분석할 것도 별로 없다고 합니다. 사실 그렇겠지요. 하지만 내가 정말 무식해서만일까요. 나는 시를 분석의 대상으로나 관념의 방법학으로는 쓰지 않습니다. 아니, 써보지 못했습니다. 그런 문학은 내게 너무나 소원한 존재입니다. 윤석군의 음악에서 내가 느끼는 가사와 음악의 아름다움이 더이상의 학문적 해석을 필요로 하지 않는 단순한 그 아름다움, 그 자체만으로 존재하고, 그것만으로 늘 깊이 채워지기를 진심으로 바랍니다. 🖋

마종기

마종기 선생님께

2007 12 14 - 금 19:22

메일 잘 받았습니다. 제 새 앨범을 미리 받아보셨다는 이야기
에 정말 깜짝 놀랐습니다. 어떤 분이신지 모르겠지만 선생님께
제 음반을 선물하셨다는 그분께도 감사드린다는 이야기를 전하
고 싶습니다. 팬들에게 선물을 받을 때마다 늘 저희 어머니께서
는 저보다 더 감사하다는 말씀을 많이 하십니다. 아무리 작은 것
이라도 다른 사람에게 선물 하나 하기가 얼마나 어려우냐면서
말입니다. 무언가를 고르고 사고 포장하고 우체국에 가서 보내
고…… 그런 정성 어린 손길은 분주한 일상 속에서 결코 쉬운 일
이 아니겠지요.

　선생님께서 제 음반을 들으시고 적어주신 글들에 감사하기

도 하고 어찌할 바를 모르겠습니다. 제 음악은 대중음악이라 선생님께서 즐겨 들으시는 고전 음악이나 국악과 많이 달라서 당황하셨다는 말씀도 이해가 갑니다. 음악이나 시를 '배우는 것'에 대한 선생님의 글을 읽으면서 저는 어땠는지 돌이켜보았습니다. 저도 음악을 배우거나 악기를 체계적으로 배운 적이 없고, 하다못해 대학 시절 '화성학'이나 '대위법' 같은 강의도 한 번 들어본 적이 없습니다. 아, 언젠가 한 번 '전자음악의 이해'라는 수업을 들은 적이 있네요. 하지만 그 강의는 음악에 관련된 강의였다기보다 거의 음파나 음파 변조 같은 음향학과 관련된 강의였지요.

  지금 로잔에 있는 제 책장에는 많지는 않지만, 그렇다고 적지도 않은 시집이 꽂혀 있습니다. 그 시인들 중에는 문예창작과를 나와서 신춘문예에 당선된 분들도 많이 있지요. (제 생각이 맞는다면) 시를 배우고, 경쟁을 거쳐 나름대로 인정받으며 등단하신 분들이겠지요. 하지만 지금까지 제가 계속 읽고 있는 시집은 선생님의 시집과 백석 시인의 『멧새 소리』 정도밖에 없습니다. 이유는 간단하지요. 다른 시를 읽을 때, 선생님의 시를 읽을 때만큼의 감동도, 공감도, 그리고 무엇보다도 위로를 받지 못하기 때문입니다.

저는 선생님께서 저번 편지에 쓰셨던 이야기와 같이 시는—
아마 노래도 그런 것일까요—배운다고 배울 수 있는 대상이 절
대 아니라고 감히 생각합니다. 그리고 기교나 기법이 침범하지
못하는 감동의 세계는 전혀 다른 곳에서 빛나고 있다는 확신을
가지고 있습니다. 어떤 평론가들이 선생님의 시가 쉽다고 했는
지는 모르겠지만 이 세상에는 '어려운 시와 쉬운 시'가 있는 게
아니라, '좋은 시와 좋지 않은 시'만 있을 뿐이라고 생각합니다.
음악도 마찬가지 아닐까요. 어떨 때는 집에서 아주 거칠게 녹음
한 초벌 녹음의 감동을, 이후에 최고의 연주인들과 녹음 기사,
일류 녹음실에서 아무리 다시 녹음해도 재현할 수 없음을 너무
나 많이 경험했습니다. 마음에 귀를 기울이며 가만히 들어보면,
음악이 귀에 닿는 바로 그 찰나에 마음이 움직이는지 안 움직이
는지 이내 알 수 있거든요. 그래서 저에게는 어떻게 그 '감동'을
훼손하지 않고, 처음 곡이 탄생한 데모에서 음반으로 고스란히
옮길 수 있을지가 가장 큰 화두 중 하나입니다. 그 키워드를 굳
이 표현하자면 노래의 생명력이라고 할까요.

저의 이번 앨범을 들으셨다니 조금 더 말씀드리고 싶네요. 〈가
을 인사〉라는 곡은 사실 선생님의 시 하나를 떠올리며 가사를
쓰게 되었습니다. 제 외할머니께서는 제가 스웨덴으로 온 직후
인 2003년에 세상을 떠나셨습니다. 저한테는 늘 커다랗고 넓

은 남해 바다 같은 분이셨지요. 경상남도 삼천포에 저의 외갓집
이 있었습니다. 어릴 적에 서울이나 부산처럼 큰 도시에만 살던
저였지만 여름방학과 겨울방학 동안 한 달여씩 다녀온 외갓집에
대한 기억이나 바닷가와 할머니, 시골의 기억은 아직도 제 유년
의 가장 큰 부분을 차지하고 있습니다. 그런 할머니께서 제가 외
국에 있을 때 돌아가셨고, 수많은 손주들 가운데 저만 임종을 보
지 못했습니다. 가사 중에 나오는 '옷자락에서 나를 부르는 할머
니'의 모습이랄까. 이 가사를 쓸 때, 선생님의 시 중에서 「동생을
위한 조시」였던가요, 선생님께서 동생분을 추억하시면서 쓰셨던
시구절을 떠올렸던 기억이 납니다.

8. 혹시 미시령에

동규형 시집 미시령인가 하는 것 좀 빌려줘,
너랑 마지막 나눈 말이 이 전화였구나.
나도 모르는 곳, 너와 내 말이 끝난 곳,
강원도 어디 바람 많은 곳인 모양이던데.

요즈음 네 무덤가에서 슴슴한 바람을 만나면
내가 몇 번을 잊어버리고 빌려주지 못한 미시령,

혹시 그곳에 네가 혼자 찾아간 것은 아닐까.

내년쯤 일시 귀국을 하면 꼭 찾아가봐야지,

네가 혹시 그 바람 속에 섞여 살고 있을는지.

너를 알아보지 못하고 바람만 만나게 되면

흔들리는 그거라도 옷자락에 묻혀와야지,

그 바람 털어낼 때마다 네 말이 들리겠지,

내 시를 그렇게 좋아해준, 너는 그러겠지,

형, 나도 잘 알아듣게, 쉽고 좋은 시 많이 써.

이제 너는 죽고 나는 네 죽음을 시쓰고 있구나.

세상 사는 일이 도무지 어처구니없구나.

시를 쓴다는 일이 이렇게도 하염없구나.

—「동생을 위한 조시」중에서

아아, 이 시를 저는 얼마나 많이도 읽었던가요. 그리고 늘 이 시의 뒷부분을 읽을 때면 가슴속에서 울컥하는 것이 있어 전철역에서, 집에서, 좋아하는 사람들과 전화를 하는 중에 얼마나 읽고 또 읽어주었던지. 보내주신 편지 중에서 무엇보다도 '쉽고 좋은 시'라는 시구가 가슴을 울렸습니다. 그 '쉽다'라는 것이 저에겐 단어 그대로의 '쉽다'가 아니라, 시인의 가슴에서 독자의

가슴으로 '쉽게' 가는, 그런 시가 '쉽고 좋은 시'가 아닐까 생각했
습니다. 그래서 저도 결심하게 되었지요. 나는 쉽고 좋은 노래
를 써야겠구나……

　저는 내일 한국으로 갑니다. 취리히까지 두 시간을 기차로 달
려가서, 저녁 일곱시쯤 느지막이 비행기를 탈 예정입니다. 제네
바 공항에서 비행기를 타면 주로 파리나 프랑크푸르트 아니면
암스테르담에서 환승해서 갑니다. 제네바 공항이 여기에서 훨
씬 더 가깝지만 스위스로 온 이후, 일부러 국적 항공기를 타고
싶어서 주로 취리히로 가곤 합니다. 비행기에 들어서는 순간부
터 이미 저는 한국에 와 있는 셈이니까요. 처음엔 황홀하게 들
리기까지 했던 우리나라 말, 우리나라 승무원들, 우리나라 신문
때문에 가격 차이가 크게 나지 않으면 일부러 이렇게 항공편을
이용합니다. 신문 읽는 것을 좋아해서 비행기를 타기 전에 신문
을 있는 대로 집어서 하나씩 읽으면서 가곤 하지요. 그게 얼마나
큰 낙인지 모릅니다.
　한국에 가면 부산으로 바로 내려갈 예정입니다. 제가 도착할
그날 결혼을 하는 친구가 있습니다. 이번 제 앨범 중 〈국경의 밤〉
이라는 노래 속에 그린 바로 그 친구지요. 2, 3년 전 결혼에 어이
없이 실패하고 무작정 스위스로 저를 보러 온 친구인데, 그후로

좋은 사람을 만나서 드디어 결혼을 하게 되었습니다.

그 친구가 저를 찾아왔던 그해 가을 금요일 오후, 연구소 일을 막 끝내고 차를 몰고 몇천 킬로미터를 달려서 이탈리아와 슬로베니아를 지나 크로아티아까지 갔지요. 그리고 일요일이 되어, 구불구불한 이탈리아와 스위스의 국경 길을 천천히 운전하며 집으로 돌아오던 그 밤에 참 많은 이야기를 했지요. 의사인 친구의 진로, 의술, 사랑, 실패한 결혼…… 친구가 한국으로 돌아가고 나서 저는 우리가 나누었던 그 밤의 이야기들이 이미 쌀쌀해진 11월, 눈이 쌓인 알프스산맥 그 국경의 밤에 아직 녹지 않고 걸려 있을 것 같다고 생각했습니다. 그 친구가 결혼을 하는데 어처구니없이 비행기표에 문제가 생겨서, 당일에 한국에 들어가게 되었네요. 그 친구가 신혼여행을 늦게 가기로 해서 도착하자마자 부산으로 달려가 친구 부부를 만날 예정입니다.

다음 편지는 한국에서 쓰겠습니다. 빡빡한 스케줄을 앞두고 심호흡 한번 하고, 잘 다녀오겠습니다. 다음 편지에는 공연 이야기와 못 해드린 앨범의 곡들에 대한 이야기, 한국 이야기들을 적어볼까 합니다. 올랜도는 여름이라니 놀랍군요. 여름에 맞이하는 크리스마스는 어떨까 궁금합니다. 🖋

로잔에서 윤석 올림

윤석군에게

2007 12 18 - 화 11 : 10

윤석군은 지금쯤 국적 항공기를 타고 서울에 도착해서 고국의
겨울 공기를 마시며 친구들도 만나고 공연 연습도 하며 재미있
게 지내고 있겠네요. 참 부럽습니다.

일전의 메일 중에서 국적기를 타고 싶어 취리히에 가서 비행
기를 타고, 그러면 비행기에 타는 순간부터 한국에 와 있는 셈이
라는 말이 너무 실감 나네요. 나도 바로 그 이유 때문에 값이 좀
비싸고 비행시간이 좀 길어도 늘 국적기를 타려고 하거든요.

고국행 국적기라는 말에 갑자기 생각나는 게 있습니다. 미국
에 와서 정신없이 의사 수련 공부를 하고 전문의 자격을 따고 의
과대학 조교수로 확정되자마자 갑자기 월급을 많이 받게 되었

어요. 그리고 그 월급으로 비행기표를 사서 무려 5년 만에 처음
으로 혼자 귀국을 했던 때입니다. 그때는 고국이 가난해서 국적
기도 없었지요. 물론 직항도 없었고요. 고국이 점점 가까워오던
시간에 비행기 기내 방송에서 갑자기 '여기부터가 한국입니다.
30분 안에 김포공항에 도착할 예정입니다'라는 한국어 안내 방
송이 들려왔습니다. 반사적으로 비행기의 작은 창을 통해 밑을
내려다보았습니다. 고도가 천천히 내려가는 비행기에서 아래를
내려다보는 순간, 가슴이 철렁 내려앉았습니다. 너무나 비참하
게 헐벗은 모습 때문이었지요. 고국의 땅은 모두 헐벗어서 먼지
가 풀썩거릴 듯 민둥산 언덕뿐이었습니다. 나무 한 그루 보이지
않는 가난하게 버려진 모습이었습니다. 착잡한 마음을 다스리
려는데 기내 방송에서 갑자기 한국 동요가 들려왔습니다. '나의
살던 고향은 꽃 피는 산골, 복숭아꽃 살구꽃 아기 진달래……'
눈물이 쏟아지려고 해서 입술을 깨물며 기내 창문에 얼굴을 기
대었습니다. 동요는 계속 들렸지만 아무리 보아도 나무 한 그루
찾아볼 수가 없었습니다. 더이상 막을 수 없던 눈물이 기어이 흘
러내리기 시작했습니다. 아, 점잖은 의사가 이게 무슨 망신인가
하며 정신을 가다듬으려고 하는데 그때 내 귀에 나와 똑같은 톤
의 흐느낌이 들려왔습니다. 여기저기에서 비행기 좌석에 그대
로 앉은 채 모두들 고개를 숙이고 흐느끼고 있었습니다. 서로 알

123

지도 못하는 우리가 여기저기서 합창으로 울고 있었던 것입니다. 그해가 1971년이었습니다.

미국에서도 몇 개의 한국 일간 신문이 발간되고 있습니다. 한국보다 반나절쯤 늦게, 그 지방의 미국 뉴스와 교포들의 뉴스까지 실어 구독료를 받고 배포합니다. 신문사들은 교민들을 위해 여러 가지 크고 작은 문화 사업을 펼치기도 하고 매해 문학작품 현상모집도 합니다. 지난 수십 년간 그 심사를 맡아오고 있는데, 정작 나는 집을 자주 떠나야 해서 교포 신문을 구독하지 못하고 인터넷을 통해 고국의 소식을 읽고 있지요. 요즈음에는 대통령 선거가 임박해서인지 온통 그 소식들로 정신이 없을 정도네요. 모쪼록 좋은 대통령이 당선되어 국민이 한마음으로 나라를 사랑하고 서로 아끼고 존중하는 사회가 되기를 바라는 마음입니다. 고국에 있을 때면 모두들 다 잘 살고 있는데도 불평불만이 너무 많은 것 같다는 이상한 느낌을 자주 받게 됩니다. 서로 불신하고 미워하고 자신의 의견만 옳다고 주장하는 모습도 많이 보게 됩니다. 아직도 민주주의가 정상적인 궤도에 오르지 않은 때문이 아닐까 느껴지기도 합니다.

미국에서 내가 속해 있던 개업의사 그룹은 30명이 넘는 의사와 70여 명의 간호사, 방사선 기사와 서무, 관리원 등 모두 100

여 명이 함께 일하는 일종의 의료회사였습니다. 그래서 의사들이 자주 사업상 모임을 갖고 여러 가지 결정을 해야 했지요. 물론 나와 다른 한 친구를 **빼면** 모두가 백인 의사들인데 이 친구들이 의견이 갈려서 서로 탁상을 치며 덤벼들듯 충돌을 일으킬 때는 그룹이 내일 당장 반으로 깨어질 것 같습니다. 하지만 무슨 일이든 투표로 결정이 나면 그 결정이 간발의 차이든 상관없이 결과에, 무조건 복종하고 따르지요. 반대편에 섰던 동료도 절대로 딴청을 하거나 토를 달지 않고 뒤에서 수군대지도 않습니다. 단 한 번의 예외도 본 적이 없지요. 그래서 나도 몇 해 회장직을 잘해나갈 수 있었습니다.

기왕에 이상한 이야기를 시작했으니 몇 마디 더 붙이겠습니다. 나는 고국을 떠나온 지 오래되어 고국을 향해 감 놔라 배 놔라 할 자격이 없습니다. 그러나 멀리에서 고국을 보면 유독 정치가 눈에 띄게 저급해 보입니다. 한국인의 예술을 보세요. 그 천부적인 자질에서부터 그 각고의 노력은 감탄할 경지입니다. 장영주, 장한나처럼 세계에 자랑할 만한 인물이 너무나 많습니다. 스포츠를 보세요. 그 작은 나라가 축구 4강에 들어갈 수 있었던 자질, 역대 올림픽의 훌륭한 성적들은 경이롭기까지 합니다. 요즈음 회자되는 피겨 스케이팅의 김연아와 수영의 박태환, 세계 여자 골프계를 쥐고 있는 한국의 낭자들을 보세요. 경제 또한 대단한 것이 틀림없습니다. 울산, 창원 공단의 어마어마한 공장 규모 또한 놀랍고 20년 전에 그리스 산골 동네에 혼자 우뚝 서 있던 현대자동차의 광고판 또한 놀랍습니다. 언젠가 독일의 한 호텔 바에서 보았던, 밤잠도 미룬 채 열띠게 사업 계획을 토의하던 한국 젊은이들의 믿음직하던 모습도 잊을 수가 없습니다.

한데 정치는 어떻습니까? 고국에서는 국회의원이 아직도 큰 감투입니다. 우리나라의 정치는 완전히 후진국의 모습입니다. 미국에서는 국회의원을 조금 부족한 인간으로 보는 경향이 있습니다. 한 번 사는 세상, 왜 쓸데없이 남에게 굽실거리며 아양 떨어야 하느냐는 거지요. 국회의원 월급이 너무 적어서 안 하려고 합니다. 나는 이상한 인연으로 어처구니없이 거들먹거리는 한국 국회의원의 모습을 몇 번 우연찮게 보았습니다. 참 한심하더라고요.

나에게 새 대통령이 한 가지 소원을 들어주겠다고 한다면, 그리고 국회의원들이 나라의 위상을 생각해 내 소원에 귀 기울여준다면, 오랫동안 가슴에 응어리진 소원을 말해보고 싶습니다. 그것은 입양아에 대한 것입니다. 혹시 알고 있나요. 1980년대와 1990년대 중반 이후까지 한국이 외국으로 입양 보내는 아이의 숫자가 세계 최고였다는 사실을요. 물론 운이 좋아 잘된 아이들이 많기는 하지요. 그런데 내 전공이 소아방사선과여서 잘못된 한국 입양아 때문에 미국 재판정에 여러 번 나갔어요. 10년 전쯤에는 내가 이런 일을 글로 써서 몇 번 발표한 적도 있지요. 그랬다가 미국에 있는 홀트 입양회의 강한 반발을 사기도 했습니다.

버릇을 고친다고 말도 못 알아듣는 한국 입양아를 심하게 때려서 죽인 사건을 보고 분통이 터져 「고아의 정의」라는 우스운 시도 쓴 적이 있어요. 도대체 누가 이런 사실을 숨기는 거지요? 바로 지난주에도 인디애나 주에서 양부모가 한국인 입양아를 심하게 흔들어대서 죽었다지요. 작년인가, '입양한 우리 애가 말을 안 하니 봐달라'고 간청하던 미국인 부부가 있었습니다. 집에 가보니 입양된 후, 한 달 동안 단 한마디도 안 하고 있는 세 살배기 한국 아이가 있었습니다. 아이는 공포에 질린 눈으로 방구석에서 웅크리고 앉아 벌거벗은 짐승처럼 나를 바라보았지요. 그 아이는 내가 건넨, 미국에서 들은 한국말 한마디 '이름이 뭐냐?'라는 질문에 무작정 왕왕 울어버렸습니다. 그렇게 해서 입양아가 언어장애아가 아니라는 사실을 엉뚱하게 증명해준 적도 있지요. 이 아이가 왜 한국말 한마디에 고집을 꺾었을까요? 한국 사람도 살 수 있는 동네라는 희망이 생겼기 때문 아닐까요.

물론 이제는 외국에 입양 보내는 숫자가 세계 1위는 아닙니다. 정말 고마운 일입니다. 며칠 전에 읽은 『뉴스위크』에서는 이

제 한국이 4위라고 하더군요. 중국, 소련 그리고 아프리카의 에티오피아가 1, 2, 3위, 한국은 그다음이더군요. 왜 이 아이들이 자기가 태어난 고국을 타의에 의해 떠나야 하지요? 한국은 세계 11위의 부강한 나라라면서요? GNP도 엄청나다면서요? 수출 강국이라면서요? 왜 모로코에서 미국으로 이민 온, 우리 집 뜰일을 하는 청년이 나에게 '한국이 부자 나라가 된 것은 입양아를 미국에 팔아 돈을 모았기 때문'이란 말을 하는 걸까요?

올해 초, 고국에서 만든 〈마이 파더〉라는 영화를 보았습니다. 대부분의 이야기가 실화라고 하더군요. 거기에 나오는 입양된 미군 병사는 잔인하게 살인 행위를 한 사형수를 아버지로 잘못 알고 있었는데 유전자 검사에서 아버지가 아닌 것이 판명되고 난 후에도 자기 아버지라고 끝까지 우깁니다. 그는 왜 그래야만 했을까요. 친부모를 모르는 이 미군 병사의 무서운 외로움을 우리가 이해하지 못하는 것은 아닐까요. 입양아 이야기만 나오면 언제나 흥분을 하게 되네요. 언젠가 소주라도 한잔하면서 내가 겪은 기가 찬 이야기를 기필코 마저 하고 싶습니다.

모쪼록 귀국의 날들이 즐겁고 보람찬 날들이기를 바랍니다. 고국에서 지내는 성탄과 새해에 복 많이 받기를 바랍니다. 🖋

마종기

마종기 선생님께

2008 | 01 | 18 | - | 금 | 02 | : | 17

긴 휴가를 끝내고 이번 주 월요일 다시 로잔의 실험실 제 자리로
돌아왔습니다. 책상 위에는 친구가 선물한 채소 절임이 들어 있
는 부츠 모양의 병 하나와, 선생님께서 보내주신 편지와 CD와
책들이 들어 있는 노란색 봉투가 놓여 있었습니다. 감사하게 잘
받겠습니다. 특히나 CD를 보고 한참을 생각했습니다. 선생님께
서 어쩌면 이렇게 잘 고르셨는지, 약간은 의아해하면서 말이지
요. 아우시오네Alcione는 제가 좋아하는 여자 가수 중 한 명입니
다. 여기서도 그녀의 라이브 CD를 구해보려고 했는데 쉽지 않
았어요. 브라질 음악 중에 특히 실황 앨범을 좋아하는데 이 앨범
과 '삼바 지 하이스Samba de Raiz' 앨범은 모두 라이브 앨범이네요!

아우시오네는 리우데자네이루에서 가장 유명하고 인기 많은 삼
바학교인 망게이라 삼바학교의 대표적인 뮤지션입니다. 정말
'소울풀'한 목소리이지요.

귀한 CD 잘 듣겠습니다. 그리고 선생님의 영문 시집도 너무
나 감사하게 읽겠습니다. 항상 선생님의 시를 다른 외국 친구들
에게 전해주려고 할 때마다 번번이 언어의 문제로 포기하고는
했지요. 그런데 이 시집은 번역도 선생님께서 직접 감수를 하셨
을 것이고, 역자 소개를 보니 한국에서 오래 생활하고 공부하신
분이니만큼 번역도 잘되었으리라 생각합니다. 다른 친구들에게
많이 들려주고 싶네요.

한국에서의 시간은 정말 '정신없다'는 것 외엔 다른 표현이 없
을 정도로 바쁘고 또 바쁜 나날이었습니다. 앨범이 나온데다 공
연이 겹치다보니 방송과 인터뷰까지 단 하루도 스케줄이 빈 날이
없었지요. 말씀드린 대로 한국에 도착하자마자 부산으로 내려
가서 그날 결혼식을 올린 제 친구를 만났습니다. 그 친구 이야기
를 좀더 들려드리고 싶습니다. 그 친구와는 중학교 때부터 알고
지냈지만 대학교도 다르고, 살았던 곳도 달라서 막상 같이 지낸
시간은 그리 많지 않았습니다. 이 친구도 선생님처럼 의대를 졸
업하고 지금 레지던트 생활을 하고 있는 의사입니다. 한 5, 6년

전이었지요. 그 친구는 부산에서 인턴을 막 시작했고, 저는 안성에 있는 공장에서 산업기능요원으로 군복무를 대체해서 일을 하고 있었습니다. 그런데 어느 날 갑자기 이 녀석이 안성으로 저를 찾아왔더군요. 성격이 곧기도 하고 또 불의를 참지 못하는 놈이라 인턴 생활을 하다가 선배와 다투었던 모양인데, 그냥 때려치우고 올라왔다고 하더군요. 그때부터 안성에 있는 의료원에서 야간 당직을 하면서 돈을 모으다가, 부산으로 다시 내려가서 조그마한 의원을 차렸습니다. 나름대로 동네에서 좋은 일도 많이 하면서 지내다가(특히 경제적으로 어려운 사람이 많이 사는 동네라), 뒤늦게 다시 레지던트를 해야겠다고 결심을 했던 모양입니다. 그렇게 결정을 내리고는 일전 편지에 말씀드린 대로 저를 보러 이곳 로잔으로 날아왔었지요. 소중한 추억을 안겨준 그 친구의 결혼식은 볼 수 없었지만 아쉬운 대로 친구 부부를 만날 수 있었습니다.

그다음 날부터는 뮤직비디오 촬영을 필두로 낮부터 밤까지 계속 스케줄에 끌려다녔지요. 덕분에 얼굴 한번 제대로 보지 못한 친구들도 많아졌네요. 공연은 총 6회를 했습니다. 다섯 번은 서울에서, 나머지 한 번은 부산에서 했는데 모두 즐거운 시간이었습니다. 1년 만의 무대이니만큼 보는 분들도 좋아하셨고요.

2007년 마지막 날에는 재작년, 고향에서 불의의 사고로 세상을 떠난 친구가 있는 어느 작은 절에 다녀왔습니다. 친구가 세상을 뜬 지 2년 만에 처음 가는 길이었습니다. 그래서인지 한국에 가서도 이따금씩 그 친구가 꿈에 나왔지요. 낮에는 그 녀석의 부모님을 만나서 점심식사를 같이 했습니다. 저와는 거의 20여 년을 알던 친구지요. 서로 음악을 좋아한다는 걸 알게 된 후같이 음악 이야기도 하고, 잘 못하는 연주도 함께했던 친구였어요. 그 친구로 인해 본격적으로 음악을 시작했고, 공연도, 녹음도 같이했던 친구이자 동지였습니다. 중간에 싸우기도 많이 했고요. 그 친구는 원래 피츠버그에서 자란 탓에 영어를 매우 잘하는 녀석이었습니다. 결국 나중에 영문학 중에서도 시를 전공하겠다면서 다시 미국으로 건너가서, 애머스트Amherst에서 시 공부를 했습니다. 2집이 나왔을 때, 제 가사의 영문 번역을 해주기도 했지요. 그러다가 다시 한국에 들어와서 횡성에 있는 민족사관학교에서 영어 선생님으로 일을 시작했습니다. 어릴 적 친구인제가 계속 음악을 하는 모습을 보고 자신도 결국 교사직을 때려치우고, 음악만 하겠다고 하다가 그만 변을 당했지요.

이번 앨범에 있는 〈노래할게〉라는 곡은 그 녀석 발인이 있던날 새벽에 여기서 만들어서, 화장하기 직전에 다른 친구의 핸드폰으로 직접 불러줬던 노래입니다. 사실 이번 앨범을 내게 된 것도 그 녀석의 죽음이 커다란 자극이 되었지요. 그 친구가 그렇게 하고 싶던 음악을 더 열심히 해야겠다는 어떤 반성이었다고 할까요. 이번에 그 친구의 부모님을 만나서 이야기도 나누었습니다. 부모님께서는 친구가 생전에 남겨놓은 작품들을 모으고 정리해서 앨범을 내줘야 하지 않겠느냐, 그 일을 제가 좀 맡아줄수 없겠느냐고 부탁하시더군요. 그래서 어렵겠지만 저와 다른 친구들이 한번 해보겠다고 말씀드렸습니다. 그리고 나서 오후에 경상남도 양산에 있는 절 근처 나무 밑에 잠들어 있는 친구를 보러 갔지요. 추운 날씨였고 나뭇잎이 다 져버린 갈색 숲은 참으로 황량했습니다. 이런 곳에 있으면 얼마나 힘들고 추울까 하는 생각에 마음이 아팠습니다. 다른 마음 한편으로는 지금 이렇게 추운 곳이 아닌 곳에서 편안하게 있을 거라고 믿고 있지만 그래도 마음이 아팠습니다.

 그렇게 2007년을 보내고, 저녁에는 집 근처에 있는 바에서 오랜만에 보는 친구들과 형들, 동생들과 카운트다운을 하면서 새해를 맞았습니다. 바에는 수많은 사람들이 노래를 부르고, 환호하고, 축하하고 있었습니다. 저는 새해가 오는 것이 왜 축하해야 할 일인지 알지 못했고, 정신없이 울리는 음악과 사람들 소리, 담배 냄새, 이런 것들을 도무지 견디기 힘들어 그만 일찍 자리를 떴습니다.

외국에 나와서 맞이한 첫 새해였던 2003년 1월에는 스톡홀름의 감라스탄Gamla Stan에서 보냈습니다. 스웨덴의 구왕궁이 있는 구시가지 지역인데, 1월 1일 자정 무렵에 우리나라 사람들이 종각이나 명동으로 몰리듯이, 스톡홀름 사람들은 감라스탄의 바닷가에서 샴페인을 마시면서 새해를 맞습니다. 그때는 저 역시 다른 사람들이 축하하고, 환호하고, 마시고, 웃고, 떠드는 것이 부러워서 함께 마냥 들뜨고 싶었지요. 마침 가족들이 모두 같이 있었기에 잠시 거리 구경을 하다가 일찍 집으로 돌아왔습니다. 그런데 올해 첫날은 이해할 수 없을 만큼 묘한 기분 속에서, 연이어 축하의 의미를 되물으면서 맞이했습니다. 물론 다음날 아침, 제 집이 있는 해운대는 몇십만 명의 사람들로 북새통을 이루었지만요.

1월 3일 밤 열한시가 넘어서야 마지막 스케줄이 끝났고, 다음날 아침 9시 50분 비행기를 타고 방콕으로 향했습니다. 새로운 스케줄이 추가되는 바람에 돌아가는 편을 새로 끊게 되어 방콕을 경유하는 비행기를 골랐습니다. 그리고 방콕에서 3, 4일을 쉬려고 했지요. 방콕에서 보낸 시간들은 사진 몇 장과 함께 다음 편지에서 적어볼까 합니다. 스위스에 돌아온 후, 우연히 싼 표를 찾아서 프라하에도 잠시 다녀왔습니다. 덥고 추운 두 도시는 겨울과 여름만큼이나 달랐습니다.

곧 다시 소식 전하겠습니다. 건강하십시오.

로잔에서 윤석 올림

윤석군에게

2008 01 30 – 수 04 : 18

잘 지내고 있나요. 박사학위 마무리 작업과 서울에서의 일을 정
리하느라 여전히 바쁜 것은 아닌지요.

　얼마 전, 바로 내 생일인 17일에 보내준 메일 반갑게 읽었어
요. 3집 앨범 출시를 기념으로 열린 연말의 귀국 콘서트를 성공
적으로 잘 끝냈다니 정말 축하합니다. 나는 잘 모르는 음악이어
서, 마침 우리 집에 휴가 받아서 왔던 내 아이들에게 들려주니
하나같이 좋다고 하네요. 나도 덩달아 기분이 좋았습니다. 이 아
이들은 다 이곳에서 낳았고 가사를 잘 이해하지도 못하고 음악
에 대해 특별한 조예가 있는 것도 아니지만, 음악이 좋다고 하는
배경은 아마도 같은 세대여서가 아닐까 하는 생각이 들더군요.

'국경의 밤' 앨범에는 마음에 드는 가사들이 많았습니다. 그런데 가사는 그냥 시와 다른 것인지 '떡하니 걸린 무지개'(〈무지개〉)니 '촘촘히 떨어지네'(〈가을 인사〉) 같은 서술은 좀 껄끄러운 인상을 주네요. 아마도 이런 단어들이 노래에서 힘이나 강조를 주는 것이겠거니 생각을 하지만요.

브라질에서 산 CD가 마음에 들었다니 다행이네요. 리우데자네이루의 공항에서 레코드점에 들어갔는데, 주인이 영어를 못해 그의 딸과 더듬거리면서 요즈음 유행하는 음반 중 괜찮다는 것을 고른 것이었지요. 브라질 음악을 잘 모르기는 하지만, 몇 군데 음악회라는 곳에 갔더니 몇 명의 악사가 연주하는 악기부터가 좀 색다른 것 같고, 멜로디보다는 계속 리듬만 들리는데 그냥 들었을 때는 흥겨운데 자세히 들으려니 꽤나 복잡하게 들리더군요. 그리고 무엇보다 음악에 맞춰 춤추는 무희들의 의상이 대단히 기상천외했습니다. 괴상하게 과장되었고, 화려한 무늬와 색깔의 의상을 입은 채 춤이라기보다 그냥 흔들어대는 스트립쇼 같았어요. 그런데 그런 춤이 있어야 삼바 뮤직을 완전히 하나로 보는 것이라고 하면서 구경을 하는 동안 늘 술 한 잔을 제공해주었어요.

나는 연말부터 좀 바빴습니다. 은퇴를 하고 이곳에 온 후 늘 그랬지만, 연말이 오면 아이들이 겨울 날씨가 따뜻한 이곳에 자기 식솔들을 이끌고 와서 일주일간의 휴가를 보내지요. 그러면 아이들을 돌봐주기도 하고, 손자들의 재롱을 보기도 합니다. 그리고 연달아 북쪽에 사는 누이동생 가족과, 의대 동기 친구 가족, 그리고 사돈 가족들도 와주어서 정신이 좀 없었어요. 거기다가 3월 14일부터 16일까지 조지아 주에 있는 에모리 대학에서 주최하는 제22회 연차 코스콘KASCON:Korean-American Student Conference의 기조연설을 맡게 되어 허겁지겁 영어 연설 원고를 만들어가고 있어요. 이 모임은 미국 대학생의 민족중심 모임 중에서 제일 오래되고 참석 인원도 많습니다. 한 해도 쉬지 않고 미국 전역에서 돌아가며 열리는데 많을 때는 1500명, 보통 800명에서 1000명 정도의 한국계 미국 대학생들이 모이고 있지요. 나도 한 15년 전에 이들이 그 모임을 주관해서 참석했던 적이 있는데 큰 감동을 받았어요. 대개 며칠 동안 큰 호텔 전체를 빌려서 열리고, 사회 각계의 전문가들을 초청해 분과별, 전공별로 작은 모임이 하루종일 계속됩니다. 모든 참석자 앞에서 이루어지는 기조연설은 대개 두 사람이 하는데, 올해는 나와 캘리포니아에 계시는 새미 리라는 90세 정도 되신 선생님이 연설자입니다. 새미 리 선생님은 50여 년 전에 올림픽에서 다이빙으로 금메달을 따서 이승만 대통령이 한국으로 초청해 축하도 해주었던 분이

지요.

기조연설에서 무슨 이야기를 하는 것이 좋을까 곰곰이 생각했습니다. 어차피 새미 리 선생님은 한국을 잘 모르시는 분이니까, 나는 한국인을 조상으로 둔 한국인의 정체성을 잃지 말라는 것을 중심으로 이야기를 풀어나가려고 합니다. 이곳에서 미국의 육·해·공사 생도들이 된 한국계 청년들이 유니폼을 의젓하게 입고 수십 명씩 참석을 한 모습도 보았지요. 물론 고국에서 태어나 미국에 유학 온 학생들은 거의 참석을 하지 않지만, 내가 지켜본 젊은 한국계 미국인들, 이곳 미국에서 태어났거나 아주 어릴 때 이곳에 온 이들의 정체성 문제는 심각할 정도입니다. 반면 자기의 뿌리에 대한 확신을 가지고 있는 청년들은 행동거지가 우선 다르지요. 고국에 대한 자긍심을 가지고 있어요. 그들에게 무엇인가 좋은 이야기를 해보려고 합니다.

건강하게 잘 지내세요. 곧 또 연락하도록 하지요.

마종기

part 3

별과 디펜스

2008.06.06-12.24

음악의 길로 갈 것인지, 음악과 학문을 병행할 것인지,

그리고 귀국을 할 것인지, 자신을 필요로 하는 그곳에서

당분간 사는 것이 좋은지 고민을 하게 되겠군요.

그런 문제에 나는 별로 도움을 줄 만한

실력이나 혜안을 가지고 있지 않습니다.

게다가 나 자신이 비슷한 고민으로

젊은 시절 오랫동안 잠 못 이룬 경험도 있지요.

마종기 선생님께

시간이 물 흐르듯 지나갔습니다. 벌써 5월이 지나 6월이네요. 마지막으로 선생님께 메일 드린 게 올해 초였는데 오랫동안 소식을 전하지 못했습니다. 마지막으로 논문 쓰고, 특허 준비하느라 바쁘기도 했지만 그보다 실은 속 깊은 이야기를 선생님께 전하기에 뭔가 마음이 편하지 못한 구석이 있어서 편지를 드릴 엄두가 나지 않았습니다.

우선은 논문심사와 투고가 여러 개 겹친데다, 시간이 촉박하게 심사 날짜가 정해졌고, 또 마저 마무리할 실험들이 산더미처럼 쌓여 있었지요. 게다가 제가 지도하게 된 석사과정 학생의 논문도 저와 비슷한 시기에 맞물려 마감해야 하는 상황이라 글 한

줄 남기지도 못할 만큼 바쁘게 보냈습니다. 시간도 시간이지만 정신적인 여유가 너무나 없었지요. 하지만 제 무례함과 무소식을 너그럽게 이해해주셔서 뭐라고 감사하다는 말씀과 송구스러운 마음을 전해야 할지 모르겠습니다.

그러고 보니 선생님께서 브라질에 다녀오신 이후 그 이야기도 제대로 드리지 못했군요. 파벨라를 다니셨다니 놀랍기도 합니다. 매우 위험한 곳이라고 들었어요. 뉴스를 보니 요즘엔 그 파벨라를 여행하는 상품이 있다고 합니다. 가난한 사람들의 모습도 돈벌이의 대상이 되는 것이라 씁쓸하다고 말하던 어느 브라질 친구가 생각납니다. 하지만 그 어렵고 가난한 땅에서 나고 자란 이들에겐 그곳에 대한 남다른 감정이 있겠지요. 저도 잠시지만 한때 광안리 바닷가에 즐비하던 한국식 파벨라에서 지낸 적이 있었지요. 지금은 전부 개발이 되어서 근사한 건물과 호텔, 레스토랑, 카페 들이 늘어서 있지만 그때는 정말 그곳에 가난한 어부들과 해녀들이 주로 살았지요.

저는 5월 말에 개별 논문심사private defense를 끝내고 6월 말이나 7월 초에 있을 공개 논문심사public defense를 준비하고 있습니다. 개별 논문심사는 심사위원과 지도교수, 학생이 심사를 받는 진짜 심사이고, 공개 논문심사는 일종의 축하의식이라고 할까요.

두 번의 논문심사가 끝나면 학위과정을 모두 마치게 됩니다.

　스웨덴의 박사학위 심사는 더 엄격하지만 그만큼 재미있습니다. 먼저 교수와 학생이 협의를 해서 '공격자opponent'를 고릅니다. 이전에 같이 일을 한 적이 있거나 학생과 관련이 없는 그 분야의 학자를 선별하지요. 주로 외국이나 다른 학교에서 모시고 옵니다. 논문심사 전까지 학생은 그 공격자와의 접촉이 엄격히 금지되어 있어요. 논문심사는 스위스와 달리 큰 강당에서 한 번 열립니다. 학생과 공격자, 지도교수 그리고 사회자와 또다른 배심원들이 참석하고 친구와 동료, 가족 같은 다른 일반인들도 누구나 참석할 수 있습니다. 학생은 먼저 30여 분에 걸쳐 발표를 마치고 공격자의 질문에 답을 해야 하는데, 이때는 두 사람 사이의 토론만이 허용되며 지도교수도 도와줄 수가 없지요. 공격자는 길게는 거의 한 시간가량 그 학생의 논문을 하나하나 지적하면서 질문을 하고, 학생은 액면 그대로 공격을 감당해야 합니다. 그리고 난 후 또다른 배심원들이 공격을 시작하지요. 이어서 사회자, 참가자들이 돌아가면서 질문 공세를 펼칩니다. 이때는 지도교수가 도와줄 수 있어요. 이렇게 거의 서너 번의 시간을 거치고 나면 공격자와 배심원, 사회자와 지도교수가 의논을 한 뒤, 학위를 인정할 것인가를 결정해서 발표를 합니다. 참 재미있는 방식이지만 학생 입장에서는 진땀 나는 일이 아닐 수 없

지요.

  5월 말에 개별 논문심사가 끝난 이후에는 여유 있게 휴식을 취했습니다. 친구 집에 가서 늦게 자고, 늦게 일어나고, 인터넷으로 프로야구 중계도 보았어요. 학교에서 다른 아이들 실험도 도와주고, 스웨덴에 있는 친구 실험도 해주고, 저와 같이 일하는 석사과정 학생 논문도 봐주면서 지내고 있습니다. 물론 끝날 때까지 이렇게만 있을 수는 없지요. 한 4, 5년 동안 쉬지 않고 열심히 했으니 한 달 정도 이렇게 지내는 것도 괜찮겠다고 스스로를 위로하고 있습니다. 그사이에 투고했다가 수정 요청을 받은 논문도 살펴보고, 새로 투고할 논문도 마무리해야 할 것 같고요. 하지만 무엇보다도 이곳을 떠나고 나서 무엇을 할 것인지, 계속 연구생활을 할 것인지, 전혀 다른 일을 하게 될지, 아니면 음악만 하게 될지를 정해야 할 시기입니다. 아주 중요한 시기가 될 것입니다. 천천히, 그간의 소식을 전하도록 하겠습니다.

  건강하시고 평안하십시오. 🖋

로잔에서 윤석 올림

마종기 선생님께

오늘은 모처럼 맑은 날입니다. 이번 주말엔 계속 날씨가 흐렸습니다. 저는 흐린 날씨를 좋아하지만 이런 계절에는 오늘처럼 맑은 날씨도 참 좋습니다. 날이 흐려지고 비가 올라치면 이곳의 친구들은 급격하게 우울해하고 날씨가 좋지 않다고 불평을 합니다. 그 와중에 유럽에 온 지 거의 6년 만에 '비가 좋다'고 하는 친구를 처음 보았습니다. 이웃 실험실에 있는 폴란드 아이인데, 첫인상은 쌀쌀맞기 그지없었지만 몇 개월간 그 친구 일을 도와주면서 친해져서 지금은 잘 지내고 있습니다. 5월 말 제 개별 논문심사가 끝난 어느 날, 그 친구가 폴란드 보드카를 한 병 주더군요. 술 이름을 지금은 잊었는데 얼음을 넣은 뒤 사과 주스와 대략 6대 4의 비율로 섞어 먹으면 좋다고, 친절하게 그리고 조금은 쑥스럽게 이야기를 해주었습니다.

어제는 마침 폴란드와 독일의 축구 경기가 있었는데 그 친구가 준 술을 마시면서 경기를 보았습니다. 경기 이전에 뉴스에서는 폴란드와 독일의 경기를 크게 다루었습니다. 아마 역사적인 사실 때문이겠지요. 경기가 열리는 오스트리아 빈으로 대거 이동한 양국 국민들의 과열된 열기를 보여주었습니다. 경기에서는 너무나 아이러니한 상황이 펼쳐졌어요. 독일 팀의 공격수인 포돌스키, 이름을 보시면 아시겠지만 폴란드 이민자 2세인 그가 넣은 두 골로 독일은 폴란드를 상대로 역대 전적 16전 무패의 기록을 이어가며 크게 이겼습니다. 첫 골을 넣은 후 그는 예의 다른 선수들이 골을 넣고 나서 하는 그런 식의 흥분된 세레모니를 하지 않았습니다. 그저 조용히 가슴을 두드리고 있었습니다. 그게 무슨 의미인지는 모르겠습니다. 아마도 그는 자신이 처한 위치에서 최선을 다할 수밖에 없었겠지만, 또다른 '조국'에 대한 미안함 같은 게 있지 않았을까, 하는 생각에 마음이 싸했습니다.

아시겠지만 스위스의 공식 언어는 독어, 프랑스어, 이탈리아어, 그리고 스위스 동남쪽 일부 지역에서 약 0.5퍼센트 정도의 인구가 사용하는 로망슈어, 이렇게 4개 국어입니다. 공식어라고는 하지만 대부분 독어와 프랑스어가 주를 이루지요. 그래서 스위스 내 연방대학교(취리히 공대와 로잔 공대)에서 학위 논문을 제출할 때는 반드시 이 공식어 가운데 한 가지로 논문 초록abstract을 번역하게 되어 있습니다. 저 역시 예외는 아닌데, 불현듯 초록을 다른 나라말로도 번역하고 싶어져서 주변에 있는 열댓 명의 아이들에게 모국어로 번역을 부탁했습니다. 기대한 대로 아이들이 모두 도와주었다면 약 15, 16개 국어 정도가 되었을 것입니다만 아랍어, 말레이어, 인도네시아어는 해당 국가 친구들이 고사했고, 마지막에 제게 넘어온 네덜란드어까지 총 13개 국어로 번역을 할 수 있었습니다. 그런 후 학사관리처에 논문초고를 내러 갔더니, 서류를 받던 비서가 눈이 동그래져서 묻더군요. '너, 이 말을 다 하니?' 그래서 농담으로 '그렇다'라고 대답했지요(물론 나중에는 아니라고 했지만요).

이곳 학생들의 전공은 참으로 다양합니다. 저 같은 화학공학자chemical engineer부터 의사medical doctor, 화학자chemist, 생물학자biologist, 면역학자immunologist, 기계공학자mechanical engineer에 이르기까지 다종다양하지요. 다른 전공자의 논문 초록 번역이라 애를 먹었을 텐데, 일일이 단어를 찾거나 친구들에게 도움을 청해서 이 귀찮은 부탁을 기꺼이 들어주더군요. 그렇게 한국어, 독일어, 프랑스어, 이탈리아어, 네덜란드어, 폴란드어, 스웨덴어,

이란어, 그리스어, 스페인어, 영어, 중국어, 일본어, 이렇게 각각의 언어로 쓰인 제 논문의 일부를 보니 기분이 참 묘했습니다. 어떤 언어는 아예 읽지도 못하기에, 제가 썼지만 제가 쓴 것이 아닌 이 논문의 일부를 보니 마치 제 동료들이 4, 5년간 제가 보낸 시간을 각기 다른 언어로 통역하듯 이야기해주는 것 같았습니다. 그리고 유럽으로 온 후부터 지금까지 계속 스스로에게 질문하면서도 답을 얻지 못한 그 '다름과 같음'의 화두 앞에 다시 서 있는 기분이 들었습니다. 비록 만족할 만한 해답을 구하지는 못했지만 최선은 다했다는 소박한 상장 하나는 받는 듯했지요.

선생님이 살아오신 날들에 비하면 아직 절반도 살지 못한 저이지만, 시간이 지나면 더 많은 것들이 분명해지고, 더 많이 깨닫게 되고, 더 많이 정리될 것이라 생각한 적도 있습니다. 그런데 타국에서의 짧지만 길었던 6년여의 시간이 지난 지금, 처음 품었던 많은 질문들은 변함없이 그냥 그대로 남아 있네요. 물론 해결된 질문들도 있지만 더 많이 얻거나 더 단단해지기엔 저는 여전히 감정적이고, 즉흥적인 사람인 것 같습니다. 아무튼 영원히 간직하게 될 저의 논문입니다. 제 지도교수님께서 늘 '네 아내는 바꿀 수 있을지 몰라도 논문은 못 바꾼다'고 말씀하셨지요. 제 논문 초록에 쓰인 언어들 중 언젠가 더 많은 언어를 이해하게 될지도 모르겠습니다. 그때는 제가 조금 더 성장한 모습일까요.

개별 논문심사를 앞둔 날이었던 것 같습니다. 시내의 어느 인도 식당에 갔다가 산스크리트어 개인교습 안내서를 발견하고 집으로 가져와 그 안내서에 적힌 번호로 전화를 걸었습니다. 제가 산스크리트어에 관심을 가지게 된 것은 2, 3년 전, 각묵 스님이 쓰신『금강경 역해』를 읽고 난 후부터지요. 금강경은 우리나라의 불자들에겐 제일 중요한 소의경전所依經典, 교리의 근본이 되는 경전입니다. 각묵 스님께서 역해를 쓰시기로 한 데에는 중요한 목적이 있었던 것 같습니다. 현재 우리나라에서 읽히고 있는 금강경이 구마라습과 현장 스님이 한역하신 금강경본에 기초하다보니, 원서의 의미가 본의 아니게 왜곡된 부분이 나오게 되었습니다. 특히나 가장 중요한 몇 가지 키워드의 정의가 원전과 매우 다르다는 문제의식에서 비롯된 것이지요. 스님은 많은 한국 불자들에게 알려진 금강경의 핵심은 '공空'이었다고 하십니다. 하지만 당신이 생각하시는 금강경에서 부처님의 가장 중요한 메시지는 고정관념인 '상想', 즉 산냐saññā를 척파하라는 것'입니다. 그런데 우리나라의 금강경은 앞서 얘기한 한역본에 의존하고 있고, 상想, saññā과 상相, nimitta조차 구분이 명확하게 이루어지지 않아, 이는 금강경의 주된 메시지를 이해하는 데 큰 걸림돌이 되어 왔다고 이야기를 하셨지요. 스님은 원본인 산스크리트어본과 팔리어본의 한역본을 스님의 직역과 대조해서 역해를 하셨습니다. 그리고 저는 오래된 고대 언어에서 이미 가능할 수 있었던, 그 무한하고 깊은 표현력에 완전히 매료되었습니다. 그후 언젠가 한번 배워보고 싶다는 생각만 하다가 잠시 잊고 있었지요.

그러던 어느 날, 컴퓨터 옆으로 치워둔 산스크리트어 교습 안내서가 눈에 들어왔습니다. 학위심사를 준비하며 많은 일에 치여 텅 빈 가슴으로 살고 있던 차에 이것도 인연이다 싶어서 메일을 보냈고, 며칠 후에 그 선생님을 만났습니다. 그는 벤이라는 이름을 지닌 스물아홉 살의 스위스 사람으로, 동양철학을 공부하고 있는 학생이었습니다. 빡빡 깎은 머리에 가끔 취미로 배운다는 페르시안 타악기를 멘 채 자전거를 타고 나타났지요. 본인 공부를 하느라 산스크리트어를 배웠는데, 언젠가 독일에서 있었던 '구어 산스크리트어' 심포지엄에 참여한 적이 있다고 합니다. 그때 같이 참석했던 친구가 모국인 스페인으로 돌아가서 산스크리트어 강의를 하는 것을 보고 용기를 얻어 자신도 로잔에서 강의를 하고 있다고 했습니다. 산스크리트어는 동양에서 온 서양 언어의 뿌리가 아니겠습니까. 그런데 그 언어를 수천 년이 지난 지금, 동양에서 태어나 서양의 어느 나라에서 살고 있는 제가, 서양에서 태어나 그 언어를 배운 사람에게 다시 배우려는 참이지요. 벤은 참 눈이 맑은 친구였습니다. 오늘이나 내일 중으로 다시 연락을 해서 만나봐야겠습니다.

선생님께선 지금 한국에 계시겠지요. 이번 학기 강의를 하고
계실 텐데, 고국의 날씨는 무덥지 않은지요. 강의는 어떠신지
궁금합니다. 또 편지 쓰겠습니다.

로잔에서 윤석 올림

윤석군에게

2008 06 14 — 토 22:47

오랜만입니다. 그간 학위 논문 때문에 많이 바빴지요? 유럽 쪽
에서는 논문심사를 두 번 하는군요. 잘 마무리하리라 믿습니다.

　메일을 읽으면서 30여 년 전, 내가 수련의 시절을 보낸 오하
이오 주립대학의 정경이 떠올랐습니다. 응급실에서 급히 한국
어 통역을 해달라는 연락이 오기 시작하면 학기말 시험 때거나
박사학위 심사철이라는 사실을 알게 됩니다. 응급실에는 박사
과정이나 석사과정의 한국 유학생들이 아파서 신음하고 있었습
니다. 몇 년 동안 공부에만 열중하던 학생들이 정작 자기가 어디
가 아픈지, 무슨 약을 장복하고 있었는지 모르는 경우가 허다했
습니다. 그 큰 병원에 한국인 의사는 나밖에 없었기 때문에 통역

도 급했고, 한국인의 생활 습성에 대한 설명이 필요해 쉴새없이
불려 다녔습니다. 그때는 고국에서 돈도 받아 쓸 형편이 안 되
어서 대부분의 유학생들이 고생을 많이 했습니다. 가난한 나라
에서 온 동양인 유학생이 돈 때문에 몸을 마구 혹사한 것이지요.
폐인이 된 사람도 많았습니다.

참, 나는 지금 고국에 와 있어요. 4월 말에 와서 친구들, 후배
시인들과 술도 많이 마시고 아버지의 산소에도 갔습니다. 나이
가 나이여서인지 이번에는 특히 영안실 출입을 많이 하고 있네
요. 고등학교, 대학교 친구, 또 문인 친구들…… 며칠 전에는 정
현종 시인, 이병률 시인과 함께 강화도의 전등사에 갔었지요.
작년에 유명을 달리한 내 오랜 친구인 시인 김영태의 수목장 자
리가 그곳에 있고 근처에 훌륭한 시인 오규원 선생의 수목장 자
리가 있기 때문이었습니다. 두 사람을 찾아가 절을 올렸습니다.

이제 오랜 세월 공부 열심히 한 덕에 학위를 받게 되네요. 앞
길에 대한 문제로 생각이 많을 때입니다. 음악의 길로 갈 것인
지, 음악과 학문을 병행할 것인지, 그리고 귀국을 할 것인지, 자
신을 필요로 하는 그곳에서 당분간 사는 것이 좋은지 고민을 하
게 되겠군요. 그런 문제에 나는 별로 도움을 줄 만한 실력이나
혜안을 가지고 있지 않습니다. 게다가 나 자신이 비슷한 고민으

155

로 젊은 시절 오랫동안 잠 못 이룬 경험도 있지요. 그 당시 내가 귀국하지 못하고 미국에 머물게 된 가장 큰 이유는 나를 적극적으로 필요로 한 곳이 바로 미국이었기 때문입니다. 나에게 산다는 것은 언제나 현재 진행형이었고 10년 뒤, 아니 1년 뒤를 생각하지 않았습니다. 지금도 나는 그 당시의 결정이 옳은지 아닌지는 알 수 없습니다. 또다른 한 가지 생각은 내가 아마추어라는 의식이었습니다. 나는 아직 장인이 아니다, 나는 아직 공부를 해야 한다, 그리고 내가 공부를 하는 데 제일 많은 기회를 주는 곳이 어디인가, 그런 의문도 컸습니다.

그런 말 들었지요? 사람은 결혼을 해도 후회하고 결혼을 안 해도 후회한다는 말. 후회 안 하는 인생은 없는 것 같습니다. 단지 그 후회의 양과 질이 문제이지요. 천천히 잘 생각해서 모든 일을 결정하세요. 내가 혹 몇 마디 여기에 보태도 된다면, 조군이 힘들여 공부한 생명공학을 아마추어라는 생각으로 겸손히 더 공부하라는 말을 하고 싶어요. 한편으로는 잠을 좀 덜 자고 내가 감당해야 할 팔자라고 생각하고, 윤석군이 가진 음악적 재질과 열정, 그 황홀을 버리지 말라는 말도 건네고 싶습니다. 그리고 마지막으로 되도록 너무 늦기 전에 고국에 정착하라는 말을 전하고 싶네요. 이유는 명확히 말할 수는 없어요. 그냥 그렇게 하는 것이 후회를 덜 할 것 같습니다.

오늘은 이만 그칩니다. 나는 고국의 하루하루를 많이 즐기고 있습니다. 조군도 여유를 되살려 그곳 생활을 즐기고 건강하게 잘 지내기 바랍니다. 또 연락하지요. 이만 총총.

　　　　　　　　　　　　　　　　　　　　마종기

마종기 선생님께

2008 06 17 - 화 00 : 13

오늘 로잔에는 비가 많이 내립니다. 어젯밤부터 내리는 이 비가 저에게는 왜 이리 가을비처럼 느껴지는지 모르겠습니다. 시간은 하지를 향해 가는데, 조금씩 내리는 이 비는 여름을 훌쩍 뛰어넘어 가을로 향하고 있네요.

선생님의 지기셨던 김영태 시인께서 세상을 떠나신 줄은 모르고 있었습니다. 그게 작년이었군요. 그분의 글이나 사진만 접했을 뿐 잘 모르는 분이긴 합니다만, 선생님의 시에서 황동규 선생님과 더불어 간간이 나오시고, 절친하신 친구분이라는 사실은 알고 있습니다. 친구분은 수목장을 하셨으니 지금은 숲에서 나무와 새가 되셨겠네요.

논문심사가 끝나고, 얼마 전에 교수님을 만나서 앞으로 무슨 일을 하게 될 것인지 잠시 이야기를 나누었습니다. 지금 교수님께 배운 지 벌써 4년이 넘어갑니다만 여전히 교수님과의 대화는 어렵기만 합니다. 시간이 지나도 어쩔 수 없는 것이 있네요. 그래도 오랜만에 논문심사를 마치고 제법 길게 대화가 오갔습니다. 저의 속내를 털어놓기에 그분은 너무 바쁘시고, 또 왠지 그러기 힘들 것 같아 앞으로 계속 이 길을 간다는 가정하에 계속 이야기를 나누었습니다.

교수님은 미국에서 오신 분이라 그곳에 있는 몇 군데 연구그룹을 추천해주셨고, 당신께서 소개를 잘해주시겠다고 하셨습니다. 말씀하신 곳들이 다 서부 쪽인데 어느 곳이 더 좋을지는 아직 잘 모르겠습니다. 그러는 중에 어차피 이곳 스위스 과학재단Swiss National Science Foundation 연구기금을 타서 갈 생각이라면 내년 초부터 일정이 시작되니까, 그때까지는 여기서 박사 후 과정post-doc으로 있으면서 새로운 일을 해보지 않겠느냐고 제안을 하셨습니다. 저는 다른 건 모르겠고, 그냥 이곳에 조금 더 있게 될 거라는 사실이 이상하리만치 반가워서 그럼 그렇게 하겠다고 대답을 했습니다. 신기하지요. 이곳을 정말 떠나고 싶으면서, 또 남고 싶다는 사실이 말입니다.

어제는 일전에 잠시 말씀드렸던 산스크리트어를 배우기로 한 벤이라는 친구를 만났습니다. 그 친구 집에 가서 맥주도 한잔 얻어먹고 집 구경도 했지요. 네 명이 집을 같이 쓰는데 신기하게도 방에 침대도 없고, 마루에 소파도 없더군요. 방 한쪽 벽에는 우즈베키스탄, 이란, 아프가니스탄, 인도의 전통악기가 걸려 있었습니다. 저는 사실 중동 쪽 음악에 관심이 없었는데, 그 악기들을 직접 튕겨보니 정말 작은 소리통이 내는 엄청나게 큰 공명에 많이 놀랐습니다. 그리고 어떤 악기는 음을 내기 위한 것이 아니라, 노래의 효과음ambience을 위한 것이라는 이야기에도 많이 놀랐지요. 말 그대로 방 안에서 향을 피우듯 음을 '피우는' 악기처럼 느껴졌습니다. 왜 침대에서 자지 않느냐고 물었더니, 처음에는 허리에 문제가 있어서 딱딱한 바닥에서 자기 시작했다가 지금은 여기저기 옮겨 다니기도 편하고 해서 일부러 짐이 될 것들을 사지 않고 최대한 단출하게 지내려 한다고 하더군요. 자기가 가본 중동과 소아시아 지역 사람들이 방바닥에서 먹고 앉고 자고 노는 간단한 삶의 형식이 너무나 좋았다고도 하고요.

지금 우리나라 가정 중에 소파가 없는 집이 얼마나 될지 모르겠네요. 어릴 적에 처음 아파트로 이사했을 때, 저희 집은 소파를 들여놓을 여건이 안 돼서 마룻바닥에 담요 같은 것을 깔아놓고 지냈지요. 겨울이면 이불로 발을 덮고 앉아서 텔레비전을 봤습니다. 식사시간이 되면 언제나 식탁 있는 집, 소파 있는 집이 무척 부러웠지요. 아마 다른 친구들 집이 다 그랬기 때문이었나 봅니다. 지금 제가 머물고 있는 집의 마루에는 제가 집을 구할 때 전 주인이 싸게 팔고 간 작은 소파가 하나 있고 방에는 그나마 가장 싼 것으로 구했던 큰 침대가 하나 있습니다. 그리고 책장과 책상이 있고, 옷장에는 입지 않는 옷과 악기들이 있어요. 그리고 책이며 CD며 그간 참 짐이 많아지기도 했네요.

그런 차에 지금 다른 곳으로 옮길 생각을 하니 거추장스럽고 부자연스럽습니다. 그냥 여행 가방 하나만 들고 갈 수 있다면. 그러면 마음도 더 편하게 어디론가 갈 수 있지 않을까. 나는 왜 이렇게 많은 걸 쌓아두고 살고 있는 걸까. 악기들은 어쩔 수 없다 해도, 다른 곳으로 가서 살게 되면 지금처럼 많은 짐을 만들지 말아야겠습니다. 그냥 또 쉽게 떠날 수 있게 지내야겠습니다. 그러면 이런저런 결정을 내리는 데 더 자유롭지 않을까요.

벤과는 우선 금강경 원전을 텍스트로 삼아 매주 공부를 하기로 했습니다. 그 친구가 지금 한 불교 경전을 주제로 석사 논문을 쓰고 있는 모양인데, 본인도 불교 서적에 관심이 많다고 하네요. 저도 큰 의미보다는 한번 더 찬찬히 볼 수 있는 기회가 될 것 같은 기대로 그렇게 하자고 했습니다. 내년 1월까지 머물면서,

그동안 게을리했던 프랑스어도 더 배우고 가야 할 것 같네요. 그러면서 짐을 조금씩 줄이고 줄이면, 더 마음 편하게 떠날 수 있지 않을까요.

선생님 편지에 적어주신 마지막 말씀을 한번 더 새겨봅니다. 오늘은 이만 줄이겠습니다. 한국에서 보내시는 시간 중에 좋은 기억 있으시면 저에게도 이야기해주세요. 건강하십시오.

로잔에서 윤석 올림

윤석군에게

2008 | 06 | 23 | – | 월 | 17 : 17

내일이면 서울을 떠납니다. 벌써 두 달이 다 지나갔네요. 4월 25일 서울에 도착해 6월 24일에 떠나는 거니까요. 한데 이번에는 좀 비장한 느낌이랄까, 답답한 느낌이랄까, 이상한 기분입니다. 아마도 여기 와서 거의 두 달, 광화문 근처에서 산 탓에 광우병 시위를 매일 보고 느끼며 살아왔고 시위가 아직 사그라지지 않은 때문인 것 같습니다. 이번에, 배우기도 참 많이 배웠습니다.

시위의 느낌과 표정을 몸으로 느낄 수 있을까 해서 자의 반 타의 반으로 이틀을 시위 군중과 몇 시간씩 같이 걷기도 했지요. 시위 군중 안에서 보니 주장들이 모두 제각각이었습니다. 그저 그 열정 같은 것이 후끈거리는 것은 내게 좋게 느껴졌지만 '미

친 소 너나 먹어!'라든가 '열여섯 살이에요. 더 살고 싶어요!' 같
은 구호에는 그다지 동의할 수 없었습니다. 그런데 그런 구호가
밀물처럼 학생이나 시민을 밀고 있더라고요. 언뜻 내가 40년이
나 살아온 미국의 실용주의 일변도의 생활, 논리와 과학이 주도
하는 생활이 나 자신의 정신을 메마르게 해왔기 때문에 시위의
의미를 모르는 게 아닌가 하는 의심이 들기도 했습니다. 내 시를
읽어준 독자들의 유전자에 시위의 당위성이 숨어 있는 것은 아
닌가 생각도 해보았고요. 그런 생각이 서울 체류중 줄곧 나를 지
배해왔다고 말할 수 있습니다. 모쪼록 이 정도로 시위가 끝나서
오물과 쓰레기로 더러워진 광화문 근처가 깨끗해지고, 서로 미
워만 하는 마음이 다 씻기고 예의를 지키며 서로 위하는 고국이
되기를 바랄 뿐입니다. 내 주장을 설파하는 것에만 열중하지 않
고 남의 의견도 경청하는 그런 사회가 되기를 바라는 마음 간절
합니다.

  미국에 돌아가면 여기서 부탁받은 시를 여섯 편 써야 하는데
날짜가 촉박해 걱정입니다. 거기다 캐나다 한인문인협회 초청
이 있어 거기서 며칠을 지내야 하고, 아이들과 어머니, 동생을
만나러 미국 이곳저곳을 비행기로 한동안 쏘다녀야 합니다. 7월
말에는 두번째 알래스카 여행, 8월 말에는 25일 여유로 이스라

엘과 이집트 여행을 계획해놓았지요. 그러면 10월이 오고, 그때는 내가 사는 플로리다가 드디어 살 만한 기후를 갖추게 될 것입니다. 윤석군은 적어도 올해 말까지 그곳에서 지내게 되겠군요. 천천히 여유를 가지고 장래를 생각해보기 바랍니다. 또 연락하지요.

마종기

마종기 선생님께

2008 | 07 | 03 | – | 목 | 20 | : | 37

지금쯤 선생님께서는 미국으로 돌아가셨겠군요. 저는 내일 공
개 논문심사를 앞두고 편지를 쓰고 있습니다. 부모님은 못 오셨
지만 누나와 자형이 바쁜 일정을 뒤로하고 기꺼이 와주었습니
다. 그 참에 월요일부터 차를 빌려 스위스 농촌으로 여행을 떠났
지요. 시골 마을의 작은 집에서 며칠 같이 지내다가 어제 돌아왔
습니다. 오가는 길에 스위스 산속을 다니며 숲도 보고 눈도 보았
습니다. 조금 멀리 있는 프랑스의 몽블랑 샤모니를 지나 제네바
를 거쳐서 집으로 돌아왔는데, 어젯밤에는 비가 많이 오더군요.
저와 누나 부부가 마루에 누워서 창문을 열어놓고 잠을 청했는
데 시원하고 좋았습니다. 빗소리도 들었지요.

166

처음에 혼자서, 아니면 친구들 몇몇과 스위스를 여행할 때는 경치가 그다지 눈에 들어오지 않았는데 이번처럼 가족들과 다니니 기분이 달랐습니다. 부모님도 오셨으면 좋았겠지만 제가 여기 당분간 있기로 했으니 가을이나 겨울에 다시 오실 기회가 있겠지요. 그리고 어제는 처음 스웨덴에서 학위를 시작할 때 저를 학생으로 뽑아주었던, 제 은사나 다름없는 김도경 박사님이(저는 그냥 도경 형이라고 부릅니다) 형수님과 아이를 데리고 여기까지 왔습니다. 제가 형의 첫 학생이나 다름없었지요. 형이 비록 계속 지도를 하지는 못했지만 그 '첫 학생'이 학위를 받는다니 직접 보고 싶었나봅니다. 형은 지금 영국에서 교수로 있는데 여기까지 일부러 와주었지요. 얼마나 고마운지 모르겠습니다. 그리고 어제 저녁에는 제 소속사 대표인 정동인 형이 전화를 주었습니다. 꼭 오고 싶다고 하면서 비행기표를 계속 알아보았는데, 휴가철이라 표를 구하기가 쉽지 않아 오지는 못했습니다. 다들 정말 고마운 분들입니다.

선생님께서는 여름에도 바쁜 일정을 보내시겠군요. 저희 실험실에 2개월 동안 머물게 될 친구 하나가 플로리다에서 왔다고 합니다. 여름에는 섭씨 40도가 넘고 습도도 높아서 정말 덥다고 하더군요. 그래서 플로리다의 여름을 피해 다른 곳으로 가는 사람들을 '스노버드snowbird'라고 부른다는 이야기도 해주었습니다.

여기는 여름에 기온이 높아도 30도 정도이고, 날씨가 많이 건조해서 한국처럼 후텁지근하거나 땀을 많이 흘리게 되지는 않아 체감 온도는 훨씬 낮습니다.

　선생님께서 한국에 계시는 동안 보고 느끼신 것들을 저는 멀리 있다보니 가까이 볼 수 없어 그저 답답한 마음뿐입니다. 작년과 올해 사이에 우리나라 국민들은 대통령과 국회의원을 새로 뽑았지요. 저는 어릴 때부터 이상하리만큼 정치에 관심이 많았습니다. 중학교 정도, 아니 그 이전부터 관심을 가지기 시작했던 것 같습니다. 아주 어릴 적에는 국회의원 선거철에(12대 총선, 즉 마지막 중대선거구제 선거였지요) 어머니를 따라서 사랑방 유세를 다니는 후보자도 만났던 기억이 납니다. 그때는 여전히 제5공화국이었고 선거 결과, 당시 야당인 신민당이 꽤 돌풍을 일으켰던 걸로 기억합니다. 지금 생각해보면 국민들이 심어놓은 작은 씨앗이었지요.

　요즘은 우리가 민주주의를 통해서 얻은 것도 많이 있지만 그 한계도 여실한 듯합니다. 선거는 현대 민주주의의 가장 기본적인 제도 중 하나일 뿐이고, 사실 위정자와 국민 사이의 더 많고 중요한 의사결정은 선거 이외의 무수하게 다른 '소통'의 경로를 통해 이루어져야 할 것입니다. 그러려면 국민의 숫자만큼 많은 다양한 의견을 듣고 참고하려는 위정자들의 겸손함이 있어야 할 텐데—이런 제 생각이 너무 이상적인 건지는 모르겠지만—현 정부는 국민의 목소리를 마음으로 들으려고 하지 않는 것 같고, 그래서 계속 갈등이 깊어지는 것이 아닌가 하는 생각이 듭니다.

저를 포함한 그 '국민' 구성원의 스펙트럼이 너무나 넓어서, 수많은 목소리가 같이 모여서 나오다보면 선생님께서 말씀하신 대로 납득하기 어려운 표현들도 나올 거라고 생각합니다. 하지만 사실 더 걱정스러운 점은 여전히 변한 것 없는 우리나라 위정자들의 모습입니다. 그런 위정자들이 선거 때만 되면 어김없이 국민들을 모시겠다고 하니, 정말이지 진실성이 느껴지지 않습니다. 정치와 무역, 경제 같은 것들이 얼마나 어려운지, 저 같은 국민이 전문가보다 더 잘 알 수는 없겠지요. 하지만 적어도 진실하게 국민과 마주하려는 자세는 갖추어야 할 것입니다. 꼿꼿한 위정자들의 모습이 상황을 더 악화시키지는 않는지 걱정이 됩니다. 사실 최근 저도 모르게 조금씩 정치에 대한 '패배의식'에 물들어가는 건 아닌가 생각해본 적도 있습니다.

앞으로 정권이 두어 번 정도 더 바뀌고, 경우에 따라서는 지금처럼 국민의 저항에 부딪히기도 할 테지요. 하지만 오히려 이런 일들이 국민에게 더 많은 생각과 토론을 할 수 있는 기회가 될 것이라고 희망하면서 긍정적으로 보고자 노력합니다.

　이제 발표 준비를 조금 해야 하는데 선뜻 손에 잡히지를 않네요. 내일은 학생으로서 마지막 발표입니다. 말 그대로 대중을 대상으로 하는 발표라 이 분야에서 몇십 년을 연구해오신 저희 교수님부터, 과학에 대해선 아무것도 모르는 저희 누나까지 어떻게 그들 모두에게 제가 한 일을 쉽고 정확하게 전달할 것인지 고민을 많이 해야겠습니다.

　그동안 항상 어려웠던 점이 저희 어머니께 제가 하는 연구 내용을 설명해드리는 것이었거든요. 저희 어머니께선 약간의 심장질환이 있으셨습니다. 일종의 부정맥 내지는 협심증이었는데 다행히 요즈음엔 많이 좋아지셨지만 한번은 버스 안에서 쓰러지신 적도 있어서 얼마나 놀랐는지 모릅니다. 그런 탓에 어머니께 설명드릴 때마다 항상 이렇게 말씀을 드리지요. '심장에 영양분과 피를 공급하는 동맥이 있는데, 그게 관상동맥입니다. 그 동맥 내벽에 안 좋은 물질이 쌓이거나 염증이 생겨서 동맥이 좁아지면 심장에 산소나 피 공급이 원활하지 못해서 문제가 생길 수 있습니다. 그 좁아진 동맥을 다시 넓히기 위해서 인공적으로 시술을 해서 풍선처럼 생긴 구조물을 삽입하는데 그럼에도 다시 동맥이 좁아지는 경우가 있지요. 그걸 막아주는 약을 개발하고 있습니다……' 이렇게요.

건강하십시오. 또 글 올리겠습니다. 논문 발표 때는 양복이 없어서 한복을 입어야 할 것 같습니다. 🖋

윤석 올림

윤석군에게

2008 08 08 - 금 03 : 26

7월 초, 박사학위 공개 논문심사를 하루 앞두고 보내준 메일을 여행중에 딴 사람의 컴퓨터를 통해 읽었습니다. 나 역시 정신없이 돌아다니느라 답신이 늦었네요. 잘 지내고 있지요?

나는 6월 말에 두 달간의 서울 여행을 마치고 미국에 돌아오자마자 시차 적응도 못한 채 이곳을 떠났습니다. 미국의 국경일 연휴를 이용해 매해 큰아이네 집에서 세 아들네와 손주들이 함께 모여서 며칠을 함께 지내는 것이 연례행사가 되었습니다. 비행기를 타고 북쪽으로 날아가 그야말로 아들, 손자, 며느리 다 모여서 즐겁게 엉겨 지내지요. 고국의 친구들과는 달리 시시때때로 만나고 싶어도 아무 때나 만날 수 없는 미국 생활이라 우리

가 정해놓은 이때와 추수감사절 연휴, 이렇게 1년에 두 번 모입
니다. 물론 겨울철에는 날씨 괜찮은 이곳에 한 가족씩 따로 놀러
와 함께 지내지만요.

그렇게 한 닷새 지내고 시카고에 갔지요. 일전에 말했던, 누
이동생이 어머니를 모시고 살고 있다는 그곳입니다. 치매를 앓
고 계시는 어머니는 지금 연세가 아흔셋이시지요. 며칠을 곁에
서 어머니와 누이를 돕는 척하지만 늘 그렇듯이 모든 일을 동생
에게 맡기고는 미안하고 아쉬운 마음으로 돌아섭니다.

얼마 전에 김종태라는 시인이 청탁해주어 보낸 시인데 한번
읽어볼래요? 아직 고국에서는 발표되지 않은 시인데 바로 내 어
머니에 대해 쉽게 쓴 시입니다.

자장가

어릴 때 어머니가 불러주신 자장가
그 노래 너무 슬프게만 들려서 자주
나는 어머니 등에 기댄 채 몰래 울었다지요.
잠 대신 등에 기대어 울고 있는 아들이
왜 그리 심약한지 걱정이 크셨다지요?
그 슬픈 자장가는 도시 늙지도 않는지

정확하게 기억나는 시든 사연과 음정,

오늘은 나를 겨우 알아보시는 치매의 어머니께

피곤한 어깨 만져드리며 작게 불러드립니다.

어머니는 무슨 생각에 잠기셨나요?

울지도 웃지도 않으시고 물끄러미

긴 세월을 돌아 나를 보시는 어머니.

자장가는 영원히 자식들만의 것인지.

노래를 부르다가 터져 나오는 내 울음

입술을 깨물어도 그칠 수가 없네요.

어머니를 뵙고는 아들의 차를 빌려 타고 디트로이트에서 캐
나다의 윈저로 들어가 온타리오 주의 토론토에 갔습니다. 북미
에서는 로스앤젤레스와 뉴욕 다음으로 이곳에 한국인 교포가 많
이 살고 있답니다. 여기서 캐나다 한인문인협회 주관으로 한국
문학과 내 시 이야기를 하게 되었어요. 아름다운 숲속의 캠프장
에서 이틀 동안 행사가 열렸습니다. 100여 명의 교포 문인과 문
인 지망생이 모여 밤에는 캠프파이어도 하고 노래를 부르기도
했지요. 미국의 교포 모임보다 더 소박하고 아름답다고 느낄 정
도로 시와 자연을 즐기는 모습을 보았습니다. 광대한 자연 속에
사는 이들은 저도 모르게 마음이 넓어지고 편안해지는 것일까

요. 내가 지껄이는 말도 참으로 정성스레 듣고 있음을 충분히 느낄 수 있었습니다.

거기서 사흘을 지내고 아들 집에 들렀다가 플로리다로 돌아온 후, 또 며칠 만에 일곱 시간을 비행해서 미 서북부의 시애틀에 갔지요. 거기서 나의 의과대학 졸업 45주년을 기린다고 미주와 서울에서 찾아온 스물세 쌍의 동기들을 만나 일주일간 짧은 알래스카 크루즈 여행을 떠났습니다. 알래스카는 몇 해 전에 3주일 안팎으로 여행한 적이 있어서 대부분은 가본 곳들이었지만 무엇보다도 동기 친구들을 오랜만에 만나는 일이 가장 큰 즐거움이었지요. 우리는 1963년에 65명이 졸업했습니다. 여행을 하면서 죽은 친구들을 추념하며 헤아려보니 벌써 열 명이나 유명을 달리했어요. 졸업 전에 자살이나 사고사로 목숨을 잃은 경우는 세지도 않았는데 말입니다.

평균 나이가 일흔이었어요. 생을 다 산 듯한 아쉬움이 남기는 했지만 은퇴한 우리는 거의 단 한 사람도 후회의 기색을 보이지 않았습니다. 저마다 의미 있는 삶을 살았다는 만족감과 남에게 사기치고, 해하고, 욕먹으며 살지 않았다는 자부심 같은 것을 느낄 수 있었습니다. 이제 일주일 후면 23일간의 이스라엘과 이집트 여행을 하게 됩니다. 올림픽 경기를 볼 수 없어 섭섭하지만 여행에 대한 호기심은 아직도 많이 있습니다.

갓 쓰고 한복 입고 공개 논문심사를 했다는 기사는 우연히 잘 읽었습니다. 이것도 인연인가 하는 기분이 들었어요. 누이동생 집에 배달된 교포신문에서 조군의 기사를 보게 되었어요. 우습기도 했고 기발하기도 했고 자랑스럽기도 했습니다. 아마 조군의 기분과는 달랐을 수도 있겠네요. 정작 조군은 '그냥 양복이 없어 입은 것인데, 그게 무슨 기삿거리라고……' 그렇게 생각했을 법도 하네요.

아마 그랬을 거예요. 왜냐하면 나는 아직도 윤석군이 왜 루시드폴이라는 예명을 쓰는지 알지 못하니까요. 전부터 물어보고 싶었지요. 무슨 재미있는 이유가 있겠지요. 그 이름을 볼 때마다 나는 자꾸 신경과에서 많이 쓰는 '루시드 인터벌$^{\text{lucid interval, 의}}$ $_{\text{식 청명기}}$'이라는 단어가 자꾸 생각이 나네요. 참, 발표는 영어로 했나요, 한국어로 했나요.

지난번 메일을 다시 읽어보니 고국의 정치에 관심을 보이고 안타까워하는 모습이 마음에 다가옵니다. 나도 물론 고국의 정치 현실에 관심을 안 가질 수 없지만 조군만하지는 못할 거예요. 한국인이 정치에 관심을 많이 가지는 것은 아마도 분단국가라는 특수 상황 때문이겠지요. 그러면서도 한편으로는 일본의 그것과 비슷한 것은 아닐까요. 도대체 왜 국회의원이 그렇게 많은 월

급과 치외법권적 혜택을 받고 있는지 이해하기가 힘드네요. 스위스는 안 그렇겠지요? 물론 미국도 안 그렇습니다.

국회의원 나가달라고 해도 월급이 적어서 싫다고 하는 사람이 대부분입니다. 한때 내 친구도 미국 국회의원이었지요. 나가면 당선될 터인데 두 번 하고는 안 하려고 해요. 워싱턴은 생활비가 비싸고, 아이들 교육에 더 관심을 가지고 싶다는 것이 그 이유였지요. 나는 한국에는 아직 민주주의가 뿌리내렸다고 생각하지 않습니다. 좀더 세월이 지나야 할 것 같습니다. 또한 자본주의도 뿌리내리지 않은 것 같고요. 부자들이 돈 벌어들이는 것이 자본주의인가요? 막말로 부자들이 번 돈을 사회에 환원하고 그것을 자랑스러워 할 때 진정한 자본주의가 시작되는 것이라고 나는 믿습니다. 우리나라의 많은 부자들은 번 돈을 자기 자식들에게만 주어 사업을 계승하려고 편법 쓰기에 연연하지요. 자기가 번 돈이 '사회의 것'이라는 사고가 없습니다.

나는 미국에서 의사로 오래 살았고 의사 중에서도 제법 돈을 많이 버는 쪽의 전공이지요. 하지만 나는 매해 연봉의 50퍼센트 이상을 연방 세금, 주 세금, 시 세금과 사회보장 세금 등 여러 가지 세금으로 냈습니다. 그리고 연봉의 반도 안 되는 실제 수령액 중 20퍼센트 정도를 각종 단체에 기부했습니다. 물론 미국에 산 처음 10년 정도까지는 잘 몰랐지요. 그러나 커다란 의사 그룹의

회장이 되고, 동료 미국인 의사들이 나보다 두드러지게 많은 액수를 기부한다는 사실을 알게 되었습니다. 실은 창피해서, 체면을 지키려고 시작했고 나중에는 그것이 옳은 일이란 것을 알았기 때문에 그랬습니다. 졸갱이 같은 의사 나부랭이들의 이런 행위는 이 동네에 사는 의사뿐 아니라 전국의 의사들도 거의 다 할 것입니다. 그래서 부시 같은 바보가 이 나라를 8년간이나 구덩이 속에 집어넣고 고생을 시켰지만, 이런 점 때문에 나는 미국에 아직 희망이 있다고 믿습니다. 일전에 『타임』지에 마이크로소프트의 빌 게이츠 사진과 함께 '창조적인 자본주의Creative Capitalism'라는 특집 기사가 나왔습니다. 흥미 있는 기사였습니다. 주안점은 '모두를 위한 자본주의'에 대한 견해들이었지요.

조군은 이 여름을 어떻게 지내고 있는지요? 모쪼록 여유를 갖고, 즐겁고 유용한 시간을 보내길 바랍니다. 건강하고요. 🖋

마종기

마종기 선생님께

2008 08 20 − 수 03 : 21

지금쯤 이스라엘과 이집트 여행을 하고 계시겠지요. 저는 논문 심사를 끝냈지만 여전히 실험실에서 예전과 같은 일을 하고 있습니다. 일거리가 더 많아져서 음악 작업은 못 하고 있습니다. 답답한 면도 없지 않지만 9월이 지나고 가을이 오면 다시 곡을 쓰고 연주하기를 희망하며 지내고 있습니다.

논문심사 다음날이었을 겁니다. 5년 전, 제가 스웨덴에 있을 때 알게 된 어느 박사님께서 어떻게 소식을 들었는지 축하한다는 메일을 보내왔습니다. 당시 스웨덴의 카롤린스카 연구소에서 박사 후 과정으로 연구를 하던 분이었고, 저는 막 연구를 시작한 햇병아리 연구원이었지요. 아무것도 모르던 제가 얼떨결에 떠맡게 된 프로젝트를 진행하던 중 동물 실험을 해야 되는 상황이 닥쳐왔습니다. 실험을 해줄 파트너를 구하고 있었지만 제가 속해 있던 곳이 재료과라 도무지 파트너를 구할 수가 없었습니다. 그러던 중 우연히 한국인 모임에서 박사님을 만나게 되었지요. 사정을 말했더니 기꺼이 도와주겠다고 하셔서 덕분에 무사히 프로젝트를 끝낼 수 있었지요. 그렇게 시작된 인연으로 자주는 아니지만 스웨덴에 있을 때에는 계속 뵈었는데, 저는 스위스로 옮기게 되고, 그분도 영국으로 연구소를 한 번 옮겼습니다. 그러곤 다시 한국으로 들어간다는 말씀만 전해 들은 채 연락이 끊겼었지요. 어디에 계신지 수소문을 해도 행방을 알 수가 없던 차에 메일을 받게 된 것입니다.

그분은 의외로 아직 유럽에 머물러 있었습니다. 발트 해 연안에 있는 에스토니아Estonia의 타르투Tartu라는 도시에 있더군요. 수도인 탈린Tallinn에서 세 시간이나 국도로 달려야 하는 외진 곳이랍니다. 제대로 된 현미경 하나만이라도 있으면 좋겠다 싶을 정도로 연구하기엔 열악한 곳이지만, 푸른 시골 마을이 끝없이 펼쳐져 있어 강가에 남은 야생물들의 흔적을 따라 하루종일 걷기도 하는 아름다운 곳이라고 했습니다. 자가면역질환을 연구하는 분인데, 요즈음엔 '관용'을 연구한다고 합니다. 어떻게 관용과 공격을 선택하는지, 그게 어떤 원리인지를 생각한다고 합니다. 박사님이 어떻게 에스토니아에 가게 됐는지는 알 수 없지만 더 늦기 전에 한번 가보려고 합니다. 스웨덴에선 페리만 타면 싸고 빠르게 갈 수 있는 곳이지요. 이곳에서는 조금 멀긴 하지만요.

일전에 말씀드렸듯이 연말이나 내년 1월까지 이곳에 있을 예정입니다. 교수님 입장에서 막 학위를 마친 학생만큼 좋은 결과를 낼 일꾼도 없겠지요. 어떻게 된 일인지 여름휴가도 따로 보내지 못했습니다. 그런 와중에 여름은 가고, 얼마 전에는 별똥별을 보러 호수로 잠시 나갔습니다. 호숫가에 담요를 깔고 누워서 한 시간 정도 하늘을 바라보다가 서너 개의 별똥별을 볼 수 있었습니다. 별똥별이 떨어지기 전에 세 번 소원을 빌면 소원이 이루어진다고 하던데, 저는 무엇을 빌어야 할지 딱히 생각나는 것이 없었습니다. 그래서 그냥 '건강', 이 단어 하나만 마음에 담고 누웠지요.

'루시드폴'이라는 이름이 궁금하셨군요. 저는 그 얘기만 나오면 참 창피합니다. 왜냐하면 그렇게 깊게 생각해서 지은 이름이 아니기 때문입니다. 그 당시, 앨범이 나오기 전에 라디오 출연을 하게 되었는데 혼자 방송에 나가는 것이 쑥스러웠어요. 또 당시 녹음을 해주신 분이자 저의 소속사 사장인 분과 함께 팀(뮤지션+엔지니어) 개념으로, 일종의 프로젝트처럼 소개를 하면 어떨까 해서 생각나는 대로 이름을 정했지요. 실은 그때 대기실에 앉아서 단 몇 분 안에 정해야 하는 상황이었기에 그 순간에 떠오르던 단어 두 개를 조합해서 짓게 되었어요. 그전에 제가 만들었던 밴드의 이름은 '미선이'였습니다. 밴드에서 드럼을 치던 친구가 지은 그냥 사람 이름이었는데, 항상 촌스럽다는 생각이 들어서 조금 '근사해' 보이는 영어 이름을 짓고 싶었던 걸까요.

논문 발표는 영어로 했습니다. 이곳의 교수님과 학생들은 절반 이상이 스위스 바깥에서 온 사람들입니다. 나름대로 학교에서는 가장 국제화된 구성원이라고 자랑삼아 이야기도 하지요. 실제로 저희 연구실만 해도 소속 인원의 국적이 10개국이 넘습니다. 그렇다보니 영어가 가장 많이 쓰이고, 그 탓에 프랑스어를 배울 기회가 적어서 아쉬웠습니다. 심지어는 이곳에서 4, 5년 정도 일하는 사람들 중에도 프랑스어를 거의 한마디도 못하는 사람들이 있답니다. 물론 대부분의 아이들이 3개 국어 정도는 구사하는 편입니다만. 특히나 스위스 사람들의 경우에는 출신지역에 따라서 독어나 프랑스어, 영어는 기본으로 하고, 다른 스위스 공식어를 하나 더, 그리고 개인의 환경(부모의 국적)이나 그동안 만났던 애인의 국적 정도에 따라서 4, 5개 국어를 하는 경우도 많지요. 그렇다보니 영어 하나 하기도 벅찬 아시아권 학생들이 많이 고생을 합니다. 일은 누구보다 더 성실하고 깔끔하게 잘하지만 언어가 열세니까요. 더 큰 문제는 일에 치여서 영어를 더 고급스럽고 정확하게 다듬기가 힘들다는 점이고, 그 '언어'의 문제로 얕보이기도 한다는 사실입니다. 언젠가 어느 독일 출신 교수님과 점심을 먹을 기회가 있었는데 이런 말씀을 하시더군요. 사람은 상대방의 언어 구사를 보고 처음 그 사람을 판단한다고요. 그러면서 '언어는 힘'이라고 하면서 많은 사람들이, 특히 아시아권 사람들의 부족한 영어 실력을 가지고 그 사람의 실제 능력을 섣부르게 판단한다고 하셨어요.

다르게 생각하면 많은 언어를 배울 수 있는 기회와 가능성이 있는 곳이 바로 유럽입니다. 제가 조금 더 관심이 있다면 다른 유럽 언어를 배우고, 또 멀지 않은 나라들이니 가서 연습할 수 있겠지요. 그래서 남아 있는 동안 프랑스어 강의를 조금 더 들어볼까 합니다.

이곳은 이제 거의 가을입니다. 제 친구 중 하나가 언젠가 이집트의 사막 한가운데에서 바라본 하늘 이야기를 하더군요. 끝없이 고요한 사막 하늘에는 별이 정말 '쏟아질 것처럼' 박혀 있었다고요. 저는 얼마 전 누워서 별을 보며 헤아려보았습니다. 만일 내가 500년 전에 태어난 사람이라면 저 별들을 보며 무엇을 떠올렸을까. 아마도 세상을 떠난 사람들의 영혼일 거라고 생각했을 듯합니다. 아니, 지금까지도 가끔은 정말 그런 게 아닌지 생각하기도 한답니다.

　건강히 여행 잘하시기를 바랍니다. 연락 주실 때쯤이면 가을이 더욱 성큼 와 있겠네요. 유럽을 떠나기 전에 저도 사막에 가서 별을 보고 싶습니다. 🖋

　　　　　　　　　　　　　　　　로잔에서 윤석 올림

윤석군에게

2008 | 09 | 10 | – | 수 | 00 | : | 42

오랜만입니다. 그간도 잘 지내고 있었겠지요? 내년 1월경까지 로잔에 머물 것이라고 했던 계획에는 변동이 없는지 궁금합니다. 모쪼록 시간을 내서 여행도 하고 그곳 생활을 즐기기 바랍니다. 서울에 돌아가면 무슨 일을 하든 여유로운 생활은 쉽지 않을 테니까요.

몇 해 전, 고국의 어느 잡지에 '여유'라는 주제로 글을 쓰기도 했지만, 여유에 관해 느낀 것이 참으로 많습니다. 일상생활 중에 여유가 없다는 사실이 가장 인상적이었습니다. 잘 먹고 잘사는 것은 좋은데 있는 돈을 쓸 시간이 없을 정도로 바쁘게 사는 모습, 일상사에서 남에게 양보하는 미덕이나 배려심이 적은 것,

자기주장만 고집하고 남의 의견을 경청하지 않는 광경을 유난히 많이 보았지요.

엊그제, 23일간의 이스라엘과 이집트 여행을 마치고 무사히 돌아왔습니다. 우리 나이에는 좀 힘에 부칠 정도로 강행군이었어요. 그래도 많은 감동이 있었고 신기한 경험도 해본 여행이었습니다. 덕분에 올림픽 중계는 입장식과 박태환 선수의 수영 우승 장면밖에 못 보았지만요. 오스트리아 비행기 편으로 케네디 공항을 출발, 텔아비브 공항에 총 서른여덟 명이 도착했습니다. 이번에도 일행 중에는 우리 부부 두 명만이 아시아인이었지요. 여행 사흘째, 갑작스러운 고온과 설사로 일행 중 노인 한 명이 기절을 하고 말았습니다. 할 수 없이 내가 나서서 응급치료를 해주었는데, 그 이후부터는 일정이 끝날 때까지 모두 신주 모시듯 하더군요. 여행중에는 되도록 신분을 감추어야 자유롭고 신경을 안 쓰게 되지요. 그런데 미국 사람들은 특히 의사에 대한 존경심이 대단하고, 현지의 의사를 믿지 못해 나로선 귀찮을 때가 많아지기도 해요.

윤석군이 아는지 모르지만 나는 예수를 믿는 사람이거든요. 그러니 성경에서, 특히나 4대 복음서에 나오는 귀에 익은 지역에 간다는 것만으로도 황홀해질 수밖에 없었지요. 예루살렘, 나

사렛, 베들레헴, 엠마오, 겟세마네, 골고다, 베다니, 갈릴리 호수를 보았습니다. 예수가 3년여 공생활을 했던 유대 지방의 가버나움과 '마음이 가난한 사람은 복이 있나니'로 시작되는 진복 8단(성경에서 말하는 여덟 가지 행복)의 복음이나 두 마리의 생선과 빵 다섯 개로 5000여 명을 먹였다는 그 언덕바지, 예수가 신세를 많이 졌다는 베드로의 장모가 살던 집들은 모두 나를 소름 끼치게 했어요. 나는 예수가 십자가를 지고 가시관을 쓰고 쓰러지면서 걸어올라간 골고다 언덕을 걸어올라갔습니다. 무더위에 비지땀을 흘리며, 팔레스타인인들의 복잡한 가게 사이를 비집고 걸음을 내디뎠습니다. 그리고 마침내 예수가 못 박혔던 곳, 십자가가 서 있었을 만한 그곳에 세워진 성당에서 땀을 흘린 채 서서 한참 동안 고개를 숙이고 있었지요. 당신 같은 바보를 따르는 바보가 여기 있다고 되뇌면서요.

어느 날 저녁에는 예루살렘의 팔레스타인 사람들이 사는 쪽에 있던 우리가 묵는 호텔 앞에서 총격 소리가 몇 분 동안 울리기도 했습니다. 수십 발의 총알이 날아가는 불빛을 보고 긴장하기도 했어요. 아무리 가라앉혀보려 애를 써도 온몸이 둥둥 뜨기만 하던 사해의 경험도 신기하고 재미있었습니다.

이집트의 첫인상은 너무 더럽다는 것이었어요. 하지만 카이로 교외에서 본 몇 개의 피라미드와 스핑크스, 사카라의 5000년 전에 세워진 최초의 6층 피라미드 앞에서는 압도당하지 않을 수가 없더군요. 이집트 박물관의 수많은 미라와 순금으로 회칠한 어마어마한 왕들의 무덤들도 장관이었지요.

　지중해 연안의 알렉산드리아 항구까지는 카이로부터 기차를 타고 움직였습니다. 그후 비행기로 룩소르Luxor에서 아스완Aswan까지, 여러 작은 도시를 거치며 나일 강의 선상에서 보낸 일주일은 너무 아름다웠습니다. 엄청난 무더위는 하루도 빠짐없이 화씨 120도를 넘었고(섭씨로는 49도 정도가 되지요) 게다가 23일간, 우리는 단 한 방울의 비도 보지 못했어요. 이스라엘에서는 세상천지가 모두 돌이더니 이집트는 영토의 93퍼센트가 사막이라네요. 아스완에서 비행기를 타고 아부심벨로 가는 도중에는 집 한 채 없는 사막과 빈 구릉만이 먼지를 날리고 펼쳐져 있더군요. 그러니까 우리는 수단의 북쪽 경계 근처까지 구경을 한 셈이지요. 나일 강 크루즈를 하던 중에 아랍인들의 최대 명절인 라마단의 한 달이 시작되었습니다. 매일 새벽 세시 반이면 그 고음의 느린 흐느낌 같은 기도를 들으면서 잠에서 깨었지요. 대부분의 아랍인들은 그 시간부터 저녁 여섯시경까지 하루종일 물 한 방울 입에 대지 않는 철저한 금식을 하고 있었습니다. 대단한 자부심으로 금식을 지켜내고 있었어요. 아직도 그 새벽의 흐느낌의 기도 소리가 귀에 울리는 것 같으니, 혹 재수 좋으면 몇 편의 시라도 얻을 수 있지 않을까 기대가 되기도 합니다.

　윤석군이 말해준 사막에서 별 보기는 실패였습니다. 며칠은 사막 한복판에 머물기도 했지만 사람이 많고 불빛도 환해서 점멸된 사막을 맞이할 기회가 없었기 때문이지요. 사실은 생텍쥐페리의『어린 왕자』나 다른 소설에서 사막을 묘사한 부분을 떠올리며 은근히 그런 광경을 기대했지요. 그래도 나는 10여 년 전, 로키산맥의 한 산장에서 엄청난 별밭을 본 적이 있습니다. 한여름 밤에 오두막의 불을 다 끄고 보았는데, 아직도 그때를 생각하면 탄성이 나올 정도로 엄청난 광경이었습니다.

　윤석군의 근황이 궁금합니다. 메일을 받은 지 만 한 달이 되었네요. 늘 건강하기를 바랍니다.

마종기

마종기 선생님께

2008 | 09 | 15 | – | 월 | 06 : 55

긴 여행, 잘 다녀오셨군요. 계절도 아직 무더운데다가 여행지 역시도 원체 무더운 곳인데 건강하게 다녀오셨다니 다행입니다.

저는 내일 이탈리아 토리노Torino로 일주일간 출장을 가려 합니다. 15일부터 유럽 화학회EuCheMS Chemistry Congress가 열리기 때문입니다. 짐을 대충 꾸리고 잠이 들기 전에 편지를 띄웁니다. 이전에 토리노를 스치듯이 두어 번 가본 적이 있지만 오래 머문 적은 없습니다. 토리노 대성당에 한때 예수님이 피를 흘린 성의로 알려진 가운이 있다는 이야기를 들은 적이 있네요. 선생님께서 '예수 믿는 분'이라는 사실은 일찍이 시를 통해서 알게 되었지요. 선생님의 시에서 아시시의 성 프란체스코도 만날 수 있었

190

고, 요한이 있었던 파트모스 섬 이야기도 본 적이 있었지요.

방금 창밖에 뜬 보름달을 보다가 문득 작년 부활절 무렵, 5일 여간 다녀온 포르투갈 여행이 다시 생각났습니다. 포르투갈어를 독학한 지 8, 9개월 정도 되었던 때였지요. 혼자서 책으로 공부하고 음악도 듣긴 했지만, 실제로 원어민과 이야기 한번 나누어본 적이 없던 터라, 가서 다른 말은 쓰지 말고 포르투갈어만 연습하다가 오자는 마음으로 홀로 여행을 떠났지요. 리스본에 도착해서 처음 길을 물을 때부터 버스를 찾고 기차역을 찾을 때까지 그들과 그들의 말과 더 가까워지려 애썼습니다.

리스본의 동쪽에 있는 오리엔테 역에서 오래된 대학도시인 코임브라Coimbra로 가는 기차를 탔을 때였지요. 마침 창문 밖에 환하게 무지개가 떠 있었습니다. 적당히 낡고, 온통 초록색으로 꾸며진 기차 안은 부활절 휴가라 고향으로 가는 사람들로 가득차 있었습니다. 4월이었는지 5월이었는지, 아직도 해가 꽤 긴 날이었지요. 그렇게 한 시간여를 가다가 창밖에 어스름이 질 무렵 무지개를 보았습니다. 하느님이 홍수로 사람을 심판하신 후 다시는 인간을 벌하지 않겠다는 징표로 세상에 주었다는 그 무지개를 보면서 어쩌면 크리스천의 가장 큰 미덕은 '사랑'이 아닌 '용서'가 아닐까, 감히 혼자서 생각도 해보았습니다.

코임브라를 떠나 부활절에 맞춰서 성지 파티마Fatima를 가기 위해 숙소에 짐을 풀었습니다. 작고, 조금 박제 같은 그 작은 마을을 둘러본 후 혼자 그곳의 고유 음식인 페이주아다feijoada를 먹었습니다. 그리고 다시 호텔로 돌아왔을 때, 문득 혼자라는 사실이 사무치게 다가왔습니다. 이미 고국에서 긴 여행을 떠나 '혼자'인 내가, 지금 왜 다시 '혼자' 여행을 왔는지 자문하니 몸서리치게 외롭더군요. 그리고 다음날, 그 커다란 성당을 찾아 한쪽 구석에 고개를 숙이고 앉아 한참을 기도하고 고백했지요. 외롭고 또 외롭다고. 그러니 나를 도와주시면 좋겠다고. 그렇게 하루를 더 지내고 파티마를 떠나 다시 리스본을 지나 신트라Sintra로 가서 혼자 밤하늘을 바라보다가 태어나서 처음 선명하게 별똥별을 보았습니다. 여행의 끝에 참으로 많이 위로받는 기분이었어요.

저희 부모님은 성당을 나가시지요. 그리 오래되지는 않았답니다. 아버지는 아주 어릴 적에 친모(저의 친할머니)를 여의셨고 할아버지께서 계모를 맞이하셨어요. 그런데 할아버지께서도 곧 돌아가시고 말았고, 저희 아버지는 그 새어머니와 그렇게 가까운 사이는 아니었다고 합니다. 심지어─저도 기억이 나지만─저희 집이 어려워진 이후에는 더더욱 사이가 안 좋아졌다고 해요. 제가 대학생일 때 새할머니께서 돌아가셨는데, 성당을 다니셨던 분이지요. 신앙이 없이 지내시던 아버지께서 할머니가 돌아가신 후 갑자기 성당을 가야겠다고 하시더니 지금까지 열심히 다니시지요. 그리고 조금 후에 어머니도 성당에 나가기 시작하셨고요. 어렸을 때 부모님이 종교가 없다보니 저도 특별히 어디를 다니거나 하지는 않았지만 대학교에 들어온 이후, 저도 모르게 불자가 되었습니다. 특별히 저를 절로 인도한 사람이 있었던 건 아닙니다. 많이 힘들었을 무렵, 누군가 법보시를 하면서 저희 집에 준 천수경을 읽게 되었고 그 이후에 불자가 되었지요. 하지만 '나홀로 불자'라 아직 스님하고 이야기 한번 나누어본 적이 없답니다. 그냥 혼자 절에 가거나 집에서 기도를 하거나 책을 읽는 정도일 뿐이지요.

유럽에 온 뒤 3, 4년간 유일한 위안은 선생님의 시와 백석 시인의 시, 수많은 불교 책, 그리고 브라질 음악이었습니다. 포르투갈어와 더불어 요즘 산스크리트어를 배우면서 예전보다 그리스어나 라틴어, 옛날 이집트의 고대어였던 콥트어, 베다어와 같은 고대 언어에 더욱 관심이 많아졌습니다. 제 산스크리트어 교사인 벤이라는 친구가 워낙 박식하고 착해서, 그 친구에게 이것저것 묻기도 하고 혼자서 나름대로 찾아보기도 하면서, 작은 것들을 하나씩 재미있게 배우고 있습니다.

얼마 전, 러시아가 그루지야를 침공했지요. 벤을 통해 그루지
야의 언어가 러시아의 키릴 문자가 아닌 자기들만의 문자로 소
통된다는 것을 알게 되었습니다. 지금은 소국이 되었지만 아르
메니아도 문자가 있고, 이집트는 아랍의 박해로 자신들의 고대
문자인 콥트어를 잃었습니다. 같은 아랍 문자를 쓰지만 이란어
는 아랍어와 전혀 다른 언어계통에 속해 있어요. 인문학에 소양
이 있는 사람이라면 다 알고 있을 이런 기초 상식을 늦게야 조
금씩 배우고 있습니다. 신기한 사실은 어느 나라든 역사가 오래
되고 문명이 일찍 시작된 곳에는 어김없이 독자적인 문자가 존
재했다는 것입니다. 그러면서—유대인도 그렇겠지만—긴 역사
속에서 이 문자를 지켜나간다는 것이 얼마나 어렵고도 소중한
일인지 생각을 하게 되었지요.

다음 편지를 쓸 즈음, 9월이 다 지나갈 무렵에는 좀더 구체적
인 제 미래 계획을 들려드릴 수 있을 것 같습니다. 그와는 별도
로 10월에 일주일가량 한국을 방문합니다. 3일간 열리는 규모가
큰 음악축제에 초청을 받았습니다. 처음 음악을 시작할 때 같이
연주하던 친구들이 8년 만에 다시 모이게 되었어요. 한 녀석은
오하이오에서 박사과정을 마치고 지금은 새너제이San Jose에 살
고 있습니다. 결혼도 하고 아이도 있지요. 다른 한 녀석은 지금

로스앤젤레스에 삽니다.

선생님의 어느 시 구절처럼 '파편처럼' 흩어져서 살다가, 다시 모여서 8년 전처럼 연습하고 무대에서 연주하게 되었네요. 그때 만들고 부르던 노래들을 다시 연주할 거고요. 비록 지금은 저 혼자만 음악인으로 남았지만 그 당시 저희 노래를 좋아하던 사람들에게도 큰 선물이 된다면 좋겠습니다. 결국 기억을 되돌리는 것은 그때 그 기억을 만든 사람들의 몫인가봅니다. 비록 같이 연주하던 친구 하나는 지금 세상에 없지만 그 친구의 막냇동생이 그 자리를 메워서 남은 저희와 같이 연주를 하기로 했답니다. 이탈리아에 다녀온 후 다시 편지 띄우겠습니다. 좋은 가을날들입니다.

윤석 올림

서른두번째 편지

윤석군에게

2008 09 16 - 화 01 : 26

메일 잘 읽었습니다. 그간도 건강하게 잘 지내고 있다니 반갑고
요. 곧 토리노에 가겠네요. 얼마 전에 동계올림픽이 열렸던 곳
이지요? 나는 이탈리아에 두 번, 한 달 이상 돌아다니기도 했는
데 토리노에는 가보지 못했습니다. 자그맣고 아름다운 곳이라
고 들었습니다.

　포르투갈에는 몇 해 전에 갔습니다. 물론 파티마에 가는 것이
주목적이었지요. 한데 그 작은 마을에 들어가서 여행 안내서를
찾으니 다섯 가지 언어로 만들어진 안내서가 하나 있더군요. 영
어, 프랑스어, 독일어, 스페인어, 그리고 한국어였습니다. 일본
어도 중국어도 없는데 말입니다. 그래서 얼마나 많은 한국의 가

톨릭 신자들이 그곳을 방문하고 있는지 짐작할 수 있었습니다. 포르투갈에 대한 가장 즐거운 기억 중 하나는 바로 그 나라 음식 이었어요. 놀라울 정도로 음식 맛이 좋았습니다. 서양음식은 특히나 해산물 음식이 맛이 없는데 포르투갈은 그야말로 진미였습니다. 그곳 사람들 말을 가만히 들어보니 포르투갈을 '뽈뜨갈'이라고 하는 것 같고 리스본도 '리스보아'라고 발음하더군요. 그게 맞나요?

윤석군이 불교에 관심이 많고 스스로 불자라고 하니 반갑네요. 종교를 가진다는 것은 그 종교에 대한 학문이 깊어지는 것이 아니고 그 종교가 말하는 세상의 이치에 동의하고 그 길을 살아간다는 뜻일 것입니다. 그래서 믿음을 생활하는 것과 종교에 대한 지식이 넓다는 것은 딴 세상의 일이지요. 크리스천의 가장 큰 미덕은 사랑이 아닌 용서가 아닐까 생각했다는 말에 동감입니다. 그러나 사랑과 용서는 동전의 양면과 같다는 생각도 듭니다.

내가 얼마 전에 펴낸 『나를 사랑하시는 분의 손길』이라는 책을 윤석군에게는 보내지 않았지요? 2005년인가 서울 교구의 가톨릭 주보에 1년간 네 줄짜리 운문을 연재했는데 거기에 간단한 해설글을 보탠 것이지요. 그 책을 보면 '사랑'이라는 말보다는 '용서'라는 단어가 많이 나옵니다. 그리고 '용서는 사랑을 키우는 햇살'이란 말을 썼는데 그 출판사에서 다음에 발간되는 책의 제목으로 쓰고 싶다고 해서 그러시라고 했지요. 그런데 몇 달 전에 정말 같은 제목으로 책이 나왔습니다.

이집트를 중심으로 하는 원시기독교의 일파인 콥트 가톨릭들은 무슬림 이집트인 사이에서 2000년을 살아왔지요. 이집트 인구의 거의 10퍼센트가 콥트인인데, 라마단 한 달 동안은 무슬림들 앞에서 단식도 함께 해주는 진풍경을 보기도 했습니다. 콥트 가톨릭은 특히 마르코 성인을 흠모하는 까닭에 곳곳마다 마르코 성인의 성화가 많더군요. 다른 아프리카 국가들은 예수가 죽은 뒤 그곳에 간 야고보 성인을 많이 따르는데, 참으로 대조적인 모습이었습니다. 물론 로마 가톨릭들은 첫 교황인 베드로를 더 따르고, 동방정교는 그리스에서 전교 활동을 많이 한 요한 성인을 더 따르고, 개신교인들은 열두 제자 중의 하나는 아니었지만 죽기까지 전교에 힘썼고 신약에서 많은 이에게 편지를 쓴 바오로 성인을 더 높이 생각하는 경향이 있지요.

며칠 전 『열린시학』이라는 계간 시 전문지가 열 권이나 내게 왔습니다. 서둘러 쓴 졸시 다섯 편과 이병률 시인과의 인터뷰, 그리고 두 분의 젊은 시인이 내 시에 대해 쓴 글이 특집기사로 실렸어요. 스위스의 집 주소가 아직 바뀌지 않았다면 한 권 보내줄까요?

10월의 귀국을 축하합니다. 좋은 콘서트가 되기를 바랍니다.
짧은 여행 기간 몸조심하고요. 또 연락을 하지요.

마종기

마종기 선생님께

2008 09 25 — 목 21 : 23

일주일여의 출장을 마치고 다시 로잔으로 돌아왔습니다. 이탈리아는 여전히 따뜻한 날씨라 낮 기온이 25도를 웃돌고 있었습니다. 아침 일찍 로잔에서 기차를 타고 네 시간 정도 달려 밀라노 중앙역에 도착했습니다. 커다란 역사 안에 관광객들이 여전히 많았습니다. 그 큰 역사 안에, 반복적으로 울리는 소프라노의 아리아가 묘하게 들렸습니다. 한 시간을 기다려 토리노로 가는 허름한 기차를 탔습니다. 창밖은 꽤 황량해 보였습니다. 기차는 고장이 났는지 30분쯤 멈췄다가 다시 출발해 예정 시간보다 조금 늦게 토리노에 도착했지요.

예전에 두어 번 와봤지만 구석구석을 다녀본 것은 아니라, 약

간의 각오를 하고 도시 이곳저곳을 돌아다녔지요. 건물들은 크
고 우람하고 길도 널찍널찍해서 다소 건조해 보이기도 했지요.
어쩌면 로마보다 더 황량해 보였다고나 할까요. 그렇게 일주일
정도 보내고, 다시 로잔으로 돌아왔습니다. 밤 기차에서 내려
플랫폼에 발을 딛자, '아, 다시 가을이구나' 하는 생각이 들었습
니다. 가방에 넣어두었던 옷들을 서둘러 꺼내 입고 집으로 향했
지요.

  토리노보다 더 인상적이었던 곳은 밀라노였습니다. 누군가
제게 밀라노에 대한 인상을 묻는다면, 그냥 '빠르다'라고 말하고
싶습니다. 거리에 넘쳐나는 사람들은 다들 어디로 가는지, 정신
없이 빠르게 걷더군요. 서울보다 더 빠르고 전투적이었다고 할
까요. 거리를 걸을 때도 항상 사람들과 부대끼며 조심조심 걸어
야 했습니다. 조금 한적한 골목으로 들어서자 안도감이 느껴질
정도였으니까요.

  주말에는 집 근처에 있는 퀴이Cully라는 곳에 갔습니다. 저희
집에서 20여 분 기차로 가면 나오는 작은 마을이지요. 와인을
많이 생산하는 곳인데 그래서 호숫가에는 온통 포도나무들이 심
겨 있습니다. 포도 수확기가 다가오니, 이제 곧 포도를 거두어
와인을 만들기 시작하겠네요. 스위스 와인은 전부 내수용으로

만 소비된다지요. 그래서 가끔 한국에 갈 때 선물용으로 몇 병씩 가져가기도 한답니다. 품질이 아주 고급인 와인들은 아니지만 딴 곳에서는 보기 힘드니까요.

선생님 말씀대로 'Portugal'을 그들이 발음하는 대로 굳이 적어보면 '뽀르뚜가우' 혹은 '뽀흐뚜가우' 정도가 될까요. 리스본은 '리스보아'라고 부르지요. 포르투갈어도 포르투갈식 발음, 브라질식 발음, 아프리카식 발음이 모두 다르답니다. 이곳에는 포르투갈 사람이 참 많이 삽니다. 주로 저소득층의 사람들이지요. 스위스에서 많은 노동력을 필요로 하는 탓에 이민자들이 많이 있는데, 저희 건물에서 청소를 담당하는 사람들, 식당에서 일하는 이들 중에도 상당수가 포르투갈 사람들입니다. 그 가운데 한 친구와 친하게 지내는데, 발음이 조금 특이해서 나중에 알고 봤더니, 포르투갈에서 오긴 했지만 원래 고향은 카보베르데^{Cabo} ^{Verde}라고 하는, 아프리카 대륙 옆 북대서양에 있는 옛 포르투갈령 섬나라랍니다. '초록색 곶^{green cape}'이라는 의미를 지녔다고 하는군요. 뮤지션인 세자리아 에보라^{Cesária Évora}가 그곳 출신 아니냐고 했더니 반가워하면서 그렇다고, 그곳 사람들은 어디를 가나 노래하고 춤춘다고, 악기도 없이 그냥 손으로 탁자를 두드리면서 노래한다고 한참을 이야기해주더군요. 아무튼 이제 막 말을 배우기 시작한 제 귀에는 브라질 포르투갈어는 구개음이 많고 조금 느리고 매우 리드미컬합니다(포르투갈 사람들도 브라질어를 두고 '노래하듯이 한다'고들 하더군요). 반면 포르투갈 사람들의 발음은 훨씬 깔끔하지만 리듬이 없이 밋밋하지요. 굳이 비유를 하자면 브라질어는 충청도 말 같고 포르투갈 사람들 말은 서울말 같다고 할까요. 제가 느끼기에 브라질의 말과 음악은 커피 같고, 포르투갈의 그것은 차 같습니다. 커피는 향이 진하고 강하지요. 차는 은은하고 맑고요.

책을 보내주신다니 고맙게 받아도 될는지요. 학교 주소로 보내주시면 쉽게 받을 수 있겠습니다. 그리고 말씀하신『나를 사랑하시는 분의 손길』이라는 책은 이번에 한국에 들어가면 부모님께 선물해드려야겠습니다. 건강하시고, 또 편지 드리겠습니다.

로잔에서 윤석 올림

윤석군에게

2008 10 02 - 목 03 : 48

공연을 위해 고국에 갈 날이 며칠 남지 않았네요. 재미있는 시간
보내고 돌아오기 바랍니다. 이번에 무슨 노래를 부르는지 알려
주면 나도 이곳에서 들으면서 즐기도록 하지요.

　미국은 요즈음 매일 난리법석입니다. 소위 총체적 금융 위기
때문이지요. 언젠가 본 캐나다 영화 〈미제국의 멸망〉에서 미국
의 쇠퇴는 도덕적 해이와 가정의 붕괴가 그 멸망의 원인이라고
했는데, 그보다는 모두가 숭배해마지않는 돈과 자본주의가 이
나라를 근본부터 흔들고 있는 것 같습니다. 증권은 매일 널뛰듯
해서 어지러울 정도이고 지난 1년간 증권 시세가 30퍼센트 정도
떨어졌다고 합니다. 직장 은퇴연금이 회사 전문가들에 의해 관

리되는 한국과 달리 자산관리를 스스로 해야 하는 미국에서 나 같은 사람은 우왕좌왕할 수밖에요. 많은 사람들은 월가의 이런 금융 위기가 유대인들 때문이라며 간단히 싸잡아 한쪽을 매도하기도 하지만 나같이 아예 이 방면의 벽창호는 혼자 걱정만 할 뿐이지요.

그 와중에도 이제 한 달 뒤면 미국의 대선이 있고 새 대통령이 탄생합니다. 존 매케인과 세라 페일린의 공화당, 그리고 버락 오바마와 조 바이든의 민주당이 대결을 벌입니다. 변화를 부르짖는 민주당과 오바마는 이라크 전쟁 등으로 진퇴양난인 공화당에 비해 훨씬 인기가 많아요. 후원금 역시 나 같은 사람의 눈에도 환히 보일 정도로 민주당으로 몰리고 있지요. 어떨 때는 텔레비전 광고에 오바마가 너무 많이 나와 식상할 정도입니다.

선거는 물론 뚜껑을 열어보아야 알겠지만 누가 되나 미국은 미국이지, 별로 달라질 바 없다는 것이 미국에서 40년 이상 살아온 내 견해입니다. 정부의 높은 자리들은 다 바뀌겠지요. 그러나 그들이 국민의 눈을 속이고 혹은 자신이나 당의 이익을 위해 할 수 있는 일은 별로 없습니다. 누가 당선되어도 이라크 전쟁은 갈 데까지 가야 끝을 낼 것이고 국익이 있다면 눈치코치 안 보고 덤빌 것입니다.

이런 점은 처음에는 나를 상당히 낙심시키기도 했지만 장점도 많다는 것을 배우게 되었지요. 고국에서는 누가 대통령이 되느냐, 누가 최고 권력자가 되느냐 하는 것이 나라 전체에 큰 영향을 미치지 않습니까. 그래서 개인적으로는 아무 관계가 없어도 기를 쓰고 반대편에 대해 위기감을 느끼고 적개심을 표출하지요. 나는 40년이 넘도록 미국의 어느 당적을 가진 적도 없고 어느 당에 치우쳐본 적도 없습니다. 물론 내가 소수민족이고 개신교도가 아닌 가톨릭이기 때문에 의당 민주당 쪽으로 기울어져야겠지만, 어떤 정치적 입장에도 서지 않습니다. 개인적으로는 의사를 탐탁지 않게 여기고 세금을 과하게 부과하려는 민주당의 정책에 반대하기 때문이기도 하지만 보다 깊은 이유는 내가 어디에도 속하지 않는, 혹은 속하고 싶어하지 않는 '코리언 디아스포라'이기 때문일 것입니다.

내가 처음으로 디아스포라^{diaspora}의 의미를 알게 된 것은 1980년대 초였습니다. 그 당시 일본에 살고 계시던 사회철학자 지명관 교수가 『역사비판』이라는 잡지를 발행하고 있었는데, 뉴욕에 살던 의대 동기 친구가 인연이 되어 몇 편의 글을 그 잡지에 발표하기도 했지요. 『역사비판』은 그 당시 군사정권에 대항하면서 외국에 나와 사는 한국인도 디아스포라의 입장에서 조국을 위해 힘쓰고 희생해야 한다는 취지를 지니고 있었고, 나는 이에 깊은 감동을 느꼈지요. 나는 지교수를 한 번도 만나보지도 못했고, 그분이 우파적인지 좌파적이었는지도 모르고, 지금은 살아 계신지 돌아가셨는지도 모릅니다.

'디아스포라'라는 말은 고유명사로서는 고대 바빌론 시대 이후 팔레스타인 땅을 떠나 세계 각지에 흩어져 사는 이산 유대인과 그 공동체를 뜻하지만, 보통명사로서는 유대인뿐 아니라 전 세계의 다양한 '이산離散의 백성'을 지칭하지요. 어떤 연유에서든 세계 각지에 흩어져 사는, 무슨 연유에서건 간에 자기 나라를 떠나 사는 사람을 통칭하는데 나 같은 코리언 디아스포라는 얼추 추정으로 현재 700만 명에 이른다고 합니다. 물론 윤석군 같은 유학생이나 외국 국적을 아직 지니고 있지 않은 사람은 여기에 속하지 않지요. 『공산당 선언』을 쓴 유대인 카를 마르크스도 독일에서 태어나 영국에서 살던 디아스포라였고, 미국에 살았던 철학자 해나 아렌트, 체코인으로 살았던 소설가 카프카뿐 아니라 멘델스존, 말러, 쇤베르크 등 유대인만도 그 수가 헤아릴 수 없이 많지요. 그러니 여기에 다른 이산 민족들, 더구나 지난 50여 년 교통과 문명의 발달로 고국을 떠나 사는 사람이 얼마나 많겠어요.

선조의 출신국인 조국祖國과 자기가 태어난 나라인 고국故國과 현재 국민으로 속해 있는 나라인 모국의 3자가 분열되어 있는 것이 디아스포라적인 삶의 특징이라고 합니다. 이 말은 최근에 고국에서 출간된 재일조선인 2세인 서경식씨가 쓴 『디아스포라 기행—추방당한 자의 시선』이라는 책에서 인용한 것입니다. 어느 지인에게서 선물 받은 이 책이 내게는 상당한 충격으로 읽혔습니다. 윤석군은 혹 취미가 없을지 모르지만 제법 오래 외국에 나와 사는 입장에서 이 책이 어떤 암시 같은 것을 줄 수도 있지 않을까 생각되었습니다. 이 책에서 특히 내 눈길을 잡은 것은 2001년 일본의 『현대사상』이라는 잡지에 기고한 논문에서 한국 민주화 투쟁에서 결정적으로 중요한 역할을 한 '민족, 민중 문학론'이 모순과 배리에 봉착되어 있다는 주장과 그 이론이 결국은 국수주의, 파시즘적 사상, 극도의 내셔널리즘 성향을 보인다는 것, 한 시대의 한 민족만 보는 자기중심적이고 배타적 민족주의는 결코 민족의 합류와 포괄을 이루어낼 수 없다는 결론을 밝히고 있다는 사실이었습니다. 물론 나 개인의 의견으로는 이 포괄성이 한 국가나 국민을 떠나 인간 일반으로 외연이 확대되어가야 한다는 꿈을 가지고 있습니다만. 그런 의미로 윤석군에게 보내려는 졸작 시 「이별」을 읽어주기 바랍니다.

이별

1

안녕히 가세요

곧 따라가겠지요

몸은 비에 젖은 땅에 묻고

영혼은 안 보이는 길 떠나네

나보다 몇 살 위의 代子님

자주 만난 날들이 맑은 무지개 같애

공중에 어리는 가벼운 길 떠나면서

퍼붓는 빗속에 남는 이름들

안녕히 가세요, 희미하게

가는 길 지우면서 비가 울고 있네

2

침묵만 남기고 돌아선 자리

어두운 회한의 냄새를 지운다

누구의 잘못을 가려 무엇하랴

남은 시간의 사면이 다 어두워

돌이켜 찾아도 보이지 않는,

이곳에 처음부터 있었는지 없었는지
생활에 젖은 옷이 흰빛으로 마른다
마른 옷 날개 되어 머리 위로 떠오른다
인연은 한 번밖에 오지 않는다지?
그대 편안한 얼굴로 돌아선다
욕심을 털어버린 도시의 중심에서
편안한 빈혈의 얼굴이 돌아선다

메일이 너무 길어졌습니다. 여행 잘하고 건강한 모습으로 돌
아와 그간의 소식 알려주기 바랍니다. 안녕. 🖋

마종기

마종기 선생님께

2008 | 10 | 02 | – | 목 | 23 |:| 50

다음주 금요일이면 한국으로 가는 비행기를 타게 됩니다. 한국에 다녀오면 선생님께서 보내주실 책이 도착해 있을지도 모르겠네요.

지금부터 11월까지 미국 대선 때문에 미국은 말할 것도 없고전 세계가 초미의 관심을 보이겠네요. 요즈음 집에 있을 때도 거의 텔레비전을 보지 않아서, 미국 대선이 어떻게 진행되고 있는지 알 방도가 없네요. 얼마 전 저희 옆 랩 교수님의 사무실 앞을지나가는데, 문 앞에 'Obama for President'라는 포스터를 붙여놓으셨더군요. 미국이라면 지지하는 정치인이나 정당을 위한개인적인 캠페인 정도라고 생각할 수도 있을 텐데, 대선이나 투표와 전혀 관계가 없는 이곳 스위스의 사무실 문에 왜 벽보를 붙여놓았을까요. 자신의 정치 성향을 피력하고 싶었던 걸까요. 아니면 진심으로 오바마가 대통령이 되기를 원하는 걸까요.

요즈음엔 저만의 계획과 고민에 둘러싸여 있어서 그런지 인터넷을 떠들썩하게 하는 미국의 금융 위기나 대선 같은 문제들이 눈에 잘 들어오지도, 피부에 와 닿지도 않습니다. 그런데 시사나 경제에 관심이 많은 어느 미국 친구는 어수선한 시국 탓인지, 학위를 마친 후 미국으로 돌아가지 않고 이곳에 당분간 남기로 했다고 하는군요. 곧 논문심사를 받게 될 친구인데, 사실 그렇게 좋은 연구 실적을 가지고 있는 것도 아니고, 계속 학교에 남을 것 같지도 않아 분명히 직장을 알아볼 거라고 생각했는데, 지금 미국의 상황으로는 뭔가 쉽지 않으리라고 짐작한 모양입니다. 그에 비하면 이곳의 생활은 여유롭고 익숙하고 안정적이지요. 바라보기에 마냥 아름다운 자연이 있고, 가족과 지내기에는 더없이 좋은 곳입니다.

반면 지난 주말에는 미국인 친구 부부 한 쌍이 미국으로 다시 돌아갔습니다. 처음 교수님이 이곳 로잔으로 와서 연구소를 시작할 때부터 함께 있었던, 이제 몇 남지 않은 '원년' 멤버들이지요. 부인인 카롤린은 저보다 한 살 어리고 늘 여동생처럼 여기는 아이입니다. 미국 여권을 가지고 있기는 하지만 부모님이 모두 한국인이에요. 선생님 말씀대로 코리언 디아스포라인 셈이지요. 카롤린의 부모님은 선생님과 비슷한, 저희 부모님과 비슷한 세대이시지요. 카롤린은 한국말은 하나도 하지 못하지만 식생활과 정서는 여지없는 한국 사람인데, 자신은 절대 한국 남자와 결혼하지 않겠다고 마음을 먹었다고 합니다. 그 세대 아버지들은 가부장적인 면모를 지니고 있고, 미국에서 나고 자란 카롤린이 이해하기에 힘든 아버지와의 갈등이 있었던 것으로 보입니다. 처음 이곳으로 올 때, 카롤린은 약혼자였던 연하의 백인 미국인인 브라이언과 함께였지요. 두 사람은 이곳에서 2, 3년을 지내다가 제네바에 있는 작은 성당에서 결혼식을 했어요. 몹시 추웠던 1월이었지요. 결혼식 후 한국 식당에서 조촐하게 피로연이 열렸습니다. 그때 차를 빌려 집에 있는 온갖 악기와 앰프, 스피커까지 싣고 가서 열심히 노래를 불러주었던 기억이 납니다.

카롤린과 브라이언 두 친구는 각각 저희 실험실과 저희 교수님의 사모님 실험실에서 박사학위를 준비하고 있었어요. 카롤린은 논문 발표까지 마쳤지만 브라이언은 이런저런 사정으로 논문을 끝낼 수가 없었지요. 그러다 이곳의 계약기간이 끝나게 되어 모국인 미국으로 돌아가기로 결정을 한 모양입니다. 또다른 실험실의 동료는 돌아가려고 하지 않는 그 '난리법석'이라는 미국으로 말이지요.

미국으로 가기 전날까지도 동료들에게 알리지 않고 조용히
돌아가려는 두 사람에게 겨우 연락을 해서(사실은 제가 게을러 미
리 만나지 못한 탓이지만요) 여기에서 낳은 보물 같은 아들 티모시
까지 함께 만났지요. 그들은 이미 아파트의 짐을 다 빼고 호텔에
서 임시로 묵고 있었습니다. 몇 년 전만 해도 같이 바비큐도 해
먹고, 제가 특히 좋아하는 강아지 아디슨과 놀기도 하던 그 아파
트에 들어가지 못한 채 현관에 앉아서 한참 이야기를 나누었지
요. 두 사람의 사정을 워낙 잘 아는 탓에, 앞으로의 계획 같은 건
차마 묻지도 못하고 그냥 잘 지내라고 했습니다. 그리고 내가 미
국을 가게 되면, 혹은 너희가 한국에 오게 되면 꼭 연락하자는
믿기 힘든 약속밖에는 할 수가 없었습니다. 그런데 그 둘은 또
그사이에 준비한 선물과 카드를 저에게 건네주었고, 저는 주섬
주섬 선물을 받아든 채 안녕이라는 인사를 하고 돌아오는 전철
을 탔지요. 제가 해줄 수 있는 유일한 이야기는 '다시 만나자'와
'나도 내 나라로 돌아가려고 해', 이 두 마디밖에 없었습니다.

토리노에 다녀온 후, 그전까지 미루어두었던 미래에 대한 결
정을 하게 되었습니다. 이곳의 생활은 내년 초에 정리하기로 약
속이 되었지만 계속 연구를 할 것인지는 아직 답을 하지 못하고
있었지요. 마음으로는 거의 결정을 내렸으나 마지막 답을 학회

이후로 미루었던 이유는 어느 은사님의 권유에 못 이겨 영국의
학교에 전임강사 자리 한 군데를 지원해놓은 상태였기 때문이었
지요. 또한 공교롭게도 토리노의 학회에서 기조연설자로 초대
한 로버트 그룹스와 장 프레셰라는 두 명의 화학자가, 지도교수
님이 저의 다음 박사 후 과정 자리로 추천했던 사람들이었지요.
어차피 9월 말까지 스위스 과학재단의 연구 장학금을 신청하라
는 권유를 받은 터라, 학회에서 그분들을 만날 기회도 있을 터이
니 학회가 있었던 그 주간에 많은 결정이 내려질 것 같았습니다.

그런데 토리노에 도착한 그날, 영국의 학교로부터 거절의 메
일을 받았습니다. 박사 후 과정 경험도 없이 교수 자리를 지원하
는 것이 난센스라 큰 기대를 하지는 않았지만 솔직히 조금 실망
스럽기도 했습니다. 그렇다보니 학회장에 들어서서부터 예전에
학회에 다닐 때 그렇게 재미있고 궁금하던 기분은 난데없이 사
라지고, 노벨 화학상까지 탄 슈퍼스타급 연구자의 기조발표도
가서 듣고 싶은 마음이 생기지 않았지요. 그래서 일주일 내내 계
속 토리노 시내를 돌아다니며 걷고 또 걸었습니다. 논문심사가
끝나고 시작된, 아니 사실 그간 잠시 잊고 있던 질문과 그 질문
들에 대한 답과, 그 답에 대한 100여 가지는 되는 것 같은 이유
들을 하나씩 들추어보면서 결국 결정을 내렸습니다. 연구를 그
만두고, 그리고 한국으로 돌아가야겠다고 말이지요.

이곳에 10년, 20년을 산 것도 아니고, 고국에서 쫓겨나듯 오거나 고국이 싫어서 망명을 온 것도 아니고, 그저 여태까지 해보지 않은 공부를 좀더 해보겠다고 자진해서 온 길이었는데……왜 지금 하던 연구를 그만두려는 걸까, 무엇보다 왜 고국으로 돌아가려는 걸까, 수없이 되뇌어보았습니다. 이건 급작스럽게 내린 결론일까. 아니면 여태껏 축적되어온 무언가가 결국 때가 되어 드러난 것뿐일까. 정말 로잔과 연구자로서의 인연이 다 되어서 떠날 '때'가 된 걸까. 생각하고 또 생각했지요. 하다못해 가족들에게나 교수님에게도 납득할 만한 이유를 드려야 했으니까요. 그러다가 굳이 중심에 있는 이유 하나를 끌어내보았는데, 그동안 그리 짧지만은 않았던 20대 말과 30대 초반의 외국생활 동안 저의 내부에 끊임없이 쌓여온 어떤 내상內傷이 이젠 역으로 서서히 저를 무너뜨리고 있는 게 아닌가 하는 자가 진단을 비로소 하게 되었습니다. 선생님의 시 한 대목처럼 키 큰 서양 사람들을 당해내려고 '목을 너무 길게 빼'면서 살아왔기 때문일까요.

어쩌면 고향으로 내려가서, 감사하게도 아직 건강하게 계신 어머님과 한두 달 지내면서 애써 배우고 당해내고 살아남으려 하던 습관을 버리다보면 지금은 뭔가 한두 마디로 말할 수 없는 그 '내상'이 조금은 낫지 않을까 하는 희망을 가져봅니다.

30, 40년 동안 기구한 사연으로 얽혀 지금까지 외국에서 유배

아닌 유배생활을 하고 있는 수많은 코리언 디아스포라들은 결국 강인한 생명력으로 버티며 살아가나봅니다. 마음 같아서는 지금이라도 당장 짐을 싸고 싶지만 마무리할 것들이 있습니다. 그래도 남은 시간동안 몇 년간 열심히 걸어왔던 이 길을 좀더 멋있게 매듭짓고 싶네요. 논문도 더 써서 투고하는 것이 교수님을 위해서나, 저 자신을 위해서나 더 좋은 마무리가 되겠지요. 7월경 과학잡지 『네이처 머터리얼Nature Materials』에 투고한 논문은 대부분의 좋은 저널들이 그렇듯, 정말 말 그대로 방대한 수정 요구를 받았습니다. 운좋게도 남은 시간에 마침표를 찍으면 좋은 기억으로 남을 수 있겠지요. 그리고 제 첫 지도교수였던 마티아스와 써놓은 논문도 하나 남아 있습니다. 특히나 여기 생활의 초반에 했던 일이라 눈에 불꽃을 튀기면서 주말, 휴일도 없이 매일매일 실험하고, 실망하고, 환호하며 얻은 결과들이지요. 이렇게 시간이 허락하는 대로 다 정리하고 이곳을 떠나려고 합니다. 앞으로의 구체적인 계획에 대해서는 천천히 이야기를 드릴 수 있겠네요. 내년에는 한국에서 선생님을 뵐 수도 있겠지요.

그전에 올해 12월 1일에 재료학회MRS가 있어서 보스턴에 가게 되었습니다. 영광스럽게도 학계에서 하게 될 마지막 발표를 너무나 큰 학회에서 하게 된 것이지요. 선생님이 계신 곳이 가까

우면 뵙고 싶은 마음이 굴뚝같은데, 미국 지리를 전혀 모르니 거리나 교통상황을 전혀 알 수가 없네요. 🖋

윤석 올림

윤석군에게

2008 10 05 — 일 07 : 22

엊그제 책을 몇 권 항공으로 보냈습니다. 한 권은 전에 말한 계간 시 잡지이고, 또 한 권은 한 2년 전에 출간한 『아버지 마해송』이라는 책입니다. 그리고 혹 보았는지 모르겠지만 『별, 아직 끝나지 않은 기쁨』이라는 2003년 가을에 나온 수필집과 1980년에 나온 『안 보이는 사랑의 나라』라는 시집도 보냅니다. 이 시집에 실린 시들은 1977년부터 3년 동안 쓴 시들과 황동규, 김영태와 공동시집으로 낸 시(1966년부터 1971년까지 쓴)를 1부에 넣은 시집입니다. 다 보고 버리면 되는 책들이니 귀국할 때 짐이 되지는 않을 것입니다.

그나저나 내년 초, 귀국을 결정했다는 소식을 받으니 내 일처럼 기쁘네요. 아마도 내가 못 이루었던 일을 윤석군이 하기로 결정을 한 때문이겠지요. 물론 여러 가지 여건이 그때와는 다르기는 합니다만 나는 윤석군의 그 귀국 소식 하나만으로 며칠 동안 참으로 기뻤습니다.

내가 고국을 떠난 것은 물론 가난이 큰 이유였고 기왕이면 한 수 위의 의학과 의술을 익히고자 함이었습니다. 나는 아주 재수 좋게도 좋은 대학병원에서 원하던 전공을 잘 공부했고, 전공을 마치자마자 쉽게 미국 전문의 자격을 땄습니다. 합격 성적이 우수한 것을 안 대학과장이 전임강사 자리까지 내주었고, 이후 조교수 자리까지 오르는 급성장을 했지요. 조교수 1년 무렵부터는 강의까지 도맡아 의대생들로부터 인기도 좋았어요. 그리고 조교수가 된 지 4년째 되던 해, 드디어 '올해 최고의 교수상'을 받았지요. 그래서 이제는 준비가 잘되었으니 귀국을 하기로 마음먹고 고국의 모교를 방문했으며, 모교 부총장님과 의료원장님의 분에 넘치는 환영과 제안을 받았지요. 그러나 한 가지 목에 걸리는 것이 있었습니다. 그것은 내가 고국을 떠나기 직전 군인 사법 94조인가, 군인이 정치에 관여했다는 죄목으로 정보부에 끌려가 혼이 단단히 났을 때, 그때 절대로 다시 고국에는 돌아올 생각을 하지 말라던 그들과의 무서운 약속이었지요. 그러나 실

제로 짐을 싸고 돌아갈 준비를 하던 내 다리를 잡은 것은 한국일
보 기자였던 내 남동생이 정보부에 끌려가 치도곤을 당하고 고
국을 떠나게 된 사건이었습니다. 문리대 학생 시절부터 신문밖
에 모르던 내 동생이 7·4 공동성명 때문에 하루아침에 직장에서
쫓겨나 젖먹이를 데리고 미국에 도착했을 때 나는 동생 가족의
보호자가 되지 않을 수 없었습니다. 뒤따라 이대 교수직을 은퇴
하신 어머니도 내가 살던 오하이오의 촌으로 오셨고요.

그래서 한동안 나는 부양가족이 많아졌고 그후에는 이런 것
이 내 운명이겠거니 하면서 귀국을 완전히 포기하고 「바람의 말」
이니 「안 보이는 사랑의 나라」 같은 시를 혼자 울면서 쓰기 시작
했습니다. 내 귀국의 꿈이 이렇게 깨어졌기 때문에 윤석군이 귀
국을 결정했다고 했을 때 내 일같이 기뻤던 것일까요. '내상'이
란 단어가, 보이지 않는 '상처'라는 의미가 내 가슴을 다시 흔들
어 깨우는 느낌을 받았습니다.

지난번에 디아스포라에 대해 말하면서 소개한 해나 아렌트는
이야기했어요. 자신의 의지로, 자신과 가족만의 물질적 풍요를
위해 다른 나라를 찾는 것은 '이민'이나 '이주자'지 디아스포라는
아니라고, 2차 대전 전후 미국으로 대거 이주한 유대인에게 경
고를 했었지요.

며칠 전 미국 국토안보부의 발표에 의하면 미국에 사는 한국

인 불법 체류자가 23만 명으로 세계 국가 중 6위를 차지한다고 합니다. 멕시코, 엘살바도르, 온두라스 같은 가난한 중남미 국가와 필리핀, 중국 다음으로 많다고 하네요. 나는 왜 이렇게 많은 한국인이 세계에서 제일 가난한 사람들에 섞여 숨어 살아야 하는지 도저히 알 수가 없습니다. 정말이지 내가 사회학자가 안 된 것이 얼마나 다행인지 몰라요.

윤석군이 귀국을 하면 그간에 공부한 과학자로서의 길을 포기하지 말고 그 전문직을 버리지 말았으면 좋겠습니다. 과학과 예술의 두 가지 길을 병행하는 것은 지난한 일이기는 하지만 한평생을 걸어볼 만한 모험이라고 생각합니다. 그리고 그 둘은 서로 묘한 보완 작용을 할 것입니다. 내가 만일 의사가 되지 않았다면 틀림없이 시인의 길을 오래전에 포기했을 것입니다. 나는 편한 것을 좋아하고 재미있는 것을 좋아합니다. 그런 인간에게 고난과 인내를 끊임없이 요구하는 시인의 삶이란 당치 않은 것이지요. 내가 만약 시인이 아니었다면 나같이 감정적이고 선병질적으로 외로움을 감당하지 못하는 몸으로 외국의 의사생활을 이겨내기 힘들었을 것입니다. 건방진 말이지만 나는 의사로서 오랜 세월 동료 의사나 의대생의 애정과 존경을 받아왔고, 내가 살던 도시에서는 나의 은퇴를 아쉬워하며 여러 텔레비전 방송국에서 일제히 소식을 방영하기도 했지요. 윤석군이 혹 힘들다고 소리를 가끔 지를 수는 있어도 두 가지 전공을 함께 이어가면 생의 끝에 절대로 후회한다는 말을 하지 않으리라는 확신이 나에게는 있습니다.

참, 12월 초에 미국 보스턴의 학회에 와서 발표를 한다고요? 그곳에서 내가 사는 올랜도까지 비행기로 세 시간쯤 걸립니다. 비행기 편은 많을 것입니다. 그 전 주가 추수감사절이어서 우리 가족은 예년처럼 다 함께 모인답니다. 큰아이가 있는 피츠버그에서 모이지요. 그리고 그 김에 시카고의 누이동생 집에 계시는 어머니도 뵈려고 합니다. 올랜도에는 12월 3일에 돌아오게 될 거예요. 그후라면 언제라도 윤석군이 이곳에 들러주는 것을 환영합니다. 12월 초면 보스턴은 어두침침하고 춥지요. 여기는 적어도 햇살이 부드럽습니다. 별로 할 일도 없고 보여줄 것도 없지만, 야자수 아래 편히 쉬면서 술잔을 기울일 수는 있지요.

그럼 서울에 가서 공연 잘하기를 바라면서 오늘은 이만 그칩니다. 🖋

마종기

마종기 선생님께

2008 | 10 | 23 | — | 목 | 22 : 32

한국에 다녀와서 편지 드립니다. 가기 전날 선생님께서 보내주신 책들을 모두 받았습니다. 한 권 한 권 다 사인과 메시지를 남겨주셔서 얼마나 감사했는지 모르겠습니다.

『별, 아직 끝나지 않은 기쁨』과 시집 한 권은 이미 제가 가지고 있는 책입니다만, 모두 들고 한국으로 갔습니다. 오랜만에 만난 가족들과 8년 만에 만난 옛 밴드 멤버들에게 보여주기도 했습니다. 처음 만난 날 밤, 다 같이 술을 한 잔씩 마시고 선생님의 시를 읽어주기도 하고 서로 읽기도 했습니다.

드럼을 치는 정현이는 저보다 한 살 어리고, 제 옛 친구의 둘째 동생입니다. 어찌하다보니 저와 밴드를 하게 되었는데 아마

형보다 심성이 착해서였겠지요. 고등학교 때부터 사귀던 여자 친구와 결혼을 해서 지금은 아이도 있습니다. 미국 새너제이 근처에 살고 있고, 학위는 오하이오에서 받았지요. 혹시나 선생님이 계시던 곳과 같은 학교일까 하는 생각은 예전부터 했지만, 선생님이 사시던 톨레도에 살았던 건 아닌 것 같아요. 아마 오하이오 주립대학교가 있는 콜럼버스나 그 근처에 살았겠지요.

베이스를 치는 준관이는 지금 로스앤젤레스에서 박사학위를 하고 있습니다. 원래 전기공학을 전공했는데, 잘은 모르지만 지금은 원래 전공에서 조금 벗어나 인지과학cognitive science, 신경과학neuroscience, 이런 쪽을 전공하고 있는 듯합니다. 학위가 늦어져 부모님 뵐 면목이 없다고 하면서, 이번 체류기간에 부산에 내려가서는 부모님께 말씀도 안 드리고 여관에서 하루 자고 서울로 올라왔더군요(물론 며칠 뒤에 부산으로 내려갔다 오기는 했습니다). 원체 똑똑하다보니 생각도 많은지라 저같이 공돌이 학문이 아니라 더 근본적인 '과학'을 공부하는 것 같아서 부럽기도 했습니다.

사실 저와 음악을 같이하던 사람은 위에 말씀드린 정현이의 친형인 정찬이라는 친구인데 지금은 세상에 없습니다. 처음 밴드를 할 때 정식 멤버는 아니었지만, 늘 같이하는 시간이 많았지요. 랩을 잘하던 친구인데, 그래서 제 밴드였던 '미선이'의 첫 앨범, 그리고 루시드폴의 첫 앨범에 한 곡씩 랩이 들어간 곡을 넣기도 했습니다. 사람들은 제 음악 스타일에 안 맞는다고 생뚱맞게 여겼지만 저한테는 친구와 같이 무언가를 할 수 있다는 그 자체가 그저 좋았습니다. 지금은 랩을 해줄 그 녀석이 없지만, 특별히 이번 공연을 위해 막내인 정우가 부산에서 올라와 정찬이 대신 랩을 했지요. 이 집 3형제를 어릴 적부터 봐왔지만 참 끼도 많고 멋있는 형제들인데, 특히나 모범생이었던 정현이보다 정우가 정찬이를 더 많이 닮았어요. 꽤 큰 무대인데 별로 긴장하지도 않고 무대로 성큼성큼 나와서 공연을 하는 정우를 보면서 가슴이 찡했습니다.

저는 보통 서울에 있을 때엔 누나 집에 머뭅니다. 그런데 이번에는 특별히 숙소를 하나 잡아서 합숙을 했지요. 그곳에서 일주일 동안 같이 먹고 자며 지냈습니다. 워낙 떨어져 있던 시간도 길었고, 무엇보다 밴드가 내는 소리의 생명은 멤버 간의 화학작용일 테니 같이 부대끼는 시간이 조금이라도 더 많아야 할 것 같았습니다. 그 선택은 옳았어요. 함께 연습하고, 생활하고, 방송 출연도 하고, 이런 시간을 꿈처럼 보내고 돌아왔습니다.

생각해보니 7, 8년 전 처음 언더그라운드에서 음악을 하고 음반을 냈을 때에는 상상할 수 없을 만큼 많은 사람들이 저희 공연을 보러 온 거지요. 시간이 지나면서 말 붙이기 좋아하는 사람들로부터 '전설의 인디밴드'라는 호칭도 듣게 되고요. 공연 전에는 팬들이 비밀리에 돈을 모아 저희 첫 앨범 커버사진이 담긴 타월을 제작해서 선물로 주셨습니다. 사인회에는 몇백 명의 사람들이 줄을 서서 거의 한 시간가량 사인을 하느라 정신이 없었지요. 놀라웠던 사실은 저희 앨범은 물론이고, 10년 전 딱 이맘때(저희 첫 앨범이 1998년 10월 15일에 나왔습니다), 앨범 발매 포스터와 그 당시 길거리에 붙어 있던 공연 안내 포스터, 공연 시 무대에 들고 올라갔던 세트 리스트가 적힌 쪽지들을 가지고 거기에 사인을 받았다는 겁니다. 그 모든 것들을 어떻게 구했고 어떻게 아직까지 가지고 있는지, 그저 놀라울 따름입니다.

우리는 이제 다시 흩어졌고, 제가 캘리포니아로 가지 않는 한 물리적으로 같이 모일 시간이 언제가 될지는 알 수 없지요. 하지만 예상치도 못했던 추억들을 하나씩 다시 안고 돌아왔으니, 어쩌면 언젠가 다시 모이는 게 불가능한 일은 아닐지도 모릅니다.

제가 입국했던 그 전 주에는 한국에서 정말 놓치기 아까운 공연이 있었지요. 라테 에 미엘레Latte e Miele라는(이름에서 짐작하시겠지만 성경에 나오는 바로 그 '젖과 꿀'이지요), 1970년대 이탈리아 프로그레시브 록 밴드의 공연이었습니다. 고등학교 3년 동안 필통 안에 사진을 붙이고 다니던 밴드였지요. 10대 때 마태수난곡을 주제로 한 '파시오 세쿤둠 마테움Passio Secundum Mattheum'이라는 명반을 냈는데, 그 당시 소리 소문 없이 한국에서 LP로만 만 장이 팔렸다고 해요. 바로 그 밴드가 34년 만에 하는 공연이었지요. 듣기로는 다들 음악 외의 다른 길들을 걷고 있다는데, 그 역사적인 공연을 함께하지 못해 그저 이번 토리노 여행 때 사온 앨범을 듣는 걸로 만족해야 했습니다. 10대 소년에서 50대 중년이 되어서도 같이 연주할 수 있었던 그들을 보니, 저희 밴드도 다시 무언가 하지 못하란 법은 없겠지요.

한국의 날씨는 늦봄과 초여름을 연상시킬 만큼 덥고, 미세먼지들로 가득차서 마치 온 서울에 안개가 자욱한 것처럼 보였습니다. 어차피 12월 말에 다시 귀국할 예정이라 마음 편하게 다녀왔습니다. 가족과 친구들 중 못 만난 이들은 다음 여행 때 더 길게 더 자주 만나기로 마음먹었지요. 이곳 일정은 12월 말에 마무리짓기로 교수님과 결정을 보았습니다. 1월에는 집 정리와 서류 정리로 바쁘게 보낼 거예요. 한국에서도 여유 있게 돌아올 수 있을 것 같고요. 보스턴에 가는 일정은 정해졌는데 갑자기 그곳에서 음악 관련 작업이 하나 생겨버렸습니다. 저번 제 앨범에 실렸던 곡 중 〈국경의 밤〉이란 곡에서 피아노를 쳐주셨던 정범 씨가 요즘 솔로 앨범을 녹음하고 있더군요. 원래 보스턴에 있다가 올해부터는 뉴욕으로 거주지와 학교를 옮긴 모양인데, 여전히 녹음은 보스턴에서 하고 있다고 연락이 왔습니다. 가사 한 곡과 노래 한 곡을 만들어줄 수 있겠느냐고 해서 흔쾌히 하겠다고 했지요. 그래서 학회 일정이 끝나면 녹음 작업을 같이하게 되겠네요.

아직도 낮 시간에 조금씩 잠이 오는 걸 보니 시차 적응이 완전히 되지는 않았나봅니다. 건강하시고, 또 편지 드리겠습니다. 이곳은 비가 온 후 기온이 많이 내려갔네요. 낙엽은 가장 아름다운 시기를 조금 지난 듯합니다. 🖋

로잔에서 윤석 올림

윤석군에게

| 2008 | 10 | 29 | – | 수 | 03 | : | 33 |

서울에 다녀와서 보내준 메일 잘 보았습니다. 짧은 기간이기는 하지만 재미있게 공연도 하고 친구들도 만나고 왔다니 좋네요. 안 그래도 내년부터는 고국에서 터를 잡고 지낼 테니 그간 밀린 로잔에서의 생활을 잘 마무리짓기 바랍니다.

나는 잘 지내고 있습니다. 10월 중순부터 다음해 4월 말 정도까지는 플로리다의 날씨가 아주 좋습니다. 이 시기 때문에 이곳 사는 사람은 여름의 살인적 더위를 참고 지내는 것 같습니다. 거의 매일 청명이고 바삭하게 따뜻한 날씨입니다.

공연이 성공적이었다니 기쁩니다. 수백 명이 사인을 받았다니 상당히 부산했겠네요. 나도 사인회라는 것을 한 10여 년 전부터 해왔는데 최근에는 미국 교포 사회에서도 고국에서만큼 긴 줄을 서더군요. 내 경우는 50여 명 정도가 제일 긴 줄이었던 것 같아요. 한 분이 새로 산 책과 함께 여러 권의 책을 내밀면 마음이 바빠지기도 하더군요. 한번은 천안의 한 의대에서 '의학과 문학' 강의를 마치고 난 뒤인데 어느 늙수그레한 교수님이 사인을 받겠다고 대여섯 권의 책을 내보이셨어요. 1960년에 나온 처녀시집과 1965년에 나온 두번째 시집까지 있어서 너무나 놀랐습니다. 알고 보니 나보다 10년은 젊은 분인데 오래전 고서점에서 구한 것이라며 그 안의 시 몇 줄을 그대로 외우시더군요. 그후에도 비슷한 경우로 감동받은 적이 많았습니다. 한번은 버팔로에서 친구의 주선으로 내 시 낭독회가 열렸는데 여러 분이 기왕에 출간된 내 시집들을 들고 와 사인을 해드렸습니다. 미국에 온 지 20년이 넘은 여의사 한 분은 선친의 동화집과 다 헌 내 처녀시집을 함께 들고 나와 사인을 부탁하더군요. 40년 묵은 책이었지요. 어떻게 이 책을 가지고 있느냐고 물었더니 미국에 올 때 이민 보따리에 넣어 가지고 왔다고 했습니다.

어제는 늦게 도착한 서울의 한 문학잡지를 들추다가 김치수 평론가가 쓴 소설가 '홍성원론'을 읽었는데 가슴이 아파왔습니다. 먼저 세상을 떠난 친구지요. 그가 1960년대 중반에 동아일

보 장편 공모에 『디데이의 병촌』으로 화려하게 등단했을 즈음, 친구인 황동규 시인을 통해 알게 되었습니다. 이후 내가 일시 귀국할 때마다 가끔 만나곤 했어요. 그런데 그는 8형제의 맏이로 동생 일곱 명을 소설의 인세로 다 공부시키고 장가보냈어요. 물론 부인과 함께 아들 하나, 딸 둘을 잘 키웠지요. 평론가는 담담하게 이 사실을 밝히고 있는데 그 글을 읽으며 나는 마음이 아프면서도 이런 친구를 알고 지냈다는 것이 새삼 자랑스럽더군요. 한번은 이 친구와 영주의 부석사에 갔습니다. 어쩌면 그렇게 아는 게 많고 설명을 잘해주던지. 소설가란 매사에 구석구석 잘 알아야 하는 것이구나 하고 새삼 느꼈습니다. 어쩌다 죽은 이에 대해 긴 넋두리를 늘어놓았네요.

'홍성원론'을 읽다가 이전에 이야기했던 친구, 시인 김영태가 다시 한번 떠올랐습니다. 1960년대와 1970년대를 풍미한 정말 뛰어난 시인이었지요. 우리 선배 시인인 김춘수, 김수영이나 김종삼 등이 그 당시 제일 많이 언급한 시인으로, 그 시적 감수성이나 순발력을 아무도 따라갈 사람이 없을 정도였어요. 그런데 집안 사정도 있었고, 직장 업무에다가 무엇보다 예술에 대한 전방위적인 취미와 호기심으로 연극, 음악, 무용 등 모든 공연예술에 빠지다보니 자기도 모르게 시에 소홀하게 되었어요. 그러다가 작년 여름에 거의 혼자 죽었습니다. 나는 무엇보다 고국의 문단에서 그의 업적을 좀 등한시하는 게 아닌가 하는 섭섭한 마음도 들었지만 그런 생각이 오래가지는 않았지요. 어차피 잠시 주목한다고 해서 아무것도 달라질 바는 없으니까요. 그 친구의 예술을 사랑했던 추억을 아끼고 간직할 사람은 벌써 정해져 있으니까요. 김영태의 수목장에 갔던 그날이 거듭 떠오릅니다. 그 친구의 수목장 자리에 가서 나무에게 절을 하면서 우리의 젊었던 꿈과 열망이 할 수 없이 사그라진 것을 느꼈습니다. 그리고 그것은 전연 억울해할 것 없는 순리이고 세상의 법칙이라는 것 또한 느꼈지요.

쓰다보니 늙은이 타령으로 일관되었네요. 미안합니다. 다음에는 싱싱한 이야기를 보내도록 하지요. 늘 건강하기를.

마종기

마종기 선생님께

2008 | 11 | 17 | – | 월 | 02 : 04

한동안 갑자기 영국에 가게 된 탓에 편지가 또 늦었습니다. 죄송합니다. 일전에 말씀드린 저널에서 요구한 논문 수정을 위해, 이곳에서 실험 장비와 도와줄 사람들을 백방으로 찾았습니다. 하지만 자기 일처럼 대가 없이 나서줄 사람들이 마땅치 않았던 데다가, 엎친 데 덮친 격으로 그나마 섭외를 해두었던 기계가 고장났다는 이야기를 듣고 부랴부랴 영국에 다녀와야 했습니다.

전에 말씀드린 대로 영국에는 제가 처음 스웨덴에서 박사과정 공부를 시작했을 때, 막 학위를 마치고 박사 후 과정에 있던 형이 지금은 교수로 있습니다. 제게 이런 어려움이 있다고 전했더니 선뜻 이리 와서 실험을 같이하자고 하더군요. 게다가 더욱 고맙게도 모든 경비 일체를 지급해준다고 해서 갑자기 정신없이 짐과 샘플들을 챙겨 훌쩍 영국으로 날아가게 되었습니다.

여기 계신 제 지도교수님은 그런 형의 호의에 고마워하시면서도 이런 한국식의 대가 없는 도움에 조금 의아해하셨는데, 요즘 저희 랩의 재정 상태에 문제가 있었기 때문이지요. 그렇게 경비 때문에 경제적인 부담도 되던 차에 형의 도움으로 영국 그룹에서 세미나를 한 번 하고 경비 일체를 지급받을 수 있었습니다. 그저 고마운 마음뿐이었지요. 너무나 중요한 실험이어서 긴장도 많이 했지만 다행히 결과를 보니 내용을 뒷받침할 수 있는 만큼의 결론을 내릴 수 있었습니다.

형이 지금 일하고 있는 곳은 스토크온트랜트Stoke-on-Trent라고 하는, 런던에서 기차로 한 시간 반 정도 떨어진 곳에 있는 작은 마을입니다. 맨체스터나 리버풀에서 더 가까운 곳이에요. 예전에 한번 들른 적이 있는데 그때는 어둡고 평범하게만 보이던 곳이 이번에는 아름답고 아기자기하게만 보였습니다. 비행기 표 값을 아끼느라, 이른 비행기 편으로 제네바에서 런던에 도착했습니다. 런던에서 기차를 타고 올라가면서 본 영국의 들판과 집, 작은 강, 운하들 하나하나가 새삼스럽게 이국적이고 마냥 예쁘더군요. 스위스에서 몇 년을 산지라 아마도 로잔의 풍경에 식상해졌나봅니다.

형이 연구하는 킬 대학의 연구소에 도착하자마자 기계와 씨름도 하고, 형이 하는 연구 이야기도 듣고, 내가 어떻게 도움을 줄 수 있을지 고민도 했습니다. 이제 막 아기를 가지신 형수님이 몸보신해야 한다면서 손수 요리해준 한약을 잔뜩 넣은 닭도 먹고, 술도 같이 한잔하고, 그렇게 호의만 받다가 돌아왔습니다. 형은 여전히 제가 연구를 그만두는 것을 원하지 않았지요. 제가 한국에서 음악을 하게 되더라도 혹 마음이 바뀔지도 모르니까, 귀국 이후 향후 학업 진로가 확정되기 전까지 당신의 학교에 적을 두고 끝까지 학문의 끈을 놓지 말라고 신신당부를 하셨습니다. 그래서 저는 우선 이 큰 논문을 제대로 마무리지은 후 다시 생각해보겠다고만 말씀드렸지요. 이런 마음들을 어찌 다 갚을 수 있을까요.

그렇게 영국에서 돌아와서는 계속 남은 실험을 하고 교수님과 논문 수정에 매달렸습니다. 논문은 저와 교수님이 공저자이므로 같이 수정을 하지요. 제가 초고를 쓰고 수정을 받고, 다시 쓰고 또 수정하는 반복의 연속입니다. 그리고 조금 전에 필라델피아로 출장을 가신 교수님께 비로소 오케이 사인을 받았어요. 아마 오늘 중 재투고를 하시겠네요. 논문 심사위원들에게 쓴 답변만 22장이었고, 보조자료supplementary information는 44장에 달하더군요. 최선을 다했으니 이 논문이 언젠가는 빛을 보지 않을까요. 그런 기분으로 결과를 다시 기다리려고 합니다.

선생님의 친구분들에 대한 이야기는 잘 읽었습니다. 제게 익숙한 분들도 계시고 잘 알지 못하는 분들도 계시네요. 선생님의 친구분들에 대한 이야기는 넋두리도, 빛바랜 이야기도 아닙니다. 선생님의 시를 읽으면서 저는 한 번도, 그 속에서 말씀하시는 죽음, 삶, 친구들, 고향, 부모님, 어린 시절, 이런 소재나 시어들이 나이든 사람의 넋두리라고 생각해본 적이 없습니다. 나이가 어떠하든, 어떤 경험을 하고 산 어떤 세대의 사람이든, 누구나 공감할 수 있는 이야기들을 해주시는 능력을 선생님은 지니고 계시지요.

선생님의 친구분들과 동료 문인들의 이야기를 들으면서 한편으로는 조금 외로워졌습니다. 선생님의 문학 이력에 전혀 비할 바는 못 되지만 저는 처음 음악을 시작할 무렵부터 늘 혼자였고, 영향을 주고받을 동료들이 주변에 별로 없었지요. 좋게 본다면 본의 아니게 음악이 독특해졌을지 모르지만 그런 만큼, 음악적으로 많이 성장하지 못했던 건 아닌지 돌아봅니다. 그런 외로움에 지쳐서 악기라고는 잡아본 적도 없는 고향 후배들과 밴드를 만들었지요. 그나마 군대와 유학으로 혼자 시간을 보내고, 무엇보다도 그들은 더이상 음악인이 아니라는 정체성의 차이로 인해 저는 다시 혼자가 되었고, 또 외국으로 나오게 되었지요.

　제가 좋아하는 브라질 음악인들의 공연이나 앨범을 보면 유독 피처링이 많습니다. 언젠가 본 카를로스 리라^{Carlos Lyra}의 공연에서는 거의 30여 명이 넘는 동료 뮤지션들이 나와서 같이 노래하고 축하하며 합주를 했습니다. 삼바 공연을 봐도 동료들이 언제나 항상 같이 나와서 무대를 빛내주지요. 마치 요즘 힙합을 하는 뮤지션들처럼 말입니다. 만일 브라질의 음악계에서 이런 화합이나 끈끈한 동료의식이 없었다면 수많은 천재들과 그들이 쓴 주옥같은 곡들을 지금 우리가 듣고 감동할 수 있을까요. 단언하건대 그럴 수 없었을 것입니다. 톰 조빔^{Tom Jobim}이 제아무리 천재적인 작곡가였다 해도 비니시우스 지 모라에스의 시와 주앙 질베르투^{João Gilberto}의 기타와 노래가 없었다면 오늘날 보사노바는 없었을 것입니다. 만일 카를로스 카샤사^{Carlos Cachaça}가 없었다면 지금 카르톨라의 그 많은 보석 같은 노래들은 없었을 것입니다. 카르톨라가 없었다면 그 많은 망게이라 삼바학교의 노래들과 뮤지션들도 없었겠지요. 망게이라 삼바학교^{G.R.E.S Estação Primeira de Mangueira}는 리우의 가장 유명하고 인기 있는 삼바학교 중 하나입니다. 망게이라 언덕의 빈민촌에 있는데 리우에서 카르톨라가 주축이 되어 만들었고, 네우슨 카바킹^{Nelson Cavaquinho}, 자멜라웅^{Jamelão}, 위에 말씀드린 카를로스 카샤사, 아우시오네,

크리스티나 부아르키Cristina Buarque 등등 수많은 뮤지션들이 그곳 출신이며, 잘 알려진 톰 조빔, 시쿠 부아르키Chico Buarque 같은 뮤지션들도 아주 긴밀하게 연계되어 있지요.

혼자서 음악을 하다 지쳐 밴드를 만들어 처음 연주하고 활동하던 곳이 홍대 앞 클럽이었습니다. 그때는 홍대 앞의 인디음악 신scene이 붐을 이루고 있을 때였지요. 그중에서도 저희 밴드는 예외적으로 외톨이처럼 지내고 있었지만 그래도 수많은 밴드와 마니아, 평론가 들이 운집했던 곳이 홍대 앞이었고(지금도 그렇습니다만), 그 안에서 커뮤니티도 생기고, 영향을 주고받고, 잡지가 발행되고, 평론이 생겨나는 분위기 속에 있었지요. 그때 많은 뮤지션들이 서로 교류하지는 못했어요. 오히려 요즘이 더 서로 활발하게 연주하고 도움을 주고받는 추세지요. 앞으로도 만일 한국에서 음악을 하게 된다면 그럴 기회가 주어질 것입니다.

지난번 선생님께서 보내주신 편지에 제대로 된 답을 드리지 못했네요. 선생님께선 저에게 과학과 음악을 놓지 말라고 당부하셨지요. 제가 어리석은 탓인지 하고 있는 이 일을 스스로 과학이라기보다는 과학을 이용한 응용기술 정도로 규정하고 있습니다. 과학자는 발견discovery을 위한 연구를 하는 사람들이고 공학자는 그런 발견과 원리를 기초로 발명invention을 위한 연구를 하는 사람이지요. 그런 탓에 공학자들은 기초적 원리나 이론에 무지하거나 이해가 떨어지는 경우도 많고, 반면 과학자들은 실제 응용에 관계없는 순수한 지적 호기심을 위해 연구를 하는 경우가 많아 연구의 실용성이 떨어지곤 하지요. 공학자로서 저의 문제의식은 과연 공학자들이 만드는 그 '무엇'이 진정 무엇을 위한 것인가 하는 점입니다. 그 발명이 사회에 미치는 효용과 이익은 진정 누구에게 돌아가는 것이며 인간의 삶과 행복에 얼마나 기여할 수 있는가. 어쩌면 개인의 이익, 가진 자들의 더 큰 이익을 위한 것만이 되지는 않는가. 정말 그 발명이 필요로 하는 곳 구석구석에 파고들어 그들의 명분에 맞는 기여를 할 수 있는가. 이런 고민을 하게 되었습니다. 제약회사에서 엄청난 돈을 들여 신약을 개발하고, 수많은 공학자들이 연구를 해서 성과를 낸다 해도, 결국 그 많은 이익은 투자를 한 거대 제약회사에 돌아갈 뿐이지 정말 가난하고 힘없는 수많은 환자들은 여전히 그 약값을 감당하지 못해서 죽어가고 있습니다. 이런 현실을 외면하면서 연구를 한다는 것은 어떤 의미가 있을까요. 그뿐만 아니라, 그 개발을 위해 우리나라를 포함한 전 세계 개발도상국, 후진국의 사람들은 조금이라도 돈을 벌기 위해 임상실험의 대상까지 되고 있지만 그들이 과연 정당한 대가와 책임의식을 가지고 그들을 대상으로 실험하고 있을까요. 언젠가 잠시 쓴 적이 있듯이 희생

되고 있는 수많은 동물들에 대한 그들의 도덕적 의식과 책임감은 어느 정도일까요. 질문은 점점 깊어져만 갔습니다.

밥을 먹고 사는 수단이나 호기심을 충족시키는 일로서는 존중할 만하지만, 제가 하고 있는 혹은 하게 될 일들이 그 이상의 의미를 가질 수 있을지 아직 확신이 들지 않습니다. 저는 아직까지도 과학기술이 인류의 행복지수를 상승시키는 데에 공헌한 것은 아무것도 없다고 버르장머리 없이 생각하고 있지요. 그 이면에는 연구소에서 만났던 이국의 수많은 동료들과 교수님들과의 소통의 한계나 정서적 차이에 치이고 치여서 더이상 '버틸 수 없는' 임계점까지 다다른 탓도 있지만요.

그리고 시간이 흐르면 흐를수록 나는 지금 무언가를 놓치면서 사는 건 아닐까, 그중 하나는 '시간'이 아닐까 하는 생각이 깊어집니다. 고국에서 친구, 가족, 사랑하는 이들과 나눌 수 있는 시간이 절실해졌습니다. 그리고 동료들과의 음악 연주, 협연, 술자리, 나의 음악적 발전, 이런 모든 것들을 더이상 놓치고 싶지 않다는 마음이 들었지요. 어쩌면 고향에서의 휴식이 제 생각을 바꾸어놓을지도 모르겠습니다. 그래서 지금은 아무것도 정하지 않고 해야 할 일들을 최선을 다해서 마무리하고 떠나고 싶습니다.

오랜만의 편지라 글이 두서가 없고 죄송합니다. 올해 말에도 한국에서 공연을 하게 되었습니다. 서울, 부산, 대구를 다니며 공연을 할 생각입니다. 그리고 아마 연말경 제가 여태껏 써놓은 가사들을 모은 작은 책이 나올 예정입니다. 활자로만 찍힌 가사집이라 반쪽에 불과하다는 생각에 부끄럽기 짝이 없습니다만, 제 가사를 묶어서 한 권의 책으로 보고 싶다고 어떤 분이 기획을 하셔서 감히 책을 내기로 했습니다. 하지만 부끄러워서 선생님께는 드리지 못할지도 모르겠네요.

선생님께서 최근에 제 꿈에 두어 번 나오셨습니다. 한번은 선생님과 같이 베네치아의 어느 거리를 걷고 있었지요. 건강하세요. 또 편지 쓰겠습니다. 여기는 제법 추워서 저는 감기에 걸렸습니다. ✎

로잔에서 윤석 올림

윤석군에게

2008 | 11 | 22 | − | 토 | 09 : 59

상상했던 대로 많이 바쁘게 지내고 있군요. 얼마 있으면 보스턴에서 논문 발표도 하게 되겠지요? 나는 내일 새벽 시카고에 갑니다. 어머니와 누이동생을 만나러 가는 것이지요. 거기서 며칠 지내고 다음에는 추수감사절을 지내러 피츠버그에 사는 아들 가족을 만나러 갈 것입니다. 로잔은 가을이 겨울로 천천히 변하고 있겠지요. 이 계절이 1년 중에 늘 어정쩡한 시간이긴 한데, 마침 가톨릭에서는 11월을 위령성월이라고 해서 돌아가신 이들을 기억하고 그분들을 위해 기도하는 달이어서 그리 싱겁지만은 않습니다. 게다가 나는 매해 나만의 방식으로 아버지의 기일인 11월에 가톨릭 연도와 함께 제사를 드리는데 이제는 어느새 내가 아버지의 나이를 앞서 가고 있네요.

　일전 편지에 과학과 음악을 함께 짊어지고 가보라고 한 것은
엔지니어링이 순수과학이라고 하는 것도 아니고 더구나 행복지
수에 기여해서도 아닙니다. 의학도 응용과학이지요. 그냥 인문
학과 과학 사이에 있는 것이라 할까요. 무엇인지는 잘 모르겠습
니다. 단지 말할 수 있는 것은 내가 시를 쓰지 못해 깊은 고민이
나 절망에 빠질 때, 그래서 우울증 증세가 보이려 할 때 나를 그
수렁에서 구해준 것은 의학, 아니 의술이었다는 사실입니다. 기
술자의 기술이지요. 죽어가는 사람이 내 도움으로 살아나고 고
맙다며 눈물을 흘릴 때, 고통받는 이를 고통에서 구해주었을
때, 내 우울증은 어딘가로 사라져버리면서 콧노래가 절로 나고
살맛이 났지요.

　나는 윤석군이 정확히 무엇을 중점적으로 연구했는지 모르지
만 생명공학과 약물화학 같은 연구가 얼마나 중요한 것인지 알
고 있습니다. 의술은 그 결과를 멋모르고 실천만 하는 일꾼일 뿐
이지요. 나는 행복지수라는 것이 무엇인지 정확히 잘 모릅니다.
그러나 고통에서 벗어난 이의 환희, 죽음 직전에 의술의 도움으
로 살아난 이의 눈물의 의미는 잘 압니다. 이런 것은 행복지수와
관계가 없을까요. 윤석군의 연구가 엄청난 일을 할 수 있다는 가

능성만으로도 막연하기만 한 행복지수의 의미가 넘치고도 남을 것 같네요.

올해 말에 귀국을 하면 서울과 지방에서 공연을 할 것이라니 반갑습니다. 지금까지 쓴 가사를 책으로도 내게 되었다니 나도 기분이 좋습니다. 행복지수는 세상과 주고받는 것이란 생각도 문득 듭니다. 혼자서 설친다면 아무리 좋은 것이라도 크게 오르지 않겠지요. 공연을 해서 듣는 이가 행복해져야 덩달아 내 행복지수도 더 오르는 것이 아닐까요?

여행을 마치고 와서 다시 연락을 하지요.

마종기

마종기 선생님께

2008 | 12 | 13 | - | 토 | 01 : 48

벌써 12월입니다. 12월의 첫날을 보스턴에서 맞고 이번주 초에 무사히 로잔으로 돌아왔습니다. 오늘은 벌써 금요일이네요. 사람들은 송년 파티에 가는데 저는 남아 있는 일들을 정리해야 합니다. 그렇게 들뜬 기분만은 아니라 사무실에 남아서 편지를 쓰려 합니다.

미국에 도착한 것이 토요일이었지요. 다들 추수감사절 휴가라고 하면서, 많은 가게들이 문을 닫고 학교나 회사가 쉰다고 하더군요. 보스턴은 매우 추운 곳이라는 이야기를 어디서 주워듣고 마음을 단단히 먹은 채 도착했는데, 의외로 그다지 춥지 않았습니다. 다만 바람이 많이 불었는데 그 바람이 뭐랄까, 스위스에서 부는 산바람과 달리 날카로운 바닷바람인 것 같았습니다. 보스턴으로 가는 비행기에서 선생님의 산문집을 읽었습니다. 선생님의 글 중 '미국 어딘가에 살고 싶은 곳이 있다면 바로 뉴 잉글랜드 지방'이라고 하셨던 부분이 눈에 띄었습니다.

저는 2000년에 우연찮게 보스턴에 한번 들렀던 적이 있습니다. 그때 보스턴을 거쳐서 디트로이트, 로스앤젤레스를 돌아 귀국하는 일정이었는데, 외국 여행은 두번째 그리고 미국은 처음이었지요. 다른 곳을 알 턱이 없으니 비교할 대상도 없고 그냥 모든 게 새롭고 신기하고 재미있었습니다. 그때 버팔로에서 유학을 하고 있던 누나 내외가 낡은 차를 몰고 저를 보러 왔어요. 친구 정찬이 녀석이 피츠버그에 있을 때였던 것 같은데, 그 친구도 거기까지 저를 보러 날아왔지요. 그래서 같이 차를 끌고 메인주도 가고 보스턴 근교 여기저기를 다녔어요. 유난히 화려했던 단풍이 선명하게 기억납니다.

그때는 정찬이가 갑자기 전공을 시로 바꿨을 무렵이었나봅니다. 막 시에 빠져서 정신없이 시를 쓸 때였는데(그후에 매사추세츠 대학교로 시 전공 석사까지 하러 갔었지요) 밤에 호텔 방에서 자기가 쓴 시작 노트를 쑥스러운 듯 보여주더군요. 저는 영어를 잘 못하니 이런저런 단어들을 물어보았어요. 처음 든 생각은 '한국어보다 영어가 더 익숙한 녀석이 하고 싶은 표현을 한국어로 잘 못할

때 얼마나 답답했을까. 그래서 영어로라도 이렇게 시를 쓰려 애
쓰는구나', 그런 짠한 마음이었지요. 정찬이의 가족은 어릴 적에
미국으로 이주해서 중학교 때쯤 한국으로 귀국했거든요. 보스
턴은 그런 기억이 있는 곳이지요.

이번에 보스턴에 도착했을 때 우선 컴퓨터 전원이 달라 애를
먹었습니다. 이미 오후 여섯시인지라 플러그를 사러 어디로 가
야 할지, 문을 연 가게가 있을지 고민하다가 숙소 근처 쇼핑몰로
들어갔지요. 오후 예닐곱시면 어김없이 문을 닫는 스위스의 가
게와 달리 무려 오후 열한시까지 문을 연다는 이야기에 깜짝 놀
랐지만, 덕분에 전원 플러그를 사서 컴퓨터를 연결하고 만나기
로 약속이 되어 있던 김정범씨의 전화번호를 찾아 전화를 했습
니다.
정범씨를 만나서 맥주 한잔을 하고 근처 한국 술집에 소주를
한잔 마시러 갔는데, '내일 노래 녹음이 있는데 가사를 아직 못
썼다'고 말씀하시더군요. 그래서 소주를 같이 마시는 중에 저
는 음악을 들으며 가사를 한 곡 더 써드리기로 했고, 〈바람은 차
고 우리는 따뜻하니〉라는 곡을 써드렸습니다. 다음날 녹음을
했고, 이틀 뒤엔 예정대로 제가 작사하고 부른 〈겨울장마〉라는
곡을 녹음했지요. 정범씨의 앨범에는 대부분 외국 뮤지션들이

Lausanne

참여했어요. 기본은 보사노바나 삼바칸사웅 같은 브라질 음악이지만, 변주가 너무나 다양해서 굉장히 '소울풀'한 곡도 있고, 1970년대 프렌치 샹송 같은 느낌이 나는 곡도 있고, 제가 쓴 곡처럼 한국 정서인 곡도 있었지요. 완전히 완성된 곡들을 듣지는 못했지만 이러다가 혹시 내년에 그래미상을 받게 되는 건 아니냐고 농담을 건네기도 했습니다.

학회가 있었던 곳은 하인즈 컨벤션 센터Hynes Convention Center라는 큰 규모의 장소였습니다. 바로 옆에는 한국에도 많이 알려진 버클리 음악대학이 있는데, 바로 길 하나를 사이에 두고 있더군요. 지나다니는 사람 셋 중 하나는 악기를 들고 다닐 듯한 학교 근처에서 일본식 라면을 사 먹고 길을 건너니, 수천 명의 재료학 관련 과학자와 공학자 들이 모여 있는 컨퍼런스장이 나왔습니다. 구두 발표는 학회 첫날 아침에 잘 마쳤습니다. 모 회사에서 온 듯한 사람 한 명이 꽤 관심을 보이기는 했지만, 같은 시간에 다른 방에서 채드 머킨이라는 유명한 교수의 기조연설이 있어서인지 그렇게 많은 사람이 오지는 않았습니다.

녹음을 마치고 로잔으로 돌아오기 전날, 일전에 저희 실험실에 반년가량 교환학생으로 있던 친구 두 명이 코네티컷에서 차를 몰고 와서 같이 만났지요. 한 친구는 중국인이고 다른 친구는 미국인인데, 멀리서 다시 보니 참 반가웠습니다. 한 녀석과는 저녁과 술을 같이하면서 제 방에서 같이 묵었고, 다른 녀석은 추수감사절 휴가 때 너무 많이 놀았다며 다음날 아침에 보스턴으로 왔지요. 비행기가 떠나기 전 시간까지 같이 차이나타운도 가고 하버드 스퀘어 근처를 돌아다니다가 공항에서 작별을 고했습니다. 한국에서 다시 꼭 보면 좋겠다는 이야기를 남기면서요.

피곤한 탓에 비행기에서 바로 곯아떨어졌어요. 그런데 잠에서 깨어보니 벗어놓은 안경이 깨져버렸더군요. 옆 사람이 화장실을 가려다 걸어놓은 안경다리가 걸린 모양이었습니다. 다시 다리를 찾는다고 해도 붙일 수 없는 위치에 다리가 금이 가서 그냥 포기하고 다시 잠을 청하려는데 도무지 잠이 오지 않더군요. 아마 스웨덴에 처음 올 때쯤 사왔던 안경이었을 겁니다. 안경 때문이었는지 모르겠지만, 문득 프로페셔널 연구자로서 이제 한 달여도 남지 않았다는 생각에 조금 마음이 어두워졌습니다. 이번 여행에서 음악과 공학 사이에 내가 어느 곳에 있는지 내가 어느 곳에 있을 때 더 행복한지, 더 자연스러운지를 몸으로 체득했던 걸까요. 어떻게 말하면 연구자로서의 인연이 다하고 있음을 직관적으로 다시 느끼게 된 거겠지요. 그렇지만 만 6년여 동안 한때는 열병처럼 사랑했던 제 일—연구와 화학, 이런 것들과 이별하고 있다는 생각에 그다음 날까지도 기분이 매우 우울했

지요.

처음 유학을 결심하게 된 이유 중 하나는, 제가 워낙 학부 때 공부에 소홀했던 탓에 공부에 대한 미련이 많이 남아 있었기 때문이지요. 병역특례로 회사에 있으면서 그 미련은 더 깊게 남아 있었고요. 그렇게 늦게나마 다시 스웨덴에서 시작한 공부와 연구를 하면서 몰랐던 것들을 하나하나 알아가면서 밤새워 실험하고 논문을 읽고 하느라 몸은 고달팠지만 정말 즐거웠습니다. 실험이 성공하고 결과가 나올 때마다 형용할 수 없는 환희에 가득 차서 힘든 줄도 모르고 지냈지요. 그땐 '배우는 것'이 얼마나 즐거운 일인지, 그리고 내가 생각했던 아이디어가 정말 구현되어 증명할 수 있을 때 큰 보람을 느끼기도 했지요. 하지만 시간이 흘러 학위를 마친 지금, 그때보다는 더 많은 것을 알게 되었겠지만 그만큼 더 깊숙하고 기본적인 고민도 깊어지고, 더 중요한 것은 '나는 누구인가' 하는 정체성에 대한 고민을 많이 하게 되었어요. 그리고 제가 내린 결론은 저는 공학자로 살아가면서 느끼는 보람이나 행복보다는 음악인으로서 살아가는 것이 훨씬 더 편하고, 행복할 것이라는 확신이었지요.

안경도 없이 앞도 안 보이는 새벽에 파리 공항에 도착해서, 여기저기 돌아다니지도 못한 채 고개만 푹 숙이고 제네바행 비행기를 기다렸습니다. 비행기에 타서는 갑자기 시트에 꽂힌 위

생봉투에 이런저런 글을 쓰기 시작했습니다. 부끄럽지만 한번
봐주시겠습니까.

부활절

보이지 않는다 생각했던 것들

창문을 노크하며 우르르 찾아온 어느 아침

나를 기억하겠느냐고

맑은 눈을 가진 영혼 하나 웃으며 내게 묻는다.

처음부터 끝까지 쉽게 쉽게 버리고 버려지던

사라진 것들

부서진 것들

깨어진 것들

묻혀진 것들

그리고, 잊혀진 것들

잊혀진 사람, 잊혀지는 사람,

이젠 기억할 수 있겠냐고 또박또박 적은 메모장을 건네며

떠난다, 아, 그제야 본 은빛 날개.

김이 서린 안경을 벗고

다시 바라보는 창밖 안개

저기로 날아가는 기억

다시 일상으로 돌아온 지금, 교수님께 제가 떠난다는 말씀을 드리자 갑자기 논문을 마무리하자고 하셨습니다. 그래서 논문 하나를 마저 수정해서 보내고, 3년여 동안 실패만 거듭해온 실험 하나를 겨우 완성해놓고 오늘 결과를 교수님께 보냈습니다. 교수님은 결과에 얼마나 관심을 보일지 알 수 없지만 저에겐 3년이 넘게 싸워온 싸움이었고, 결국 제가 만든 물질이 상용물질보다 독성이 덜하지만 효율은 높다는 결과를 얻어냈습니다. 그래서 논문이 발표가 되든 안 되든 미련은 없습니다.

한국에 가기 전에 다시 편지 쓰겠습니다. 건강하십시오.

로잔에서 윤석 올림

윤석군에게

2008 12 24 – 수 02 :42

메일 잘 받았어요. 보스턴의 학회에서 논문 발표를 잘하고 돌아
갔군요. 지금쯤은 서울에 갔을지 모르겠네요. 서울에서 좋은 공
연 하기를 바랍니다.

1월 중순에 로잔으로 와 짐을 싸고 1월 말경에 서울로 영구
귀국한다고 했지요? 정말 축하해요. 고국에 사는 것만도 큰 복
이라고 하셨던 내 선친의 마지막 편지가 생각나네요. 내가 고국
을 떠난 것은 1966년 6월, 선친은 같은 해 11월 6일에 갑자기 하
루도 채 아프시지 않고 뇌졸중으로 돌아가셨습니다. 내가 고국
을 떠날 때, 5년 후에 귀국하면 인사를 받겠다고 하시면서 절도
안 받으셨던 분입니다. 임종은커녕 장례식에도 참석하지 못한

큰아들이었지요. 그래서 울면서 아버지가 보내주신 편지만 읽었는데 거기에 그렇게 쓰여 있었지요. '내 고국에 사는 것만도 큰 행복'이라고요. 내 아버지도 열여섯에 고향을 떠나 40세가 되시도록 일본에서 사셨지요. 거기서 결혼하시고 세 아이를 가지셨고요. 그래서 아버지의 그 말씀이 내가 고국을 떠날 즈음의 쓸쓸해 보이던 눈빛과 함께 뭉클하게 다가왔지요. 그러니 내가 윤석군에게 축하한다고 하는 말이 조금은 이해가 될 것입니다.

말한 대로 보스턴은 내가 미국 안에서 참 좋아하는 도시입니다. 내가 천주교인이 될 수 있도록 도와준 의대 동기인 친구 내외가 그곳에서 한 40년 살고 있고, 그래서 자주 그곳에 갔어요. 나중에는 큰아이가 뉴햄프셔 주의 다트머스에서 공부를 했기에 또 자주 가게 되었지요. 누님이 유학생활을 하셨다는 버팔로에도 나를 천주교로 인도해준 또다른 친구가 살아서 여러 번 갔습니다. 이 친구와는 초등학교도 동창이고, 중·고등학교도 동기고, 고등학교 3학년을 비롯해 몇 해 동안 짝까지 했어요. 그런데 이 친구가 다른 의대에 가게 되어서 학교는 달랐지만 같은 동네에 살아서 늘 가깝게 붙어 지내다가 오히려 미국에 와서 헤어져 살게 되었지요. 늙어서는 근처에서 꼭 같이 살자고 약속하고, 비슷한 해에 은퇴를 해서 지금은 같은 동네에서 일주일에 한두 번씩 만나면서 서로 의지하며 살고 있지요. 이런 나이가 되니까 좋은 친구, 의지가 되는 신실한 친구를 가지고 있다는 것이 얼마나 힘이 되고 위로가 되는지 몰라요. 아마 외국이라서 더 그런지는 모르겠지만요.

보내준 〈부활절〉 가사는 마음에 드네요. 단지 '우르르'라든가 '또박또박' 같은 단어는 그 묘사성 때문에 나는 잘 안 쓰지요. 그리고 너무 상투적인 '잊혀진 것들' 같은 말도 남들이 너무 많이 사용한 것이라 식상하기 쉬워서 잘 안 쓰고요. 그러면서 이 가사는 전체의 분위기에서 부활절의 색다른 느낌이 들게 하네요.

그동안 내게도 몇 가지 일이 있었습니다. 하나는 한 열흘 전에 50여 년 이어오는 '현대문학상'을 내가 받게 되었다고 현대문학사에서 연락을 해온 것이지요. 올해 발표한 작품들로 심사한 모양이에요. 내 나이가 너무 많아 좀 어색하지 않을까 싶지만 외국에 사는 내게까지 관심을 가져준 것에 감사하는 마음으로 내년 3월 말의 시상식에 참석하려고 하지요. 그래서 내년 봄의 귀국은 좀 이를 것 같네요. 다른 한 가지는 내가 번역한 크리스마스 그림 동화집이 일주일 전쯤에 고국에서 출간된 것이지요. 그림이 중간중간 들어간 이 책의 번역을 부탁받고 원고를 보냈더니 한국어 부분이 좀 길다고 이곳저곳 잘라내고 고치고 하느라 조금 티격태격했지만 그런대로 예쁘게 책이 나왔습니다. 고국에 가면 한 권 사서 보여줄게요. 참, 그때는 크리스마스 때가 아니라 책이 없을지 모르겠네요.

요즈음 미국의 날씨는 엉망인 모양입니다. 뉴스 시간에 들어도 그렇고, 북쪽에 사는 누이동생이나 아이들과 대화를 하다보면 서부의 시애틀부터 대평원과 시카고, 그리고 내가 살던 오대호 근처를 거쳐 동부의 보스턴까지 뼈를 시리게 하는 추위와 폭설이 대단한가봐요. 한데 여기 플로리다는 별천지같이 기후가 좋지요. 오렌지 나무에는 열매가 주렁주렁 열렸고 야자수는 우거지고 물새들이 이리저리 훨훨 날고 있지요. 그래도 북쪽에 사는 친구나 식구에게는 이런 이야기는 안 합니다. 예의를 지켜야 하니까요. 아마 이런 것 때문에 이곳 사람들은 여름의 그 살인적인 더위를 참고 사는지도 모르지요. 나는 너무 힘들어 늘 어디로 도망가버리지만요. 내일모레는 크리스마스입니다. 성당에도 가고 친구도 몇 만나며 새해를 맞을 것입니다. 그리고 약속된 여러 편의 시를 써 보내야 하니 그것도 열심히 써보려고 합니다.

윤석군은 한동안 서울에서 많이 바쁘겠네요. 공연 끝나면 그 공연에 대한 뒷이야기를 해주기 바라며 오늘은 이만 그칩니다.

마종기

part 4

손끝에는······
봄

2009.01.19—03.27

저는 이제 고국으로 돌아갑니다.

음악도 마음껏 하고, 고국의 음식도 마음껏 먹고,

우리나라 말로 말하고 싸우고

울고 웃으며 살기 위해 돌아갑니다.

그때그때 느끼는 것들, 보이는 것들과 생각하는 것들을

노래로 만들고 부르겠지요.

제 노래가 그렇게 대단한 노래가 되리라는 기대는 않지만

'쉽지만 깊은' 울림이 있었으면 하는

소망 하나는 가지고 있어요.

늦은 새해 인사를 드립니다. 저는 엊그제 주말에야 한국에서 돌아왔습니다. 지금껏 했던 것 중 제일 많은 횟수로, 이곳저곳을 다니며 공연을 했습니다. 하지만 소속사측에 방송이나 다른 인터뷰는 일절 하지 않겠다고 선언하듯 이야기를 해두었던 터라 실제로 그렇게 바쁜 일정은 아니었지요. 공연이 끝난 후에는 그렇게 가고 싶던 제주도에도 다녀왔고, 이후에는 방송국의 부탁과 여러 가지 이유로 텔레비전 방송 하나에 출연을 하게 되었습니다. 솔직히 말씀드리면, 지난번에 잠시 말씀드린 바 있듯이 12월에 제 가사를 모아 엮은 가사집이 나왔습니다. 제 가사집을 내기 위해 새로 출판사까지 만든 기획사 대표님의 부탁을 거절

할 수 없었지요. 책을 출판해놓고 아무런 프로모션도 하지 않은 탓에 방송에는 출연하기로 마음먹었던 것입니다. 처음 방송국 스태프들과 만났을 때, 선생님께서도 언젠가 출연하셨던 적이 있는 프로그램이라고 말씀해주시더군요. KBS의 〈낭독의 발견〉이라는 프로그램이지요. 음악방송이 아닌 프로그램은 저도 처음이었던 터라 걱정도 있었지만 아주 재미있었습니다. 저는 감히 선생님의 시 「바람의 말」을 읽었고, 제 노래 두 곡과 좋아하는 삼바 한 곡을 약간의 설명을 곁들여 불렀습니다.

제가 좋아하는 선생님의 시가 너무나 많아서 어떤 시를 읽을까 고민을 많이 했습니다만, 마침 한국에 제가 가져간 시집이 『안 보이는 사랑의 나라』였고, 그 시집에서 제가 제일 많이 읽기도 했고 친구에게 읽어주었던 시가 「바람의 말」이라 그 시를 낭독하기로 했습니다. 진심을 담아서 읽으려 애썼습니다만 방송에는 어떻게 나올지 모르겠습니다.

그보다 현대문학상을 받게 되신 것, 진심으로 축하드립니다. 사실 저는 그 소식을 제 공연을 찾아준 팬들에게서 먼저 들었지요. 선생님의 사진이 담긴 현대문학상 시집을 벌써 몇 권이나 선물 받았는지 모릅니다. 이제 저의 팬들은 고맙게도 선생님의 새 책이 나올 때마다 언제나 가장 먼저 선물을 해주는 사람들이 되었습니다.

공연은 무사히, 하지만 조금은 아쉽게 끝이 났습니다. 처음 부산에서의 공연을 시작으로 나흘은 서울에서, 이틀 동안 대구에서, 그리고 마지막 하루는 광주에서 공연을 가졌습니다. 이번에는 예전과 달리 혼자, 기타와 목소리만으로 공연을 꾸며보려는 일종의 모험을 해보았습니다. 그 배경에는 저와 벌써 몇 년째 같이 작업을 하고 있는 음악 엔지니어 윤정오 형의 설득과 권유가 있었지요. 어느 뮤지션이나 악기 하나만으로 두 시간여의 공연을 한다는 건 정말 부담스러운 일이지요. 대단히 요란한 소리를 내는 악기도 없이, 모든 곡을 조용히 연주하고 노래해야 하는 저로서는 힘들고 부담스러운 형식의 공연이었지요. 기타나 노래의 실수 하나하나까지 그대로 드러나니까요. 하지만 윤정오 형은 예전부터 '네 노래는 이야기다'라고 줄곧 들려주었습니다. 오히려 다른 악기들이 많으면 많아질수록 제 '이야기'가 들리지 않게 된다고 했지요. 그러니 군더더기 없이, 목소리와 최소한의 반주인 기타 하나만 들고 무대에 서보라고 했습니다. 굳이 사람들을 즐겁게 해주려는 말도 많이 아끼고 음악에만 몰두해보라고요.

워낙 저를 잘 아시는 분이라 그렇게 하기로 마음을 먹고 공연에 임했습니다. 하지만 느낀 것이 많았습니다. 과연 그렇게 할 만큼 내 음악적 역량이 충분했는지, 공연을 보러 온 많은 사람들이 '정말 원했던 것'은 무엇이었는지 생각을 해보았습니다. 어떤 분들은 정오 형의 말씀대로 너무 좋았다고 말씀해주셨지만, 또 어떤 분들은 지루했다는 이야기도 하셨지요. 무엇보다 놀랐던 것은 '성의가 없다'는 반응이었습니다. 이런 오해의 목소리가 팬들에게서 들릴 때, 내가 원하는 것을 정확하게 하고 또 그 의도를 진정으로 전달하는 것이 얼마나 힘든지 고민하게 되었습니다.

아무튼 공연은 잘 마무리되었고, 제주도 여행도 다녀왔고, 원래 10일에 돌아올 계획이었는데 도무지 그 날짜에 돌아오고 싶은 생각이 들지 않아 일주일을 더 연장해서 늦게 스위스로 오게 되었습니다. 이제 짐을 꾸리고 부치는 자질구레한 일들을 해야겠지요. 그렇게 대략 2주 정도를 지내다보면 또 2월이 오고 한국으로 돌아가게 되겠네요. 2월 중순에는 또다른 공연이 잡혀 있습니다. 그 이후에는, 예전에 유럽 화학회에서 '젊은 화학자 상'을 주는 대회가 있었는데, 저는 상을 받지 못했지만 후보자 몇 명을 추려 'Ideas in Chemistry and Molecular Science'라는 책을 낸다고 하네요. 그중 한 장을 써달라고 해서 제 박사논문을 요약하고 최근 제 결과를 보태서 마무리할까 합니다. 그리고 제가 여기서 번외 일로 해온 유전자 치료용 전달체gene delivery systems 관련 결과가 거의 나와서 그 보고서도 마무리해야겠고요.

더 늦기 전에 계속 미루어온 시쿠 부아르키의 소설인『부다페

스트^{Budapest}』의 번역도 마저 끝내야겠지요. 그렇게 3, 4월이 되면 이곳에서 부친 악기들도 도착할 테고 다음 앨범을 준비해야겠습니다. 어쩌면 그사이에 영국에 잠시 가서, 은사님 실험을 좀 도울지도 모르겠습니다. 늘 가겠다고 말씀만 드려놓고 2004년 이후 한 번도 가보지 못한 스웨덴의 또다른 제 은사님도 뵙고, 에스토니아에 계신 심박사님도 찾아뵈려고 합니다.

선생님께서 3월 말에 귀국하신다는 소식을 들었습니다. 현대문학상 시상식 때문에 예년보다 일찍 귀국하신다고요. 겨울이 마저 가고 나면, 선생님을 고국에서 드디어 뵐 수 있게 되겠네요. 그때까지 건강하시고, 또 편지 드리겠습니다. 그리고 미천하지만 제 가사집을 한 권 보내드릴까 합니다. 그냥 음악인이 써놓은 서투른 글 조각이라고 생각해주십시오. 🖊

로잔에서 윤석 올림

윤석군에게

2009 01 29 – 목 13 : 28

잘 지내고 있나요. 고국에서의 공연이 잘 끝났고 귀국을 준비하면서 마지막 정리 작업을 하고 있군요. 새해 복 많이 받아요. 나는 음력설을 고국에서 맞아본 지 40년이 넘었어요. 내가 살던 1960년대 중반까지는 이중과세二重過歲를 하지 않아야 한다는 말만 들어왔으니까요.

몇 해 전 고국에서 추석을 맞으면서 너무나 놀랐는데, 그만큼 음력설도 굉장하겠지요? 그러니까 벌써 6, 7년 전인 2002년, 내가 미국 의사에서 은퇴를 하고 처음으로 연세 의대의 초빙교수로 몇 달간 고국에 체류할 때였지요. 내가 기억하고 있는 추석 명절은 그리 대단한 것이 아니어서 아무 준비 없이 숙소에 있었습니다. 여느 날처럼 식당을 찾아 나섰는데 그날 저녁 늦도록 크고 작은 곳을 막론하고 문을 연 식당을 찾을 수가 없었어요. 서울이 전쟁통에 완전히 철수를 한 것처럼 도시가 텅 비어 오가는 사람조차 없었습니다. 너무나 놀랐지요. '아, 모두들 이렇게 대단하게 추석을 맞고 있구나. 그런데 이런 추석 연휴가 물경 5일이나 계속된다니!'

우리는 할 수 없이 신문을 뒤져서 추석 패키지로 밥 먹여준다는 호텔을 알아내 사흘 정도를 그곳에서 견뎌내었지요. 우리가 기거하던 곳은 장기 투숙자를 위한 오피스텔 같은 곳이었거든요. 그래서 그다음 해부터는 아예 추석 때면 관광도 할 겸 일본에 가게 되었지요. 그렇게 시작된 일본행 3박 4일이 벌써 6년째예요. 어쩌다 농담삼아 이런 이야기를 내 후배인 손명세 교수에게 했더니 그것을 기억하고 있던 손교수 부부가 몇 해 전 추석에 우리를 초청해주었습니다. 자기네는 차례를 지내지 않으니 꼭 와야 한다고 해서 그해에는 고국의 풍성한 추석 음식 대접을 잘 받았답니다. 먹은 음식들까지 아직 기억하고 있지요.

지난 연말공연이 잘 마무리되었다니 축하합니다. 거의 열 번의 공연이었네요. 많이 힘들었겠어요. 거기다 주위의 권유로 두 시간씩 다른 도움도 없이 노래와 기타 연주로만 채웠다니 참 대단합니다. 고생도 많이 했겠네요. 좋았다고 말한 분이나 지루했다고 표현한 분이나 모두 루시드폴의 음악을 사랑하는 사람들일 것입니다. 자신의 진정을 말해주는 사람을 가깝게 두고 있다는 것이 나를 기쁘게 합니다. 그런 분이 윤석군의 음악을 간절히 아끼는 분일 가능성이 크지요. 루시드폴의 노래가 이야기라는 그 말에 나도 동의하지만 그래도 음악 공연인데 같은 톤으로 두 시간을 끄는 것은 청중에게 상당한 인내심을 요구하는 것이지요. 나도 한두 분 음악 공연을 하는 분을 알고 있는데 청중이 지루한 느낌을 가지지 않게 많이 고심하고 변화를 주려고 노력하고 있었어요. 그냥 아웃사이더의 한 의견입니다.

〈낭독의 발견〉이라는 프로그램에는 몇 해 전에 나도 출연해서 시를 읽었습니다. 몇몇 분이 내 시를 가끔 읽으시는 것으로 압니다. 아마 윤석군의 방송이 나간 바로 전 주에는 어느 나이드신 유명 배우께서 「방문객」을 읽었다고, 내 시를 일본어로 번역하고 계시는 교수님이 알려주시기도 했고, 그 몇 주 전에는 또 어느 배우가 「바람의 말」을 읽었다는 말도 들었습니다. 여하간 변변찮은 내 시를 읽어주어 감사합니다.

사실 나는 고국을 떠나기 전까지는 시를 체계적으로 공부하고 가장 앞서 가는 시학을 가지고 시를 만드는, 언어의 기능공으로서 날카로운 언어와 표현 감각을 연마하려 했습니다. 어느 평론가는 내 시에 대한 글을 쓰면서 초기 시에서 바로 그런 것을 간파했노라고 했지요. 그러나 외국에 온 후부터, 그리고 어려운 수련의사로 외국생활에 지쳐가기 시작하면서부터는 그런 욕망은 어디론가 숨어버리고 겨우 나 자신을 위로하고 나 자신이 깊이 침잠할 수 있는 영혼의 작고 따뜻한 방을 마련하고 싶어서 시를 썼습니다. 볼품없는 시를 하나 마치고 혼자서 목소리를 죽여가며 울었던 날도 많았습니다. 그리고 나는 천천히 시를 만드는 시인, 언어의 연금술사보다 골목길 장돌뱅이의 목소리를 더 그리워하게 되었습니다. 그리고 이제 고희의 나이가 되어 뒤돌아보면 그 길은 내가 피할 수 없던 운명이라고 믿어집니다. 내 시는 그래서 실체가 미처 보이지 않는 내 상실감을 채워주었고, 내게 깊고 아늑한 위로를 주었으며, 한 세월이 그렇게 지난 후에 주위를 둘러보니 내 시에서 나같이 작은 위로를 받고 있는 분이 제법 있다는 사실을 알게 되었습니다.

나는 누가 비웃을지라도 계속 그런 진심의 목소리에 귀 기울여가며, 그런 목소리에 화답할 수 있는 시를 쓰려고 합니다. 이 나이에 누가 내 시는 똑똑하지 못한 시라고 한대도 별로 큰 신경을 안 쓰려고 합니다. 배짱인지 감정이 둔해진 탓인지는 모르겠지만 평생을 그렇게 살아온 기질을 어떻게 갑자기 바꿀 수 있겠습니까.

지난해, 나는 광화문 근처에서 2개월을 살았는데 광우병 촛불 시위가 대단했지요. 매일 밤 무척이나 시끄러웠지만 나름대로 생각을 깊이 할 수 있었습니다. 광우병에 대한 의견은 차치하고라도 왜 이렇게 불평불만이 많은 국민이 만연해 있는가 하는 것이 내 관심사의 중심이었어요. 며칠은 할 수 없이 촛불을 들고 그 많은 군중과 함께 걷기도 했는데(남대문 시장통에서 친구랑 술을 마시고 광화문 숙소까지 와야 하는데 택시도 없고 촛불 시위가 그곳에서부터 광화문까지 이어져 있어서) 내가 시위 군중에게서 받은 느낌은 그 불만이 꼭 미국산 쇠고기만이 아니었다는 것입니다. 그리고 나는 그때 시위하는 이분들의 마음을 달래줄 수 있는 시를 내가 쓸 수 없을까 하는 엉뚱한 생각을 했지요. 나는 윤석군이 이렇게 배신감이나 상실감이나 허탈감에 허덕이는 많은 사람을 위해 그들의 영혼을 위로해줄 수 있는 노래를 불러 그들의 상처받은 마음을 달래주게 되기를 바랍니다. 미워하기보다 화합하고 함께 노래하고 즐기는 분들이 고국에 더 많아졌으면 하는 바람은 해가 갈수록 더욱 절실해집니다. 그런 노래를 윤석군이 작사하고 작곡해 불러주세요.

곧 또 연락하기로 하지요. 늘 건강하시고 그곳의 모든 나머지 일들 잘 마무리하고 즐거운 귀국길에 나서기 바랍니다. 🖋

마종기

윤석군에게

2009 02 01 – 일 08 : 29

엊그제 메일을 보냈는데 받아 보았는지요? 가만 보니까 내가 꼭
말한다고 한 것을 잊고서 언급을 안 해 그 메일의 연장으로 몇
자 더 보냅니다.

　'현대문학상'을 받는다고 출판사에서 연락을 받았을 때 기쁘
기보다는 당황했지요. 물론 '내가 나이가 많은 게 아닐까' 해서
였지요. 이 상에 대해서는 내게도 좀 숨겨진 이야기가 있어요.
한 20년 전쯤 어느 해에 내가 거의 상을 타는 상황이었는데 어느
심사위원 한 분이 일갈을 했답니다. 마종기는 이 상을 받을 수
없다, 상 타는 사람은 무릇 문인들의 모범이 되어야 하는데 문인
으로서 그는 하나도 모범이 되지 못한다. 우선 그는 대학에서 문

학을 공부하지 않았다. 그것은 그냥 넘겨 보아준다고 해도 그가 미국에 간 지 20년이 넘도록 미국서 무엇을 하고 있는 것이냐? 한국의 시인이 외국에 그렇게 오래 살아도 되는 것이냐? 오다가다 시 몇 편 고국에 던져놓는 것이 시인으로서의 역할을 다하는 것이냐? 그런 사람이 상을 탄다는 것은 고국에서 열심히 문학 공부를 하고 있는 시인들에게는 너무 큰 충격이 된다…… 그래서 마지막에 결정이 번복되었다는 이야기를 듣기도 했지요.

여하간 주위 친구들의 조언으로 이번 상을 받기는 하지만 상을 받는 이유 중의 하나는 미주에 살고 있는 교포 문인들에게 용기를 주고 싶은 이유도 있습니다. 어디서 그런 소식을 듣는 것인지 많은 교포 문인들이 자기들 일처럼 축하를 해주네요. 어디에도 속하지 못한, 외국에 나와 사는 문인들이 얼마나 많은지요. 나는 특히 병원에서 은퇴를 한 후에 미주의 큰 도시에 사는 문인들의 초청을 받아 뉴욕, 시카고, 로스앤젤레스, 샌프란시스코, 캐나다의 토론토와 같은 곳에 시간이 날 때마다 가서 문학 강연이라는 것을 자주 합니다. 그래서 수상 소감이라는 글에는 디아스포라 시인이라는 말을 썼고, 시상식에서는 앞에 말한 20년 전의 내 경우를 말하면서 아량을 가지고 마음이 넓어진 고국의 문단에 고맙다는 인사를 할 생각입니다.

전 세계에서 인구당 해외교포가 가장 많은 나라가 중국이 아
니고 한국이라는 것을 아세요? 물론 일본, 중국, 소련과 미국이
그 대부분이지만 지중해의 키프로스에도 저 북해의 작은 섬나라
아이슬란드에도 한국인들이 잘 살고 있습니다. 비틀거리면서
자기들의 주장과 이득만 챙기려는, 죽기 살기 식의 흑백논리 정
치에 신물이 나서, 먹고살기의 피 말리는 경쟁에서 밀려나 작은
희망이나마 찾아보려고 고국을 떠난 디아스포라 한국인은 꺼져
가는 불씨같이 민족공동체의 의미를 간직하고 살고 있습니다.
물론 이념을 뺀 민족주의지요. 얼마 전에 재미있는 글을 하나 읽
었습니다. 뉴욕에 사는 재미 사회학자인 민정갑 교수의 논문이
지요. 중국과 인도와 한국의 교포들 중에 무작위로 2000명에게
설문 조사를 했답니다. 만약에 미국과, 당신이 출생한 나라가
굉장히 중요한 운동경기 결승전을 한다면 어느 나라를 응원하
겠느냐고요. 중국과 인도 출신은 대개 40에서 50퍼센트가 출생
한 중국이나 인도를 응원한다고 했는데 한국 출신은 무려 94퍼
센트나 한국을 응원한다고 했답니다. 일본도 그렇고 중국도 그
렇겠지만 해외교포 문인들에게 관심을 보이는 것은 조국의 문화
외연을 넓히는 길이라고 나는 믿고 있습니다.

내 수상작이 된 「파타고니아의 양」에 대해서도 말이 많습니

다. 어느 평론가는 '현재진행형의 희생양을 그린 성스러운 작품으로, 성서에서 가장 많이 인용되는 희생 번제물인 양이 비참하게 죽어가는 것을 보며 자신의 이야기를 시작하지 못한다는 마종기는 코리아의 마흐무드 다르위시^{Mahmoud Darwish, 팔레스타인의 민}족시인'라고 하는 분도 있습니다. 물론 내가 이 시를 쓸 때 하나는 '사랑'이라는 명제에 대한 또다른 문양을 다른 하나는 번제물로서의 양을 생각했던 것은 사실이지만, 나는 어떤 시를 그렇게 파헤치고 부검대에 누워 있는 피투성이로 만들거나 찢고 또 찢는 분석적 해독에는 반대하는 편입니다. 내 시는 죽어서나 살아서나 내 의미가 설사 전달되지 않는 한이 있어도 그냥 그대로 아름답고 우아하면서 언제 어디서고 어렴풋한 위로의 말을 전할 수 있기를 바랍니다. 내 시는 언제나 그런 자리에, 그런 구석에 서 있어주기를 바라는 거지요. 🖊

마종기

마종기 선생님께

2009 02 04 — 수 00:28

스위스를 떠나기 전에 편지를 드리고 떠나려고 했습니다만, 준비성 없고 생활에 관련된 것들을 제대로 잘 챙기지 못하는 탓에 마지막 주를 정신없이 청소하고, 짐을 싸서 부치고, 학교 일 정리하고, 전출신고를 하고, 연금도 신청했습니다. 로잔에 온 후, 이런 일들로 시간을 보냈습니다. 그리고 드디어 오늘 스위스를 떠나 암스테르담에서 비행기를 기다리면서 편지를 씁니다. 늦은 인사지만 새해 복 많이 받으십시오.

올해 이 스히폴 공항에 온 것도 여러 번입니다. 지난가을 한국에 들어갔을 때에도 이곳을 거쳤지요. 그리고 지금 한국으로 귀국하는 비행기도 이곳에서 타게 되는군요. 가을에 한국으로 들어갈 때엔 귀국을 100퍼센트 결정한 상태는 아니었지요. 물론 심정적으로, 아니 그보다 뭐랄까, 직관적으로 이제 때가 되었다는 느낌과 함께 마음의 정리를 시작한 지 얼마 되지 않았을 때였으니까요. 그때 제네바에서 비행기를 타고 이곳 암스테르담에 착륙할 무렵 하늘에서 너무나 환한 태양이 비치었지요. 비행기가 180도를 돌아 방향을 틀 때, 반대편 창문으로 햇살이 들어왔습니다. 그리고 고도를 낮추어 운하와 개울의 도시인 암스테르담 공항의 활주로에 들어설 때, 그 수많은 운하에도 태양빛이 비치고 있었습니다. 저는 아직도 그 광경을 잊을 수가 없습니다. 귀국하는 길에 얼마나 큰 안식을 주던지요.

오늘 암스테르담은 대부분의 중부 이상 유럽 국가의 날씨가 그렇듯이 잔뜩 흐립니다. 그래서 햇빛은 없지요. 유럽의 허브 공항이다보니 여느 때처럼 사람들도 많습니다. 오늘은 처음으로 전기 기타를 들고 비행기에 올랐습니다. 클래식 기타는 이미 한국에 두고 왔고, 10여 년 쓴 통기타는 친구에게 주고 돌아왔지요. 지금 한국으로 가지고 가는 기타는 처음 밴드를 할 때 받은 아르바이트비로 산 40만 원짜리 전기 기타예요. 이 기타로 처음 음악을 시작했고, 처음 녹음을 했고, 앨범을 내지요. 4년 전쯤 녹음을 위해서 36개월 할부로 산 노트북과, 번역하기로 한 책 한 권, 그게 지금 들고 가는 짐의 전부입니다. 짐을 싸니 상자

열다섯 개가 나오더군요. 그중 여덟 개는 악기 상자라 작은 박
스들이었고 나머지 일곱 개의 상자에 그동안 6년여의 유럽 생활
동안 남은 것들을 모아서 꾸렸지요. 그 안에는 친구들이 박사 논
문심사 때에 만들어준 기념 모자도 있고, 수많은 CD, 책, DVD,
그리고 약간의 옷들이 들어 있습니다. 짐은 로테르담으로 가서
2월 15일에 배를 탄다고 했고 3월 19일에 부산항에 도착한다고
하는군요. 1세제곱미터도 안 되는 짐을 낑낑대면서 싸고 보내던
날, 많이 버리기도 했고 많이 주기도 했지요. 110리터짜리 쓰레
기봉투 30여 개를 다 써도 모자랄 만큼 많이 버렸습니다. 그러
면서 생각했습니다. '왜 이리 많은 것들을 가지고 살았을까' 하
고요. 많은 것들을 제 욕심으로 모으고 집착으로 버리지 못한 것
들이 아니었을까요.

현대문학상에 관련된 일화를 선생님께 들으니 씁쓸해지는군
요. 특히 문학을 '공부'하는 후배들에게 모범이 되지 못한다는,
선생님의 외국 생활에 대한 '그'의 비판이 매우 씁쓸합니다. 한
시인으로서 동료 시인들에게 가장 큰 선물, 그리고 기여하는 바
는 다른 것이 아니라 그 시인이 써온 '시'가 아닐까요. 비록 외국
에서 다른 생활을 병행하고 계셨고 그래서 어쩌면 양적으로 많
은 시를 고국에 발표하지는 못하셨겠지만, 왜 한 시인에게 상을

수여하는 위치에서 시의 양과 그 시를 생산하기 위해 필요한 시간이 중요한 건지, 그리고 왜 시를 공부하다못해 전공까지 해야하는 건지 역시 알 수가 없네요. 외람되지만 그런 시각들은 결국 제도권 시인들의 아집, 폐쇄성, 과도한 아카데미즘이 아닐까요. 그렇게 많은 시인들이 시를 전공하고 등단하지만, 시에 목이 마를 때마다 서점에서 새로운 시들을 갈급하듯 찾아보지만 몇 편 읽기도 전에 한숨 쉬며 시집을 덮는 횟수가 더 많은 저로서는 이해할 수도 동의할 수도 없습니다. 제가 시를 읽는 능력이 부족하기 때문일까요. 그렇다면 시는 누구를 위한 것인지요.

저는 이제 고국으로 돌아갑니다. 음악도 마음껏 하고, 고국의 음식도 마음껏 먹고, 우리나라 말로 말하고 싸우고 울고 웃으며 살기 위해 돌아갑니다. 지금 고국에서 들려오는 소식은 우울하고 슬픈 소식들이 더 많습니다. 지금껏 멀리서 듣고 보아온 소식들을 피부로 느끼기에는 저는 너무 바쁘고 또 멀리에만 있었지요. 하지만 이제는 그 소식 한가운데에서 부대끼면서 살아갈 것입니다. 어쩌면 거리에서, 투표함 앞에서, 식당에서, 술집에서, 집 안에서, 운동장 안에서 나와 똑같이 생긴 사람들 속에서 한 사람으로 살아가겠지요. 그때그때 느끼는 것들, 보이는 것들과 생각하는 것들을 노래로 만들고 부르겠지요. 저는 제 노래가 그렇게 대단한 노래가 되어 수많은 사람들에게 다가갈 거라는 기대는 하지 않지만, 언젠가 말씀하셨듯이 '쉽지만 깊은' 울림이 있었으면 하는 소망 하나는 가지고 있지요. 그리고 제가 보는 사람과 세상과 우리나라는 다시 저에게 내가 만든 노래를 들어주고 보여주는 거울이 되겠지요.

이제 비행기에 오르려 합니다. 오늘 한국은 입춘이라고 하네요. 봄이 오는 날에 제가 돌아가게 되었습니다. 지금 저의 손에는 왕복 티켓이 없네요. 그래서 공항에 도착해 서울로 들어가는 이 길의 의미도 많이 다르리라 생각합니다. 2월에 고국에서 다시 편지 쓰겠습니다. 보내드리기로 한 책도 부쳐드려야지요. 건강하십시오.

윤석 올림

암스테르담 공항에서 보내준 메일 잘 받았어요. 지금쯤은 무사히 귀국해서 부모님 만나 뵙고 편히 쉬고 있으리라 믿습니다. 귀국을 진심으로 축하합니다.

이제 고국에서 비슷하게 생긴 사람들을 만나고 한국 음식을 먹고…… 윤석군의 메일을 읽으며 나는 천천히 목이 메어왔습니다. 축하의 의미고 또 한편으로는 미련한 내 아쉬움 때문이었겠지요. 모쪼록 못내 사랑하는 고국에서 무엇이든 마음 두고 있는 것을, 매일의 생활을 사랑하고 즐기세요. 깊은 사랑은 인내라고, 성경은 우리에게 말해줍니다. 인내도 많이 해야겠지요.

윤석군의 메일에서 좋은 음악인이 되기 위해 '공부를 해야 할 것 같지는 않고 더 많이 보고 느끼고 생각해야겠다'는 말에 찬성입니다. 단지 그 공부가 윤석군이 전공한 생명공학 계통이라면요. 그러나 넓은 의미로 우리가 좋은 예술가가 되기 위해서는 책도 많이 읽고 다른 분야의 예술에 관심을 가지고 깊이 알아보는 것, 그것도 광의의 공부라고 한다면 그것을 게을리하겠다는 것은 아니겠지요. 모든 예술은 결국 상통한다는 것을 날이 갈수록 더 절실히 느끼게 됩니다. 오래가는 예술가는 다른 예술 분야에 대한 관심을 끈질기게 지속하는 사람이라는 사실도 확실해집니다.

공부라는 말이 나와서 하는 말인데 오늘 이곳 신문을 보니 공식적으로 지난해 한국에서 미국에 온 유학생의 수가 13만여 명이고 이 숫자는 3년 연속 전 세계 국가 중 1위랍니다. 엄청난 인구의 중국이나 인도의 유학생 수를 훨씬 능가하는 숫자네요. 그 유학생이 대학원이나 박사과정에 들어가는 학생들만이 아니고 초등학교, 중·고등학교나 대학교를 시작하는 학생이 더 많다니, 그리고 그 숫자는 2위의 나라보다 두 배 가까이 된다니 이게 왜 그런 것일까요. 언젠가 그런 질문을 고국의 친구에게 하니 초등학교에서부터 학생들의 나이에 맞지 않게 이론교육에 치중하는 교사들이 많고, 사교육이 팽배해서 상급학교에 입학하기가 힘들고 경쟁이 심해서 그렇다고 하대요.

내가 예과와 본과의 의과대학에 다니던 1950년대 말과 1960
년대 초에는 윤석군도 상상할 수 있듯이 모두가 가난하고 열악
한 환경에서 공부를 했지요. 감히 누가 그 엄청난 돈을 들여 유
학 생각을 할 수 있었겠어요. 그런 환경에서 의과대학을 졸업한
우리는 미국의 정식 의사 시험을 쳐야 하는 처지가 되었을 때,
바로 고국 교수님들의 그 오래된 노트를 외우면서 공부를 했지
요. 미국의 의사 시험은 요즈음도 내가 치른 것과 같은 과정인
데 첫날에는 오전 네 시간 동안 수백 개 문제의 기초 의학 시험
을 보고, 오후 네 시간은 선다형 임상문제 시험을 보지요. 그리
고 둘째 날은 고국과 다르게 다섯 시간 실습 위주 시험을 보는데
주로 영상자료를 활용한 시험이지요. 환자가 걸어 나오고 의사
와 말하고 심장 박동 소리도 들려주고 여러 가지 검사 결과도 보
여주면서, 영화가 끝나면 그 환자에 대한 20여 개의 문제가 주
어지는 형식이지요. 그런 환자가 20여 명 다른 문제로 나타나지
요. 임상 실습 훈련이 잘 안 된 외국 의사들이 가장 힘들어하는
부분이고요.

　어쨌든 나는 이곳에서 인턴과 레지던트를 하며 배운 것과 한
국에서 배운 교수님의 노트로 많은 부분을 공부해서 합격했고,
이곳의 의과대학 교수가 되고 나서도 나는 내가 한국서 교육받

은 그대로 이곳 학생들에게 강의를 했지요. 그리고 의과대학 교수 생활 만 4년 만에 학생들의 거창한 졸업식장에서(미국에서는 의대에 들어오는 학생의 반 정도가 박사학위 소지자입니다) 매해 교수들을 긴장시키는 '올해의 최고 교수상'을 졸업생 대표에게서 받았지요. 그때 내 나이가 졸업생의 평균 나이보다 겨우 두세 살 위였을 것입니다. '그 나이에, 외국 의대 출신이, 조교수 주제에, 내과나 외과 같은 메이저 과도 아닌데 어떻게 이런 상을?' 하는 질문에 정색을 하고 대답했지요. 내가 다닌 한국의 의과대학에서 교육받은 그대로 학생들을 가르쳤다고요. 나는 한국의 교육 방법이 최고라고 생각한다고요. 그래서 한국 유학생에 대한 이런 기사를 가끔 보면 낯이 뜨거워지곤 하지요. 나는 지금도 그 훌륭한 선생님들이 고국에 많이 계시다는 것을 믿어 의심치 않습니다. 그런 분들이 어린 학생들에게 신망을 받고 좋은 교육을 펴서 한국인으로서의 정체성도 채 갖추지 못한 어린 학생들이 외국생활에 지쳐 폐인이 되거나 국적 불명의 인간이 되지 않게 되기를 진심으로 바랍니다.

윤석군의 귀국을 축하하는 자리에서 엉뚱한 이야기로 비화하고 말았네요. 귀국을 다시 축하합니다.

마종기

마종기 선생님께

2009 02 05 - 목 07 : 40

시차 때문인지 아침 일찍 일어나 선생님의 편지를 잘 읽었습니다. 한국행 비행기는 기술적인 문제로 두 시간이나 출발이 지연되었지요. 마침내 돌아온 인천공항에는 안개가 자욱했습니다. 서둘러 입국 심사를 마치고 공항을 빠져나왔습니다. 귀국이 반복될수록 처음 귀국했을 때의 특별했던 감정보다는 익숙한, 뭐랄까 이제 제자리로 돌아온 것 같은 느낌이 더 강하게 들더니, 이번에도 그리 특별한 소회가 없어서 오히려 놀라기도 했습니다. 지금 한국은 봄 날씨처럼 따뜻합니다.

　선생님의 말씀 깊이 새기도록 하겠습니다. 그렇지요. 더 많은 것을 배운다는 것이 제 음악과 노래의 힘이 될 것입니다. 언젠가 마음속으로 누군가가 네가 사는 목표가 뭐냐는 질문을 한다면, 저는 'knowing'이라고 대답하리라 생각했던 적도 있어요. 알아가는 것, 깨달아가는 것, 무언가를 수동적으로 배운다기보다는 자극에 반응하는 내 내부의 앎. 이것이 저를 밀어가는 힘이자 목표라고 여겼어요. 그래서 유학을 온 것이고, 마지막 몇 개월을 제외하고는 이런 생각에는 변함이 없었습니다. 물론 마지막 몇 개월 동안은 많은 고민과 약간의 우울증까지 겹쳤고, 지금은 그 많은 생각들을 잠시 내려놓은 상황이지만요.

  사실 교육에 대한 선생님의 말씀은 저도 평소에 공감했던 바입니다. 저와 같이 연구하고 있는 많은 한국 동료들이 한국행을 망설이는 커다란 이유 중의 하나는 바로 자녀의 교육문제입니다. 지금 한국의 공교육은 거의 무너지다시피 했고 많은 학생들이 학원으로 내몰립니다. 부모들은 감당하기 힘겨운 사교육을 마다하지 않고 있는데, 그렇게 하지 않으면 자식들이 '경쟁'에서 곧바로 도태되기 때문이지요. 영어는 말할 것도 없고, 다른 대부분의 교과과목을 학생들은 이미 학원을 다니면서 다 배우고, 학교 수업은 시시한 수준이 되어버렸지요. 아주 특출한 경우가 아니라면, 이런 수직적 잣대로 들이대는 '경쟁'이라는 게임에서, 준비하지 않은 학생들은 그냥 희생양이 되어버리지요. 아, 물론 대학 진학이라는 아주 조악한 잣대로 본다면 말입니다. 저는 이것이 결국 아주 천박한 우리나라 현재 모습의 단면이라고 감히 생각합니다. 좋은 대학을 나와야 하고, 아니면 유학을 다녀와서 유학파 행세를 해야 사회에서 소위 말하는 좋은 직장과 높은 소득 계층에 들어갈 수 있다고 많은 사람은 느끼고 있는 거지요. 그렇게 되어야 그에 맞는 '수준'의 배우자를 만나게 되고, 또 치부를 할 수 있는 기회가 주어지고…… 이런 무한 경쟁에 거리낌 없이 노출되는 것을 막을 브레이크는 없어 보입니다. 왜 수많은 부모들이 기러기 아빠가 되어서까지 그리고 자신들은 라면을 먹으면서도 자식들을 외국으로 유학 보내고 엄청난 돈을 보내야만 하는 거냐는 이야기지요. 다들 생존경쟁을 위해, 그리고 자신의 자식들을 낙오시키지 않기 위해 아등바등 살고 있습니다. 그러기 위해 부모들은 뭐든지 희생하는 것이지요. 그리고 그런 사회가 강요한 희생의 피해자는 사실 우리 모두입니다.

외국인 학교의 내국인 비율이 50퍼센트가 넘는 곳도 있고 심지어 에콰도르 같은 곳에서는 돈만 내면 쉽게 영주권을 주기도 해서, 그것을 사서 다시 국내의 외국인 학교에 보내지요. 그들은 한국 공교육 커리큘럼을 따르지 않는 학교임에도, 우리나라의 대학교에선 일부 입학을 허가하는 경우도 있대요. 사립형 특목고를 더 만드느니 어쩌니 하면서 정부는 그저 모든 국민, 학생들을 경쟁이라는 이름으로 줄 세우고 있지요. 그 어디에도 인간성, 사랑, 믿음, 예술은 없어요. 논술을 위해 책을 읽기를 '강요' 받고, 점수를 따기 위해 봉사할 것을 '강요'받는 아이들을 정부는 절대 책임져주지 않습니다. 어른들은 싸웁니다. 국회에서도, 거리에서도. 무엇보다도 위정자들은 그 싸움을 부추기고, 없는 자들의 것을 빼앗으려고만 들지 나누려 하지 않습니다. 언론을 장악해서 나팔수로 만들고, 거리에 나온 시민들을 때리고 연행합니다. 수조 원에 달하는 재개발 이익을 단 0.5퍼센트만 나누어도 세입자들을 달랠 수 있지만, 용역깡패들을 묵과하고, 미친 듯이 물대포를 쏘고 특공대를 집어넣어 사람을 죽이고 있습니다. 농민들의 쌀을 빼앗는 지주 중에는 의사, 변호사, 심지어 국회의원도 있습니다. 그리고 그들은 4년이 지나면 다시 의원이 되어 우리나라 최고의 권위를 행사하며 살다가 자식들에게 대물림합니다. 교육감이 된 자는 수억 원의 돈을 받아 선거를 치렀답니다. 이게 지금 사회를 움직이고 있는 오피니언 리더들의 추악한 모습이지요.

이들이 변하지 않고, 혹은 바뀌지 않으면 더더욱 희망은 사라질 겁니다. 가지고 있는 것들을 나누려 하지 않는 자들은 정치든 경제든 교육이든 그 자리에 앉아 있는 것만으로도 역사의 죄악입니다. 세대가 지나 아이들이 죗값을 치를 것이고 우리나라는 허약하고 온통 '경쟁'의 망령과 '힘'만을 좇는, 문화는 실종된 나라가 되어갈지도 모릅니다. 그렇다면 그때 음악은, 시는, 과학은 무슨 소용이 있을까요. 제가 당장 할 수 있는 것이라고는 모자라는 재주로 이런 사회에서 지친 사람들을 위로하는 것밖에 없지요. 12년간 공학자로 살아왔지만, 공학이니 과학이니 하는 것들은 사람들을 감동시키지도, 위로하지도 못한다는 것을 깨달았고 그래서 남은 하나, 음악으로 돌아왔습니다. 유럽의 생활에서 비판적으로 그러나 깊게 깨달은 것은 '지금'의 중요성입니다. 왜, 영어로도 현재를 'present'라고 하지 않습니까. 지금 주어진 선물. 이 순간순간의 기쁨, 행복, 즐거움을 왜 우리나라 사람들은 놓치며 살아갈 수밖에 없는가. 앞만 보고 인내하고 달려가라는 프로그래밍만 되어 있지, 왜 지금은 불행하다고 느끼는 것일까. 사람들을 온통 지배하고 있는 경쟁과 천박한 자본주의가 극복되지 않는다면, 저를 포함한 많은 사람들은 이렇게 살아갈 수밖에 없을 겁니다. 우리 민족의 DNA가 그렇게 인코딩되어 있지는 않음에도 불구하고요.

오랜만에 고국에 돌아와서, 우울한 얘기들만 쏟아놓아 죄송합니다. 아직 피부로 온전히 와 닿지는 않지만, 지금 대한민국은 여러 가지로 어려워 보입니다. 하지만 희망을 놓아서는 안 되

겠지요. 제 위치에서 '재미있게' 그리고 당당하게 살아가겠다는
다짐을 이 아침에 문득 해봅니다. 🖋

한국에서 윤석 올림

윤석군에게

이제쯤은 영구 귀국의 긴장감도 잘 풀어졌는지요? 이제 서울은 천천히 봄기운이 돌기 시작한다던데 스위스보다는 흐린 날이 적지 않나요?

선샤인 스테이트sunshine state라는 별명을 가진 이곳 플로리다로 이사 오기 전까지는 서울만 가면 청명한 날이 더 많아 좋았던 기억이 있지요. 봄과 가을에만 가서 그런지는 몰라도요. 며칠 윤석군의 두번째 CD를 들으면서 나도 젊어지는 것인지 〈오, 사랑〉과 〈할머니의 마음은 바다처럼 넓어라〉가 특히 가사와 곡이 찰떡궁합처럼 혼연일체가 되어 너무 좋게 들리네요. 전에는 잘 들리지 않던 말이 들리는 것도 같고요. 모든 예술이 다 그렇겠지만 마음을 열고 받아들이려는 의도가 중요한 것이 아닐까 합니다.

　나는 처음에는 윤석군의 노래가 잘 들리지 않았지요. 너무 생소하고 단조롭게만 들렸지요. 그러다가 가사도 다시 읽어보면서 '아, 이런 것이구나' 하고 고개를 끄덕이며 천천히 즐기게 되었지요. 나는 어릴 때부터 음악을 좋아하긴 했어요. 어머니께서 무용을 한 분이라 태교를 하신다며 고전음악을 많이 들으셨다고 하고, 중·고등학교 때는 바흐, 베토벤, 모차르트나 표제음악을 많이 들었고 내가 문단 추천을 받은 1950년대 말에는 드뷔시에 몰두하다가 고국을 떠나던 1960년대 초에는 쇤베르크의 12음계니 하며 아는 척을 하기도 했지만, 외국 의사 노릇을 하면서부터는 갑자기 한국의 뽕짝 유행가만 듣게 되더군요. 음악이라기보다는 향수 달래기의 수단이었던 거지요. 아마 그 1970년대쯤 오하이오에 살 때 노래 잘하는 한국 가수가 온다고 해서 처음 노래를 들어본 사람이 나중에 알고 보니 조영남이라는 젊은이였어요. 노래를 하도 잘 불러서 자연히 더 알게 되었고 그분도 내 시를 좋아해 자주 만나게 되었지요. 무슨 사연이 있는지 그분도 미국을 떠돌아다닌 편인데 배우인 그 부인과 함께 술도 마시고 노래도 하고 시 이야기도 많이 했었지요. 미국에 살 때 그분이 아마도 제일 자주 연락했던 사람 중 하나가 나였을 거예요.

　고전음악회에도 사실 많이 다녔어요. 여기서 일일이 열거하기는 그렇지만 많은 심포니 오케스트라나 내가 놓치고 싶지 않았던 유럽 독주자의 연주에는 나로서는 좀 벅찬 입장료를 지불했고, 뉴욕이나 또다른 도시에 비행기를 타고 가거나 몇 시간씩 자동차를 타고 가기도 했지요. 그리고 언젠가 이야기했던 것같이 지난 10여 년은 국악에 많이 취해 있었던 편입니다. 집사람은 개량 가야금이 아니고 12줄 가야금에 거의 7, 8년째 열중해 있고 우리는 함께 국악 연주회에 자주 갑니다. 전에는 꿈도 꾸지 않았던 일이지요. 아마 이것도 그 밑동은 내 향수병이 원인이 아닐까 합니다.

언젠가 윤석군이 음악 때문에 따로 공부는 안 하겠다고 말한 것이 기억납니다. 나도 그 말의 근거를 이해합니다. 왜냐하면 나도 시 쓰는 공부를 따로 안 해야 되겠다는 생각을 오래 해오고 있으니까요. 요즈음의 좋다는 시를 보면 좀 껄끄러운 공부의 흔적이 많이 보이곤 하지요. 공연히 시의 모양새를 위해 단어를 못 알아듣게 뒤틀어버리기도 하고 어려운 퍼즐을 만들기도 하지요. 상징과 알레고리를 곳곳에 지뢰같이 묻어놓고 의미가 깊은 시라는 말을 듣고 싶어합니다. 나는 바로 이런 미련하고 바보스럽게 만들어지는 시를 태생적으로 싫어합니다. 그나마 내 시의 생애가 천천히 막을 내려가니 다행이지, 내가 젊은 나이였다면 그 수많은 공부한 시인들과 싸우느라 얼마나 힘이 들까 생각하니 끔찍합니다. 우리가 예술가로 성숙해간다는 것은 우리의 의식이 자유로워진다는 말과 같다고 생각합니다. 예술가로서 나이를 먹는다는 것도 온전한 자유를 알아가는 과정과 다름없을 것입니다. 그 자유 사고에서만 우리는 예술의 진정한 힘을 보고 느끼고 또 즐기는 것이라 믿습니다. 아기자기한 퍼즐도 상징도 자유혼의 오체투지가 없이는 우리를 흔들고 신음하게 하는 살아 있는 예술이 될 수 없다고 나는 믿고 삽니다.

　고국의 나날을 많이 즐기기 바랍니다. 나는 3월 말에 귀국 예정입니다. 벌써부터 기분이 설렙니다. 또 연락하지요.

마종기

마종기 선생님께

2009 02 22 – 일 14 : 54

한국에 들어온 지 이제 3주째 접어들어갑니다. 그동안 공연 준비에 일주일, 그리고 휴식 겸 친구들도 만나고 집도 알아보느라 또 일주일이 지나버렸습니다. 한국은 봄 날씨처럼 따뜻하다가요 며칠은 많이 추워졌습니다. 그래서 어떤 날엔 거의 봄처럼 옷을 입고 외출을 해도 되는데, 또 어제 같은 날에는 겨울옷을 껴입고 나가야 하는 날씨이지요.

제 노래가 좋아지셨다고 하니 기분이 너무나 좋습니다. 선생님 말씀대로, 제 앨범이 참 단조롭지요. 요즈음 다음 앨범을 구상하면서 그 '단조로움'에 대한 생각을 많이 한답니다. 단조롭지만 단조롭지 않게, 다르지만 같게, 변하지 않았지만 변한 그런 앨범을 낼 수 있을까. 그렇다면 그 속에서 이번에 나는 무슨 이야기를 해야 할 것이며, 그 이야기를 둘러싸고 있는 전달체로서의 음악은 어떤 형태가 되어야 할까. 이런 고민 속에 살고 있습니다.

공부에 대한 말씀을 하셨지만, 저도 음악 공부를 제대로 해본 적도 배워본 적도 없습니다. 음악인들이 가장 많이 이야기하는 것 중 하나는 '우리 음악은 무슨 장르를 지향합니다' 아니면 '이 곡은 어떤 밴드의 어떤 곡처럼 해주세요' 이런 유의 이야기이지요. 드럼의 톤, 기타 톤, 사운드 메이킹의 표본이 영·미·일 음악에 있고, 그 음악을 들으면서 참고를 많이 하지요. 저는 이런 접근 방법을 극도로 싫어하는 편인데, 제 주변의 거의 모든 뮤지션들의 녹음과 작업에의 접근 방법이기도 해서 씁쓸할 때가 있지요. 물론 엔지니어나 다른 멤버 혹은 세션 들과의 가장 효율적인 대화 수단이 자기가 원하는 소리와 근접한 다른 뮤지션의 곡을 전해주는 것이기는 하지만, 굉장히 위험할 수 있지요. 저는 영향을 주는 것과 내가 생산해내는 것의 표면적 간극은 크면 클수록 더 큰 울림이 있지 않을까, 그것이 가능할 것이라는 생각을 하곤 합니다.

예를 들면 거리의 삼바^{samba enredo, 삼바 음악 장르 중 하나. 삼바 축제 때}

타악기 위주로 연주한다의 어떤 포인트에서 제 마음이 공진共振한 후, 그것이 오롯한 저만의 노래로 다시 만들어질 수 있는가. 마티스의 그림이 삼바가 될 수 있을 것이다. 비틀스의 음악이 시가 될 수 있을 것이다…… 이런 생각들이지요. 비틀스의 음악이 루시드폴의 음악이 되는 건 큰 의미가 없다는 이야기이기도 하지요. 왜냐하면 비틀스를 들으면 될 테니까요.

요즈음 며칠 집을 구하러 다니고 있습니다. 강남은 싫고, 강북 쪽 오래된 동네를 뒤지고 있습니다. 선생님께서 사셨던 곳이 명륜동이었다는 이야기를 글에서 많이 보았습니다. 서울에 저도 꽤 오래 살았지만 집을 구하는 중에 보지 못했던 것들을 너무나 많이 보고 있답니다. 광화문 쪽으로 조금만 나와도 정부종합청사 뒤편부터 경희궁 근처까지 수십 층 오피스텔 단지가 되어버렸습니다. 닭장처럼 촘촘히 박힌 창문이며 군데군데 생긴 음식점들. 그리고 조금 흔적처럼 남은 옛집들이 뒤얽혀 묘한 동네가 되어버렸더군요. 재개발이란 이런 거겠지요.

제가 부친 짐은 3월 중순경 도착할 것이고, 그때까지 집도 구하고, 부산도 내려갔다가 올라오기도 하면서 시간을 보낼 예정입니다. 그러고 보니 선생님께서 오실 날도 한 달가량밖에 남지 않았습니다. 몇 주 살아보니 선생님께서 왜 제 귀국을 그렇게

'축하'하셨던 건지 잘 알 것 같습니다. 건강하시고, 또 편지 드리
겠습니다.

윤석 올림

윤석군에게

2009 02 26 - 목 04 : 38

집을 구하러 다닌다는 말 끝에 정부청사에서 경희궁터 사이가
오피스텔로 빼곡하다는 말이 눈에 뜨입니다. 내가 바로 거기에
서 매해 몇 달을 지내고 있거든요. 은퇴하고 4, 5개월씩 지내던
2000년대 초에는 강남에서 지냈지요. 한데 영 외국 같기만 하고
시끄럽고 우선 길을 찾지 못했는데, 마침 평론가 친구인 김치수
교수가 알선해주어 광화문, 세종문화회관 뒷동네에 있게 되었
지요. 얼마나 좋은지요. 조용하고 음식 걱정할 필요 없이 식당
들이 많고, 운치 있고, 맛있는 커피집도 있고, 거기다가 내가 강
의 나가는 세브란스 병원도 가까워서 안성맞춤이지요. 나는 할
수 없이 강북이 좋네요. 무엇보다 동서남북 지리를 많이 아니까

요. 내가 다닌 중·고등학교도 바로 거기였고 대학은 졸업 직전
까지 서울역 근처였지요.

며칠 전, 내가 좋아하는 서울의 엄정식 철학 교수가 메일을
보내왔습니다. 김수환 추기경님의 안타까운 선종에 대해 이런
말을 했어요. '상처받은 조개가 진주를 품듯, 수난과 질곡의 우
리 현대사가 마침내 한 사람의 의인을 가지게 되었습니다.' 나도
그렇게 생각했습니다, 물론 '의인'의 의미는 서로 좀 다를지 모
르지만요. 그분은 쇠파이프를 잡거나 구호를 외치며 거리에 나
서지는 않았지만, 힘든 세월 동안 꼿꼿이 변하지 않고 '의'의 자
리에 중심을 두고 한눈팔지 않는, 그래서 그냥 거기에 있는 것만
으로 버림받은 자에게 힘이 되는 그런 버팀목의 역할을 하셨다
고 생각합니다. 내가 가톨릭이어서인지, 아니면 멀리에 살아서
인지 서울의 한 일간신문이 집요하게 내게 추모시를 쓰라고 독
촉을 했지요. 한데 나는 그 부탁을 거절했어요. 그 이유는 물론
내가 실력이 없어서이기 때문이기도 하지만 무엇보다 내가 자격
이 없다는 자격지심 때문이었지요. 물론 내가 고국에 있던 1960
년대 초에는 옳지 못한 권위주의에 대항하다가 쇠고랑도 차고
포승에도 묶이고 두들겨 맞기도 했지만 중앙정보부의 지시가 징
역 2년형이라는 귀띔을 받고 아무 소리 안 하고 외국에 나가 살

겠다고 약속을 했고 그리고 그것을 수십 년 지켰어요. 그러니 내가 민주화라는 말 앞에 무슨 자격이 있겠어요. 추기경님은 당신을 스스로 '바보'라 칭하시고 '고맙습니다, 서로 사랑하세요'라는 말을 남기고 돌아가셨지요. 그런 '바보' 앞에서 내가 감히 무슨 말을 할 수 있겠어요.

내가 가장 좋아하는 말 중에, 인조 때의 홍만종이란 분의 글이 있습니다. '춥지 않을 정도로 따뜻하게 하며 시장치 않을 만큼 배를 채운다. 욕되지 않은 것을 영광으로 이해하고 화가 없는 것을 복으로 삼는다'는 말입니다. 윤석군이 자신의 음악에 대해 늘 고민하고 있는 것은 참으로 이런 시대에 고마운 일이고 존경할 만한 일입니다. 뮤지션이니 인기를 무시할 수 없고 그렇다고 인기에만 목숨을 걸어서는 안 되기에 그런 고민을 하는 것이겠지요. 나는 잘은 모르지만 요즈음 인기 최절정이라는 노래를 들으면 계속 외마디 가사를 반복하는 단세포적 박자를 자주 듣게 됩니다. 이게 노래인지 무슨 주술인지 아니면 최면술을 걸자는 것인지 어이가 없을 지경입니다. 노래 가사에 웬 영어는 또 그리 많은지요. 영어 못하고 죽은 조상이 유독 그런 젊은 가수에게 많은 것도 아닐 텐데…… 그런 외마디 영어를 부끄럽지 않게 외치는 가수들의 아이큐가 의심될 정도입니다. 하기야 말끝마다 피의 순결을 부르짖고 백의 민족이 어쩌고 하며 민족을 팔고 있는

족속도 따지고 보면 단세포적 의식의 동물이지요. 아리안족의 피의 순결을 부르짖던 히틀러는 나쁘고, 배타적인 한민족을 외치는 자기들은 괜찮은 것인지. 남이 하면 불륜이고 자기가 하면 로맨스라는 투지요.

자신의 음악에 계속 의문점을 던지는 윤석군에게 격려를 보냅니다. 나 역시 자주 내가 가고 있는 문학의 목표점은 어디인지 가끔 의심을 합니다. 그런 것이 내 문학의 반성의 한 표출이라고 나는 믿고 있습니다. 🖋

플로리다에서 마종기

마종기 선생님께

이곳 부산은 완연한 봄입니다. 저녁을 먹으면서 얼마 전 동네에
서 본 꽃 이름을 어머니께 여쭈어보았습니다. 어머니는 매화가
아니겠느냐고 말씀하셨습니다. 얼마 전에는 경복궁을 친구와
산책을 하다가 혹시 매화를 본 적이 있느냐고 물어보았지요. 저
는 매화를 들은 적은 많지만 실제로 본 적은 없다고 생각했는데,
옆집 뜰에 핀 꽃이 매화였던 모양입니다. 이렇게 지금 부산에는
아담한 크기의 매화나무에 꽃이 피고 있습니다. 어제는 제 생일
이었고, 그 전날 친구들과 경주 여행을 다녀왔지요.

훈훈하다못해 덥기까지 한 날씨였는데 안압지에는 벌써 진달
래까지 피어 있더군요. 제가 대학교를 다니던 관악산에도 이맘

303

때면 진달래가 어김없이 피기 시작했는데, 진달래를 보면서 친구들과 철쭉하고 무엇이 다른지 한참 이야기하곤 했었지요. 저에게 진달래는 '흐드러지게' 피는 꽃으로 기억되네요. 철쭉은 단정하고 곱고 깨끗하게 피지만, 진달래는 조금은 투박하고 거칠고 말 그대로 '흐드러지게' 핍니다. 마치 한국화의, 붓으로 툭툭 찍어놓은 듯한 느낌이랄까요. 철쭉은 서양 유화 붓으로 오밀조밀하게 그려놓은 것 같고요.

오랜만의 편지에 꽃 이야기만 잔뜩 썼군요. 한국에 들어온 지 벌써 한 달이 넘어갑니다. 그사이 집도 구했고, 거의 10여 년 만에 처음으로 제사도 모시고, 식구들과 고향에서 생일도 맞았습니다. 저의 아버지께서 2대 독자이신 탓에 제가 없을 때에 제사는 부모님이 쓸쓸하게 모셨지요. 벌써 10여 년이 되지 않았나 싶은데, 이번에 정말 오랜만에 할머니 제사를 같이 모셨습니다. 친구들도 만나고, 스위스에서 간간이 들려오는 소식도 들으며 지내고 있습니다. 이제 4월 초가 되면 새로 구한 집으로 이사를 합니다. 오늘 짐이 스위스에서 도착했다는 연락을 받았습니다. 배로 부친 지 두 달여 만이지요. 짐을 옮기고, 새로 들어갈 집 단장도 하고, 필요한 것들도 사다보면 어느새 3월도 다 가겠네요. 이사를 하면 새 음반 작업도 시작할 생각입니다. 그전에 선생님을 뵐 수 있겠네요. 부산의 집에 와서 컴퓨터를 보다가 부모님께서 스크랩해놓은 선생님 기사가 눈에 띄었습니다. '디아스포라의 시인으로 살겠다'는 제목의 기사입니다. 문득문득 다시 선생님의 시를 보면서, 저는 얼마나 더 갈고닦아야 좋은 가사를 쓸 수 있을까 부끄럽기만 합니다. 그렇게 창피한 나머지 선생님께 제 가사집도 보내드리지 못하겠네요.

　한국으로 돌아오시면 선생님이 좋아하시는 동네에 가서 차 한잔할 수 있으면 좋겠습니다. 돌아오실 때까지 건강하시고, 더 완연한 봄에 뵙게 되기를 기다리겠습니다. 🖋

　　　　　　　　　　　　　　　　부산에서 윤석 드림

윤석군에게

2009 | 03 | 21 | – | 토 | 08 : 19

새집은 어디에 구했는지요. 전번에 말한 가회동 근처인가요? 나
도 지난 몇 해 그곳에 몇 번 갔었지요. 아름다운 한옥들이 즐비
한 골목도 있고 어느 곳에서는 스님과도 만났습니다. 또 그 근처
어디서는 내가 좋아하는 김광규 시인과 내 영시집을 번역하신
안선재 교수와 전통 한국 차를 함께 마시기도 했지요.

지난 며칠은 밀린 시를 귀국 전에 써 보내려고 안간힘을 쓰다
가 WBC 한국 야구 경기를 보느라 매일 밤 열한시에 시작해 새
벽 세시까지 텔레비전에서 눈을 떼지 못하고 있었지요. 그 판에
다섯 편의 청탁 시를 다 쓰지도 못하고 귀국을 하게 될 것 같네

요. 그 이야기를 내 친구 평론가 김치수에게 호소도 할 겸 메일로 했더니 '시인도 야구를 보는구나' 하며 자못 감탄하는 답장을 받았지요. 그러고 보니 몇 해 전 월드컵 축구 중계를 보느라 밤잠을 설쳐서 병원 일을 허우적거렸던 생각이 나네요. 나와 내 아이들은 운동을 좋아하고 흥미진진한 경기를 보는 것도 좋아하지요. 한데 문학이나 예술은 다르네요. 세 아들이 다 학교 공부는 잘했는데 문학이나 예술 계통에 흥미를 보이는 아이는 하나도 없어요. 학교 때는 물론이고 지금까지도 마찬가지입니다. 처음 고국에서 영시집을 내자는 제의에 내가 적극적으로 찬성한 것도 사실은 내 아이들이 조금이라도 아비의 흔적을 느껴주었으면 하는 욕심 때문이었어요. 한글을 아는 수준이 초등학교 1학년 정도여서 그랬던 것인데, 영어로 출판된 번역 시집을 보여주었지만 반응이 초라했습니다. '반갑네요. 잘 읽겠습니다'라고 대답은 시원했는데 어느 시가 마음에 드느냐는 질문에 정확히 꼬집어 대답하는 아이는 없었답니다. 내 며느리들에게 물어도 대답은 마찬가지예요. 아무도 별 관심을 가지지 않고 있지요.

물론 이런 것은 미국의 교육이 문제기는 해요. 중·고등학교, 대학을 두루 털어도 문과 전공이 아닌 학생은 현대 시라는 것을 접할 기회가 전혀 없고 학교에서 가르치지도 않으니까요. 같은 맥락에서 내가 2002년, 내 모교 의과대학의 본과 2년생들에

게 '문학과 의학' 과목을 강의했을 때, 장난삼아 내 시를 혹 읽어
본 학생이 있느냐고 물은 적이 있습니다. 그랬더니 대부분의 학
생이 손을 들어서, 혹시 시 제목을 기억하느냐고 묻자 여기저기
서 내가 쓴 시들의 제목이 튀어나왔어요. 통째로 외우는 학생까
지 있어 정말 내가 놀랐지요. 내가 의과대학에 다니던 시절, 동
기생 중에서 생존 시인의 이름을 기억하는 학생은 거의 없었고
시간이 나면 싼 막걸리나 마시고 취하는 것이 낭만의 전부였거
든요. 하도 신기해서 다른 대학에서 특강을 할 때도 물어보았더
니 대부분의 의대생들이 내 시를 알고 있었습니다. 이유를 캐물
어보니 약간은 실망스럽지만 대학입시 논술시험이 원인이더군
요. 입시 준비를 하는 중에 내 시를 읽게 된 것 같았습니다. 그런
이야기를 이곳 미국 대학생들에게 해주니 상당히 신기하게 받아
들이더라고요. 그것이 꼭 좋다는 뜻은 아니지만 조금은 존경하
는 듯한 표정으로요.

　많은 사람들이 잘 모르기는 하지만 몇 해 전에 나와 몇몇 교수
들이 출판사인 문학과지성사를 통해『문학과 의학』이라는 책을
출간했지요. 그 책은 모교 의대에서는 텍스트로 쓰고 여러 타 의
대에서도 참고서적으로 쓰이는데 모아놓은 여러 글 중에 가장
오래된 글은 내가 1961년, 대학교 신문에 발표한 글입니다. 의
대 본과 2학년이 되자마자 썼던 글로 의사이면서 문학자였던 사

람들을 모은 글이지요. 시인이며 비뇨기과 의사인 독일의 고트
프리트 벤, 소아과 의사이자 시인이었던 미국의 윌리엄 윌리엄
스, 러시아의 극작가 안톤 체호프, 영국 시인 존 키츠, 독일 소
설가 한스 카로사 등 수십 명의 의사 문인을 열거하면서 썼는데,
편집자분들은 역사적 기록물이라고 농담을 하곤 합니다. 사실
나에게는 학생 시절, 의사가 된 뒤에도 글을 쓸 수 있을까, 그런
사람 중에서 괜찮은 글쟁이도 있을까 하는 의구심 때문에 사전
을 뒤지고 땀 흘려가며 이름을 추려냈던 슬프고 불안에 찬 시절
의 산물이지요.

　며칠 있으면 나는 시카고에 가서 어머니를 뵙고 며칠 지내다
서울 가는 국적기를 타고 귀국합니다. 서울에서 반갑게 함께 만
나 즐거운 이야기 함께 나누게 되기를 바랍니다.

마종기

마종기 선생님께

2009 03 27 - 금 00:05

지금 선생님은 시카고로 가셨을까요.

저는 내일 새로 이사할 집을 칠하기 위해 페인트와 커튼을 사러 가볼까 합니다. 서울은 꽃샘추위가 한창입니다. 어젯밤에는 늦가을 날씨처럼 바람이 쌀쌀하게 불고 추웠습니다. 오늘은 조금 풀리기는 했지만 그래도 여전히 쌀쌀한 밤입니다. 제가 새로 구한 집은 아주 작은 10평 남짓한 주택입니다. 작지만 나름대로 옥상도 있고, 2층에는 침실로 쓰기 좋은 방도 있어서 창밖으로 바라보면 아름다운 한옥의 지붕과 오래된 골목길이 한눈에 들어오지요.

며칠만 있으면 선생님께서도 한국으로 들어오시겠군요. 언젠
가 선생님께서 쓰신 글이었나요. 미국에서는 이제 시를 많이 읽
지 않는다고 하셨는데, 그 원인 중 하나가 현대 미국 시인들의
과도하게 전위적인 시작법 때문이라고 하셨던 기억이 납니다.
그래서 항상 선생님의 시에 나오는 그 '쉽고 좋은' 시에 대한 생
각, '쉽고 좋은' 음악에 대한 생각을 많이 한답니다. 지난 편지에
썼듯이 그 '쉬운' 시라는 것, '쉬운' 음악이라는 것, 그게 참 어렵
지요. 작자와 독자(청자)가 더 '쉽게' 만나면서도 감동을 교감할
수 있다는 것. 멋진 일인 만큼 어려운 일이 아닐까 합니다.

　선생님 말씀처럼 저도 6년여를 외국 실험실에서 일하면서 수
많은 동료들에게 많은 아쉬움을 느꼈는데, 그중 하나가 음악인
으로서 저에게 충족되지 못했던 어떤 '교류'의 한계가 아니었나
싶습니다.

　다들 '본 것'에 대한 이야기는 많이 하지만 느낀 것에 대한 이
야기는 많이 하지 않지요. 어떤 영화를 주말에 봤고, 여기저기
를 다녀왔고, "어땠어?" "좋았어" 정도의 대화가 주를 이루었지
요. '왜' 좋았는지, 어떤 것이 마음에 남았고, 어떤 생각, 어떤 감
흥을 받았는지에 대한 깊은 대화가 늘 아쉬웠어요. '좋았다'는
단어는 영어로 수없이 다른 표현이 가능하겠지만, 그 감흥의 원
인이 생략된 'great' 'cool'은 참 건조하게만 느껴지지요. 그리고

그다음의 대화가 쉽게 이어지지 않았어요.

처음 유럽으로 유학을 가게 되었을 때, 제가 사랑하는 수많은 유럽 음악들을 접하고, 이야기하고, 교감할 수 있을 거라고 기대를 했어요. 실제로 다양한 국적의 이들과 만나서 얘기를 하게 되었습니다. 하지만 이탈리아, 프랑스, 네덜란드, 스웨덴, 일본 친구 들을 만나도 이따금씩 저만 흥분해서 그들의 뮤지션과 음악에 대한 이야기를 할 뿐, 막상 그 친구들에게서 더 다양하고 깊은 그들의 음악 이야기를 들을 기회가 의외로 많지 않았답니다.

여전히 의문입니다. 제가 속해 있던 그룹이 정말 음악과 거리가 있고 흔히 생각하는 '지적'인 영역에 속하는 곳이었기에 그런 단절감을 느꼈던 걸까요. 그런 자문에 대한 속 시원한 답을 아직 찾지 못했지요.

올해 봄을 고국에서 맞을 수 있어서 한량없이 기쁘고 또 기쁩니다. 선생님이 오실 무렵엔 벚꽃은 더 만개해 있을 테고, 날씨는 더 풀려서 완연한 봄이겠지요. 매년 맞는 봄이지만 저에게는 너무나 특별한 봄입니다. 시카고를 거쳐 이곳 서울까지 건강하게, 무사히 즐겁게 돌아오시길 기원합니다. 몇 주만 있으면 서울에서 처음으로 선생님을 마주하게 되겠지요. 봄바람 부는 서울 한복판에서 선생님을 뵙겠습니다.

서울에서 윤석 올림

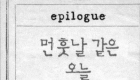

epilogue

먼 훗날 같은
오늘

2009.04.13

물방울인 내가 강물인 너와 대화를 나누기를,
순간인 내가 연속적 시간인 너와 대화를 나누기를,
그리고 으레 그러하듯 진술한 대화가
신들이 사랑하는 의식과 어둠,
또한 시의 고상함에 호소하기를

_보르헤스,「송가 1960」

마종기_ 3집에 있는 〈국경의 밤〉 잘 들었어요. 처음에 조윤석, 그러니까 루시드폴의 음악을 들을 때 오해를 한 것이 있었어요. 노래를 전체적으로 들으면서 가사와 음악을 함께 음미하지 않고 계속 멜로디만 찾았거든요. 왜냐하면 나는 고전음악 듣기에 익숙한 사람이고, 대부분의 고전음악은 목소리가 전혀 나오지 않고 가사도 없으니 아무래도 멜로디부터 찾게 되지요. 내가 듣던 가요들도 멜로디 부분부터 귀에 탁 걸리는 옛 노래들이니까요. 그런데 아마 바로 거기에서부터 나의 접근 방법이 틀렸던 것 같아요. 편지가 오고가며 윤석군에 대해 조금씩 알게 된 후, 그 방식을 버리고 가사와 노래, 사람을 한꺼번에 떠올리며 귀를 기울이니 그제야 노래가 들리더라고요. 음악을 듣는 데는 어느 정도 훈련된 귀가 필요한 것인지도 모르지요.

루시드폴_ 감사합니다. 음악도 그렇고 음식도 그렇고 익숙해지는데 시간이 필요하다는 생각이 듭니다. 음식도 처음에는 별 감흥이 없는데 먹다보면 그 진맛을 느끼게 되는 경우가 있지요. 얼마 전에 평양냉면으로 유명한 음식점에 갔는데, 처음에 별맛을 못 느끼겠더군요. 그런데 몇 차례 먹다보니 점점 맛있게 느껴졌지요. 시도 그렇지 않을까요. 물론 아무리 노력해도 끝까지 좋아지지 않는 것이 있겠지요. 저에게는 재즈가 그랬어요. 저는 재즈를 잘 모르겠어요. 그렇게 싫지는 않은데 찾아서 듣게 되지도 않고, 그 음악이 제게 감흥을 주지는 못했지요. 저에게 재즈는 너무 어려우니까요.

마종기_ 그런데 브라질의 삼바 음악을 그토록 좋아하는 이유가 따로 있나요? 나는 삼바를 잘 모르겠거든요.

루시드폴_ 삼바에도 종류가 참 많지요. 스펙트럼이 무척 다양합니다. 삼바라는 이름 아래 상상을 초월할 만큼 다양한 음악이 있어요. 제가 삼바를 좋아하는 가장 큰 이유는 섬세함 때문입니다. 단조와 장조가 계속 섞이기도 하고, 텐션이라고 하는 확장코드의 다채로움이 미묘하면서도 여성적이고 부드러운 느낌을 주지요. 주변의 쿠바 음악이나 아르헨티나 음악이 남성적이고 직선적인 것과는 대조적이에요. 따뜻하고, 유연하고, 패배주의적인 슬픔이 아니라 승화된 슬픔이 녹아 있지요. 노스탤지어, 그리움과 같은 정서랄까요? 굳이 거꾸로 더듬어 올라가자면 이런 이유 때문이겠지만, 생각해보면 '그냥 좋아서'이기 때문이지요. 자꾸 마음이 가는 걸 보면요.

루시드폴_ 공부를 마치고 돌아올 무렵, 이름 뒤에 시인이라는 호칭이 붙는 것이 참 부러웠습니다. 죽기 전에 시인이라는 호칭을 달고 죽으면 참 영예롭겠구나…… 그다지 멋있지 않은 조윤석 '박사'보다, 조윤석 '시인'이라고 불리고 죽는다면 얼마나 좋을까라는 생각을 했어요.

마종기_ 좋은 생각이네요. 기왕에 '음유시인'이라는 소리를 들으니 시인이라는 말을 듣는 것도 좋을 것 같군요. 내가 얘기했던가요. 내 친구 중 한 사람도 시인이 되려고 엄청 고생했어요. 문학을 배우려고 문과대학에 들어가기도 했는데 결국 시인이 되지는 못했어요. 그러다 내가 시인이라는 칭호를 얻고 6년 뒤, 미국으로 가게 되어서 사이가 소원해졌는데, 어느 날 보니 그 친구는 유행가 가사를 쓰는 작사가가 되어 있더군요. 또 막역한 친구인 황동규 시인은 중학교 시절부터 문학에 목숨을 걸겠다고 결의를 보이는 등 심각했지요. 문학에 투신할 수 있다면 어떤 고통도 감수하겠다고 말할 정도였어요. 그 말에 깜짝 놀라면서 '나도 저런 태도로 문학을 할 수 있을까' 생각했던 적이 있어요. 하지만 나는, 조금 드라마틱하게 말하자면 전쟁통에 배고픔을 잊어버리려고 바닷가에서 혼자 동시를 썼을 뿐이지요. 그게 시작이었어요.

내가 문과를 가지 않은 데에는 아버지 주위의 문인 선생님들의 영향이 컸어요. 어머니가 교수까지 하셨는데 먹고살기가 여의치 않았다는 점, 물론 그때는 모두가 가난해서 그럴 수밖에 없었지만 우리 집에 찾아오는 문인들은 '세상이 나를 몰라준다'라고 푸념을 많이 하셨지요. 어린 마음에도 자의식에 너무 빠져 있는 모습이 마음에 들지 않았던 것 같아요. 그래서 문과하고 가장 먼 곳이 어디인가 했더니 의과더군요. 지금까지 문학이 나를 외국생활로부터 구원한 것은 틀림없는 사실이지만 돌아보면 나는 선택을 잘한 것 같아요. 어쨌거나 일단은 많은 시를 읽어보세요. 아직 어떤 경향의 시가 자신에게 맞을지 모를 테니까요. 내가 열 명 남짓의 시인을 추천해드리지요.

루시드폴_ 부끄럽지만 저도 고등학교 때 시를 써보려고 했던 적이 있어요. 그런데 생각과는 너무 다른 거죠. 물론 시인으로서 각고의 노력이 있겠지만, 선택받은 사람들이 가질 수 있는 이름이 아닌가 라는 생각이 들어요. 등단을 한다는 것은 일종의 관문을 통과하는 것이니까요. 제가 시인이 될 수 있을지는 모르겠고 끝내 될 수 없을 지도 모르지만, 시인에 대한 꿈은 늘 가지고 있어요. 그런데 문단에 도 파벌주의나 아카데미즘이랄까, 관행적인 방식으로 등장하지 않 거나, 소위 주류에서 비켜나 있는 사람을 인정하지 않는 분위기가 있나요?

마종기_ 물론 시단에도 있지요. 그러나 시단에는 여러 갈래가 있기 때문에 어떤 면에서는 괜찮아요. 다양한 그룹들이 있지만 마음에 담을 필요는 없을 것 같네요. 그걸 문제로 인식하지 않고 자유롭게 쓰고 활동하면 되지요. 문단에서 시인이 된다는 것과 오직 문단에서 권위 있는 상을 받으려고만 하는 것은 의미가 다를 것 같아요. 자기가 많이 안다는 것을 과시하는 듯한 시는 좋은 시가 아니에요. 밀가루 반죽하듯이 단어의 조합에만 연연할 것이 아니라 온 마음을 다해서 시를 써야겠지요. 어쩌면 문학을 체계적으로 공부한 사람은 자기가 배운 테두리를 벗어나는 게 더 힘이 들지도 몰라요. 울타리가 쳐진, 이미 많은 시인들이 거쳐 간 땅 위에 또다른 의미에서 '최초의' 정점을 찾는다고 생각해보세요. 오히려 문학을 체계적으로 공부하지 않은 사람이 문학을 하기에 더 자유로울 수 있어요. 예술을 한다는 건 결국 자신이 자유로워지기 위해서 애쓰는 과정이라고 생각하거든요.

예술을 하는 젊은이들에게 하고 싶은 말이 있어요. 장르를 불문하

고 예술가로서, 그리고 예술 작품의 수용자로서 마음을 열고 자유
롭게 소통하라는 것입니다.

서양에서는 모든 예술과 학문에 대하여 체계적으로 계승, 전승이
되어서 지금과 같은 성과를 이루어냈다고 봅니다. 가령 플라톤과
소크라테스의 관계를 보세요. 소크라테스는 단 한 권의 책도 남기
지 않고 죽었지요. 플라톤은 그의 제자였는데, 플라톤이 쓴 『소크
라테스의 변명』이라는 책을 보면 자신의 스승인 소크라테스가 결국
은 처형을 당했지만 얼마나 훌륭한 사람인가를 논리적이고 합리적
으로 설명합니다. 그렇게 소크라테스의 사상은 플라톤을 통해 발전
하고 세상에 퍼지게 된 것이지요. 또 플라톤의 제자인 아리스토텔
레스는 플라톤의 강의를 듣고 '플라톤은 위대한 스승이다. 그러나
진리는 스승보다 더 우월하다'라고 말하며 조목조목 비판을 하기도
합니다. 『시학』 같은 명작은 그렇게 탄생했지요. 이런 것이야말로
나는 진정한 비판적 계승이고, 의미 있는 전승이라고 봅니다. 비단
철학이나 예술만 그런 것은 아니지요.

『삼국지』에 나오는 화타의 이야기도 그러합니다. 전쟁에 나가 부상을 입고 뼈가 썩어가던 관운장이 수술을 받는 장면을 보면 그가 수술을 받는 내내 바둑을 둔다는 묘사가 나옵니다. 그건 틀림없이 마취제가 있었다는 이야기예요. 바로 화타가 마취제를 썼다는 것인데 아쉽게도 그에게는 제자가 하나도 없었기 때문에 결국 화타의 놀라운 의술은 후대에 전승, 계승되지 못하고 사라져버리지요. 그후 수백 년 동안 중국 의술 관련 이야기에 마취제를 썼다는 언급이 없습니다. 서양에는 그보다 훨씬 오랜 시간이 흐른 후에야 마취제가 등장했지요. 결국 마취법은 서양에서 발견되어 뒤늦게 우리가 배워야만 하는 것이 되었습니다. 예술을 하려는 사람이라면 좀더 마음을 열고 서로 비판과 칭찬을 해주면서 서로를 격려하고 고양시키는 분위기와 태도가 있었으면 좋겠다는 생각이 절실합니다. 내가 조군과의 교류를 결심하게 된 것도 무의식적으로나마 그런 데에서 기인한 바가 크지요.

음악인으로서 조군의 앞날이 궁금해집니다. 윤석군이 브라질 음악을 좋아하는 것을 보면서 '어쩌면 브라질 음악을 닮은 음악을 할 수도 있겠구나'라는 생각이 들었어요. 루시드폴이 만드는 브라질 음악이 궁금하기도 하네요. 앞으로 어떤 음악을 만들고 싶은지요?

루시드폴_ 이제 정말 고민을 해야 할 시점입니다. 스위스에서 일을 그만두고 난 후 미국을 갈 예정이었고, 브라질에 가서 음반 녹음을 할 생각이었어요. 브라질에서 곡과 가사는 직접 쓰고, 연주, 프로듀싱을 현지 음악인들에게 맡겨서, 말하자면 형식은 완전히 브라질 형식인데 제가 직접 쓴 한국적인 가사와 접목시킬 수 있다면 어떤 결과물이 나올까 궁금했었지요.

그런데 지금은 잘 모르겠어요. 아직 때가 된 것 같지도 않고, 생각이 많이 바뀌더군요. 지금 당장 가지 않더라도 언젠가는 갈 수 있을 텐데, 굳이 지금이어야 할 이유도 없는 것 같고, 오히려 이곳에서 다른 것을 해야 할 것 같기도 해요. 섣불리 떠났다가 음악인으로서의 정체성이 흔들릴 것 같아 두려움이 생기기도 하고요.

그냥 브라질 음악의 팬으로 남아 있는 것은 어떨까 싶기도 합니다. '데스 메탈'이라는, 소위 '센' 록 음악을 연주하는 분과 이야기를 나눈 적이 있는데 그분이 가장 좋아하는 뮤지션이 앙드레 가뇽이라는 피아니스트라고 해서 깜짝 놀랐던 적이 있어요. 그런데 지금 생각해보면 그러지 말라는 법이 있나 싶기도 해요. 하고 싶은 음악과 할 수 있는 음악이 다를 수 있으니까요. 뚜렷한 답은 없는 상태지만 지금으로선 브라질행은 물음표의 가능성이 높아요.

또 당분간 외국에 나가고 싶지 않아요. 선생님 앞에서 이런 말씀 드리려니까 우습기도 하지만, 한동안은 영화도 외국 영화는 보고 싶지 않은 정도지요. 여행도 외국으로는 가고 싶지 않아요. 유럽에 있으면서 미국하고는 또다른 종류의 스트레스가 심했던 것 같아요. 기본적인 모든 것, 집 밖에 나가서 부딪치는 것 자체가 엄청난 스트레스였지요. 미처 인식을 못 하다가 어느 순간에 보니 항상 긴장을 하면서 살고 있었다는 걸 깨달았어요. 지금은 익숙한 말, 냄새, 바람에 푹 빠져서 지내고 싶을 따름이에요. 여행도 국내의 못 가본 곳을 다니고 싶고요.

루시드폴_ 고국에서 맞는 봄은 늘 새로우실 텐데, 이젠 고국의 겨울도 만끽하셔야지요. 예전에 계셨던 오하이오에는 눈이 내렸나요?

마종기_ 오하이오에도 눈이 오지요. 그때는 그래도 눈 구경을 하면서 살았는데 플로리다로 가고 난 후에는 눈 구경을 도통 할 수가 없네요. 그렇지만 다른 어느 곳보다도 내 고향에 내리는 눈을 보고 싶은 것이지요. 늘 연말에 공연을 한다면서요? 겨울에 오게 된다면, 윤석군의 공연에도 꼭 가보고 싶군요.

두 사람은 거리를 걸었습니다.

그들이 나눈 숱한 삶의 이야기도

더이상 식은 찻잔 속에 고여 있지 않았습니다.

테이블에서 미끄러져 내려와 문을 열어젖히고,

담쟁이넝쿨처럼 벽을 타고 오르거나 가느다란 물결을 이루어

길 위의 틈새로 스며듭니다.

시인과 시인을 꿈꾸는 사람의 이야기는 또다른 우연과 우회를 거쳐

다시 누군가의 삶으로 흘러들어가겠지요.

한 사람의 인생을 시적詩的으로 바라보는,

눈이 밝은 이들에게 그들의 이야기는 속삭여줄 겁니다.

무심했던 나무들도 한층 자애로운 표정으로

나란히 걷는 두 사람의 발자국을 응시합니다.

하늘빛은 조금 더 파래진 것 같습니다.

연등에게 말을 거는 바람의 손길이 수줍고 산뜻합니다.

소통의 온기가 넘실대는, 어느 삶으로부터 번진,

'당신 인생의 이야기'로 가득한 세상의 풍경입니다.

며칠 후, 마종기 시인은 루시드폴이 게스트로 나선 공연에 초대를 받아 무대 위에서 노래를 부르는 '음악인 조윤석'의 모습을 보았다고 했습니다.

그리고 루시드폴은 한달음에 서점으로 달려가 마종기 시인이 권해준 책을 샀고, 자신의 홈페이지에 건강하고 젊은 시인을 만났노라고 적었습니다. 우리가 모르는 '그들만의 시간'이 시작되고 있었습니다. 🖋

아주 사적인, 긴 만남

ⓒ 마종기·루시드폴

1판 1쇄 2014년 6월 5일
1판 4쇄 2021년 11월 10일

지은이 마종기·루시드폴

기획 송정희 안신영 | 책임편집 형소진 | 편집 오경철 | 독자모니터 엄정현
디자인 이효진 | 본문사진 백다흠 | 마케팅 정민호 양서연 박지영 안남영
홍보 김희숙 함유지 김현지 이소정 이미희
제작 강신은 김동욱 임현식 | 제작처 영신사

펴낸곳 (주)문학동네 | 펴낸이 염현숙
출판등록 1993년 10월 22일 제406-2003-000045호
주소 10881 경기도 파주시 회동길 210
전자우편 editor@munhak.com | 대표전화 031)955-8888 | 팩스 031)955-8855
문의전화 031)955-2655(마케팅) 031)955-2671(편집)
문학동네카페 http://cafe.naver.com/mhdn | 트위터 @munhakdongne
북클럽문학동네 http://bookclubmunhak.com

ISBN 978-89-546-25005 04810
       978-89-546-24985 (세트)

www.munhak.com